中公文庫

川端康成異相短篇集

川端康成
高原英理編

中央公論新社

目次

川端康成異相短篇集

心中

彼女を嫌って逃げた夫から手紙が来た。二年ぶりで遠い土地からだ。

（子供にゴム毬《まり》をつかせるな。その音が聞えて来るのだ。その音が俺の心臓を叩くのだ。）

彼女は九つになる娘からゴム毬を取り上げた。

また夫から手紙が来た。前の手紙とは違う差出局からだ。

（子供を靴で学校に通わせるな。その音が聞えて来るのだ。その音が俺の心臓を踏むのだ。）

彼女は靴の代りにしなやかなフエルト草履を娘に与えた。少女は泣いて学校に行かなくなってしまった。

また夫から手紙が来た。第二の手紙から一月後だが、その文字には急に老いが感じられた。

（子供に瀬戸物の茶碗で飯を食わせるな。その音が聞えて来るのだ。その音が俺の心臓を破るのだ。）

彼女は娘が三つ児《ご》であるかのように自分の箸で飯を食わせた。そして娘がほんとうの三つ児であり夫が楽しく傍にいた頃を思い出した。少女は勝手に茶箪笥から自分の茶碗を出して来た。彼女は素早く奪い取って庭石の上に激しく投げつけた。夫の心臓が破れる音。突然彼女は眉毛を逆立てて自分の茶碗を投げつけた。しかしこの音は、夫の心臓が破れる音ではないのか。彼女は食卓を庭へ突き飛ばした。この音は？　壁に全身をぶっつけて拳で叩いた。襖へ槍のように突きかかったかと思うと、襖の向う側へ転がり出た。この音は？

「かあさん、かあさん、かあさん。」

泣きながら追っかけて来る娘の頬をぴしゃりと打った。おお、この音を聞け。

その音の木魂のように、また夫から手紙が来た。これまでとは新しい遠くの土地の差出局からだ。

（お前達は一切の音を立てるな。戸障子の明け閉めもするな。呼吸もするな。お前達の家の時計も音を立ててはならぬ。）

「お前達、お前達、お前達よ。」

彼女はそう呟きながらぽろぽろと涙を落した。そして一切の音を立てなかった。永久に微かな音も立てなくなった。つまり、母と娘とは死んだのである。

　そして不思議なことには彼女の夫も枕を並べて死んでいた。

白い満月

一

姉の眼は澄んでいるが、妹の眼は濁っている。妹の眼は彼女が父から受けたらしい悪い遺伝を感じさせる。母は死んでいる。姉娘は村の桶屋へ嫁入りしている。父は北海道の山へ出稼ぎに行っている。私が妹娘を雇入れたのは五月だった。五月にこの娘は少し耳が遠くなる。夏はよく聞えて九月の末にまた少し悪くなるのだそうだ。こちらが小声でものを言うと、左の眉毛を上げて首を突出しながら、「へえっ？」とびっくりしたように聞返す癖がある。

「河鹿《かじか》が時々変に聞えるんですよ。」

「変て、どんな風に？」

「言えませんね。」

「そりゃそうさ。河鹿の鳴声の真似は出来やしない。」

「出来ませんね。」

「時々聞えなくなるのか。」

「そうじゃありません。まあ、河鹿の声は、こうお月さんの光に浮いているように聞えますでしょう。それが時々地の底へ沈込むように聞えるんです。」

「なかなかうまいことを言うね。」

「それがほんとですもの。そういう日は耳が悪いんですから、大きい声でものをおっしゃって下さい。」

「だって、君の耳に河鹿の声がどう聞えているか、僕には分りゃしない。」

「分りませんね。」

「今夜はどうなんだ。」

「お月さんの光に浮いています。」

彼女が言う通り谷川は五月の月明りだった。その夜はこの娘を雇入れてから四五日目だったと思うが、彼女が初めて来た日、私は第一番に言ったのだった。

「僕の病気のことは知っているね。」

「聞いて来ました。」

「なんて聞いて来た。うつらないとも限らないんだが、それでも来てくれるかね。ほんとを言えば誰にも来てくれとは頼めないんだが。」

「どうせ私なんかどうなったっていいんです。」

「ええ？」

「私のことなんかいいんです。」

「そりゃ困る。そんなこと言うようでは来てもらえない。」

「でも、それがほんとですもの。」

「どうして。」

「死んだっていい人間は沢山あると思います。」

私は何かで叩かれたように驚いて、笑いにまぎらわしながら言った。

「それじゃ君は、死ぬ覚悟で僕のところへ来てくれるのかね。」

「まさか。」

「しかし、ほんとに来てもらっていいのか。」

「役に立ちませんでしょうけれども置いて下さい。肺病なんか私にうつるとは思いませんね。」

「そりゃそうさ。それに僕はもう全快しているんだ。」

私のきっぱりとした調子に面喰ったのか、彼女は初めて眼を上げた。まともに見合せてもその眼の輪郭をはっきり捉えることが出来ないような病的な線を瞼が画いている。十七の娘としては異常に発達した太い胴と拡がった腰とはこれ以上背の伸びないことを約束しているように見える。

「別に用事って、沢山ない。掃除をするのと、三度三度宿屋から食事を運ぶのと、そのくらいのもんだ。夜は泊らずに通ってくれてもいい。」

「泊めていただけないんだと困ります。」

「そりゃそのほうがこっちもいいんだが。」

そこで早速私は湯殿の掃除をしてもらった。温泉場の別荘だけに湯殿は何より立派だ。母屋から長い廊下を渡って谷川の岸へ下りて行くと、そこに藁葺きの細長い一棟があって、それぞれに一つの湯槽《ゆぶね》を持った三つの湯殿が壁に区切られて並んでいる。三つの湯槽には温い湯が豊に溢れている。湯殿の西は板敷きの部屋で、大きい姿見と円いテエブルと籐椅子とがある。湯殿へ行く廊下の途中に月見亭という板の額をかかげたあずまやが建っている。日光の美しい時はそこの寝椅子に横たわることにしている。

新しい女中を湯殿へ案内するついでに、私は書物を持ってそのあずまやまで出て行った。寝椅子にころがっていると、湯槽を洗う水の音が聞える。庭は石楠花《しゃくなげ》の花盛りである。つつじの大きい造花のようなこの花は、余りに派手過ぎるのに匂いがないためか、見ていると空虚な感じがして私の気に入らない。谷川の向う岸の蕨《わらび》はすっかり伸びてしまって若葉を拡げている。杉林はもう午後らしく仄黒い落着きの中に黙りこくっている。

女中が湯殿から廊下を渡って来た。

「お湯が熱いですね。少し水を入れときましょうか。」

「いいよ。——君は病人のところにばかり奉公するんだね。それでも別荘は賑かだったんだろう、大勢いて。」

別荘というのは、東京の金持がこの温泉場に建てた広大な邸宅のことである。土地の人は別荘と呼習わしている。

「そうですね。別荘番と、植木屋と、家庭教師と、女中さんが二人と、坊っちゃんの世話をする番頭と、ほかにもまだいます。」

「どうして別荘を止めたんだ。」

「坊っちゃんが本を読んじゃ頭に悪いからでしょう。」

「それが？」

「私が本を読ませる役なんです。坊っちゃんはからだがぐにゃぐにゃですから頁がめくれないでしょう、私が傍についていてめくって上げますんです。一日中本を読んでいました。」

「ふうん。じゃ君もずいぶん本を読んだね。」

「読まずにはいられないんですもの。」

「主にどんな本だ。」

「たいてい小説ですね。」

「しかし、君がいなくなっても本を読むことは止めやしないだろう。」

「そうですね。それでも、ほかの人では駄目でしょう。坊っちゃんがちょうどその頁を読んでしまった時にうまくめくらないと癇癪を起して猿のように泣くんです。ほかの人では出来ませんね。」

「坊っちゃんはものも言えないのか。」

「猿のような声を出すだけです。」

「つまり君が坊っちゃんときちんと同じ早さで本を読むのか。」

「そうですね。ほかの人では幾ら気をつけていても、厚い本を読むうちにはどこかで間違います。坊っちゃんは読んでいるうちにいろんなことを考えますから、時によって早かったり遅かったりするでしょう。」

「それでも君は坊っちゃんとすっかり同じ早さで読めるのかね。」

「滅多に間違いませんでした。」

「それじゃ君は、坊っちゃんの考えていることや、言いたがっていることもすっかり分ったんだろう。」

「まさか。少しばかりしか分りません。それでも坊っちゃんが、お夏、って私を呼びたがってる時は顔を見ないでも分りますね。」

「どうして？」

「どうしてって。」

「長くいたのかね、別荘には。」

「一年程です。」

「じゃあ君は、僕が本を読む時でもうまくめくれるかね。」

「さあ、どうですか。やって見なければ分りませんね。」

「うん。それじゃやってみよう。いいかね。」

そして私は手に持っていた翻訳書を読出した。

（かの電光の不可思議なる悪戯は、正にこの種の顕著な特性を示している。或時は電光は人間を一片の藁の如く焼尽した。或時は手袋を其儘に、中の手だけを灰にしてしまった。電光は炉の火のように鉄の鎖を熔解してしまう。しかもまた、一方には持っていた銃に感電せずして、猟師を焼殺してしまった。或時は皮膚を焼かずして耳環だけを熔かしてしまった。或時は身体に何の傷害も与えずに、其衣類だけを焼いた。単に靴や帽子だけを破った。子供が落雷した木の頂上から取った卵の形を、彼の胸に写した。六七フイトも厚い壁は一瞬間に破壊された。百年も古い城は、忽ちにして焼かれた。火薬庫に落雷して……）

その瞬間、彼女は頁をめくった。私は同じ頁の行から行へ移るように気持よく次の頁を読んだ。

（爆裂は免れた。……）

二

杉林を抜けたり、岩の上を渡ったりして、谷川沿いの小路を歩いていると、葉桜の森の蔭に荒屋《あばらや》じみた小屋が見つかる。そのほの暗いなかで乳房の若々しい女が子供を抱いて、一人しみじみと温い湯に身を沈めている。藁屋根の腐った水車小屋の水しぶきに濡れて咲いている薔薇のように、彼女はみずみずしい明るみをまわりに投げている。また、竹林の麓の湯槽から子供達が立上ると群雀《むらすずめ》が飛び立つ。

こんな風にこの谷間は持主のないような温泉が三つも四つもあるほど湯の量が多いものだから、古い日本の風流を楽しんでいる老人が建てたものとしては、私の借りている別荘の湯殿も湯槽が三つもあったりして、少し花々しくのさばり過ぎているのである。けれども私はたいてい寝る前に一度はいるきりで、一日に二度ということはあんまりない。熱が出やしないかとこわい。朝起抜けに飛込んで湯槽の中で歯ブラシを銜《くわ》える愉快さは忘れられないのだが、そうして湯から上ると、谷川の向うの杉林を見る眼に距離の感じがなくなってしまい、姿見の中の自分の姿が消えてしまうのだ。この軽い目まいはひしひしと自分の不健康を感じさせるので、朝の湯は止めることにしている。

　しかし、毎月きまって三四日ずつ私はこの貧血におびやかされるのである。たとえば、うつむいて路を歩いている。ふと眼を上げる。薄曇りの夕暮のような気がする。山々と自分の眼との間の聯絡《れんらく》が妙に失われていて、遠い山と近い山との区別がなくなり、風景が空気のない世界で静まり返っているように見える。はっきり眺めようとして瞬くと、瞼が疲れていて寒い。私はしおしおとうつむいて憂鬱と孤独とを感じる。実のところ私は、一月に一度ずつ周期的にやって来るこの身体の変調を、病気のためではなく孤独のせいではなかろうかと思っているのだ。山へ来てから七ヶ月というもの、全く私は孤独に暮していたのだ。

　お夏を雇うまでは、温泉宿の女中が朝飯を運んで来たついでに、寝床を上げて行ってくれ、夕飯を持って来た時に寝床を取って行ってくれるだけで、六間の家に私一人で暮していたのだ。手紙さえも下の妹の静江から毎月金を送ってくれるほかは殆ど来ない。私のほうからも出さない。二三年前の一つの経験を思い出すと、出す気がしない。

　――その頃私はまだ学生だったが、ある日銀座で知合いの奥さんに出会った。

「まあ、お久しぶり。あなたにだけは会えましたわね。」

奥さんはいつもより綺麗な頬をしていたが、白い毛皮を口のあたりまで巻きつけていた。

「誰かに会えるような気がしていたけれど、あなたにお目にかかるのは変ね。変だなんてごめんなさい。神様のお引合せですよ。私こんな風な物言いをしてもいいの。これが銀座の見納めかもしれませんのよ。いよいよね、明日海岸へ行くことにしました。みなさんにお別れの顔を見せるのはなんだか死にに行くようでいやだから、御挨拶もせずに参りますの。でも、二度とお目にかかれないかもしれませんわね。」

　それから私達は夕飯を食べて、築地の海のほうへ歩いた。そこに奥さんのフランス人の友だちがいて、私も一緒にその家へテニスに行ったことがあるから、自然に足がそっちへ向いたのだ。大きい屋敷の門の前からまっ暗な高い窓を眺めて、奥さんは、

「リュシイ。」

「リュシイ。」

「リュシイ・ボヴレエ。」と澄んだ声で呼びながら軽く手を叩いた。その時、私はひどく感情的になった。二人の気持がすいすい流れ合う調子で話し続けて堀割の岸を歩いていると、奥さんが突然言った。

「あなた小遣いがないでしょう。失礼でなかったらこれを取っといて下さらない。私はもう田舎へ行ってしまうんですもの、いいのよ、どうせ。」

　夕飯を食べるにもお茶を飲むにも私は奥さんの言うままになっていたし、贈物一つ

買わなかったとしても、奥さんの敏感癖にはちょっとたじろいだ。またこれが奥さんの警戒のようにも思えた。しかしともかく、その時は金を素直に受取れるような親密な気持になっていた。

ところが私は、下宿へ帰ると大急ぎで火鉢に火をかんかんおこし、奥さんから貰った紙幣を一枚一枚火箸に撮《つま》んで黄色くなるほど焙《あぶ》った。

「ごめんなさいよ。私のおやじも肺病で死んだんですからね。」

それから海岸の奥さんがくれる手紙も火に焙るか日光で消毒するかしないと読まなかったものだ。しかし、これだけ用心していても、やっぱり駄目だった。この神経質が却って病を呼んだのかもしれない。去年の秋、医者の診断を聞いた時には、

「とうとう、やっぱり……。」と、それまで額に刃物をぶら下げて逃廻っていたような無駄な骨折から解放《ときはな》たれて、落ちるべきところに落ちてほっとしたような不思議な落着きを感じたくらいだった。勿論奥さんからうつったのではない。奥さんは二年も前に全快して東京に帰っている。

この奥さんの手紙を消毒したことを考えると、今の私は人に手紙を出すのが嫌になるのだ。だから、誰からも手紙をもらわない私には、毎月末規則的に静江から来る手紙が一つの楽しみになっているのだった。しかも、私の貧血の徴候は毎月静江の手紙が来る時分にきまって現れるのだった。そして私には、静江の手紙と私の貧血との間

に何か因果関係があるように思われたりするのだった。これは不吉な空想だ。孤独な精神の病気だ。――しかし、静江にも、静江が送ってくれる金にも、私の不吉な空想を誘うような原因が潜んでいるのである。

　静江は毎月二十五日に為替を組んでくれる。少くとも月に一度二十五日には、この妹が私のことを考えるのだと思うと、おかしいことだが私は不健全な心の動揺を感じる。静江の手紙を何か霊妙な水にでも浸したら、私の頭の中の疑いのとばりに鎖《とざ》されてぼんやりしている父母や妹達の姿が、はっきりこの紙の上に現われそうな気がする。こんなことを考えながら、私はこの手紙が持って来るような貧血のために、憂鬱と孤独とを感じて、二三日体温計を体のあちらこちらにあててみることに専心するのだった。

　ところが、五月と六月と七月とは、この貧血の徴候が現われなかったので非常に嬉しかった。夏になれば宿屋が避暑客で忙しくなるから余り女中を使うのも気の毒だと思って、お夏を雇入れたのだったが、一人居からまぬがれたことは私の健康にも大変いいらしい。肺病患者にとってもまた一個の人間は清らかな空気よりも良薬だった。いや、こんなきざな言葉ではなく、人間と人間とがただ傍にいるということだけでその間に通う温味《あたたかみ》が久しぶりで私にしみじみと分った。私はお夏を愛してはいなかったけれども、お夏は私に一人の女を愛することの有難さを空想させ、そうした喜びに対する憧れの気持を呼起してくれた。

お夏が傍にいることのほかに、鮎釣りも私の体によかった。六月一日鮎猟の季節が始まってからというもの、晴れた日は毎日登山用の防水服をひっかけ気軽なずぼんをぶらさげて谷川へ釣りに行った。

七月の二十九日だったと思うが、その日も小さい丘のような岩から糸を垂れているうちに、山波の上の白い満月が黄色く色づきかかって来た。淵の水の色が変るその一時間ばかりは釣り時刻なんだが、もう一二尾上ったら帰ろうと思っていた。その月はどうしたものか、静江からの金がまだ着いていなかったので、今日こそはと気になったのである。

そこへ、岩のうしろの熊笹を分けてお夏が姿を出した。

「お客さまをおつれしました。」

意外にも、上の妹の八重子だ。

「あれ、あれ、物々しいおんいでたちを遊ばしてます。」

「やあ、珍しいね。」と私は明るく言いながら、ゆらゆら岩を渡って来る都会の姿を眺めた。

「どちらが物々しいおんいでたちかね。」

「そりゃあ、今着いたばかしですもの。――ふうん。経木帽《きょうぎぼう》の前をちょっと捲上げたところなんぞ、ほんとによく似合ってるわ。」

「まず、この川きっての釣師というところさ。」

「ああ、あ、ほんとにいやんなっちまった。私朝立ったのよ。まさしく一日仕事ね。汽車は長いし、自動車は揺れるし、とても大変なところね。御使者御苦労さまというところだわ。」

「まずね、日傘の杖じゃあちとくたびれるね。」

「私御主君の御使いで来たのよ。」

「そう？」

　私達一家の金銭上の権利が下の妹の静江の手に移っているので、八重子は「御主君」と戯れたのだったが、私が「お使い」という言葉で少し真面目に妹の顔を見ると、彼女は軽々と私の視線をはずしてお夏のほうに向き直った。

「どうもありがとう。」

「いいえ。もう帰ってもよろしいんですか。」とお夏が岩の高いところから私たちを見下して言った。

「そうだね。――八重子。帰るか。どうする。少し釣って見ないかね。蚊鉤《かばり》で釣るんだから、静かに上げ下げすればいいだけで、別にむずかしい技巧はないんだ。」

「お止《よ》しなさいよ。もういいじゃないの。私幸福の使者じゃないのよ。不幸の使者の黒い鴉《からす》なの、実は。」

「それじゃあ帰ろう。」

私は継竿を三つに抜離した。

「もっとも、白い鴉があっちゃ大変だわね。——今月は静江から手紙が来ないでしょう。」

「来ない。どうしたかと思っていたんだ。」

「この頃は朝から晩まで釣りですってね。ひどくお凝りになったものね。一たい釣れるのかしら。」

「まあ、見てもらうんだね。」

「どう？ 明けて悔しき、じゃない？」と言いながら、八重子は私が岩の裾の水から上げた魚入箱をのぞきこんだ。六七尾の鮎が新月のような尾で板を叩いた。

「まあ。」

「気をつけてくれないと飛出すよ。」

「今晩お料理して、いただけますわね。」

「この辺じゃ鮎を洗いにして食べるよ。」

「ふうん。おいしい？」

「少しあっさり過ぎる。」

私は釣道具をしまって、

「さあ。」と立上ると、八重子はその姿を見ながら、

「私どうしたんでしょう。まだお見舞いも申上げないで。でも大変お丈夫そうにおなりですわ。それでお見舞いを忘れていたのね。」と言ったが、私の顔が微かに神経質になったのを見て取ったものか、

「なんて言うとお世辞に聞えるけれど、まっ黒になってお太りなさってよ。——私ももうこんなに焼けちゃって。」と附加えてから、左の腕を捲って見せた。

「やっぱり去年の夏の家を借りましたの。今年の海は少し冷たいのよ。」

「静江も一緒か。」

「ええ、そう。その海岸が問題なのよ。」

「静江がどうかしたのか。」

「後で話す。——そこいらを少し散歩していただけませんかしら。」

「——相変らずだな。」

「そうじゃないけど。この村は感心ね、どの家もダリア畑だの菊畑だの花畑を持っていますわね。」

そして八重子は声を落した。

「それに明るいところでは少し話しにくいの。」

「それでは白い満月の薄明りで聞くかな。」

私の声に誘われて、八重子もお夏も夕空を仰いだ。

「まあね！　ほんとに白い満月ね。」と八重子が言った。

この時、瞼が病的な線を画いているお夏の眼が不思議に清らかに光っていた。山深い夏の空の白い満月が黒い瞳の上につつましく姿を重ねていた。私は微かに感動しながらお夏に言った。

「それじゃ君は釣道具を持ってさき帰ってくれないか。それから宿へ寄って、これの御飯を頼んどいてくれ。」

「これの御飯……。」

そう繰返すと、お夏は大声に笑って後向きに岩の上へしゃがんでしまった。

三

お夏に別れて私と八重子は村のほうへ歩き出した。八重子はお夏のうしろ姿を見ながら言った。

「あの子ずいぶん無愛想で乱暴らしいのね。乱暴なのがお気に入ってるんじゃない？」

「女は女がうしろ姿を見せた瞬間に悪口を言うってね。」

「馬鹿にしてる。」

「なんしろ山の娘さんだからな。」

「でも嘘はつけないらしい人だわ。」

「あれだって女だからな。」

「静江も嘘は絶対につけない人ね。ものごとの隠し立ても出来ない……。」

「うん。」

「それで兄さんにも手紙が書けないと言うの。書けば今度のことを報さずに白っぱくれていることは出来ない。けれども自分の口からは言えない。すみませんが姉さん行って兄さんに話して下さいというわけなの。」

「で、なんだ、一たいその海岸の問題というのは。」

「それがちょっと言いにくいのよ。まあつまり、静江が女としては生きていられないような侮辱を受けたんですの。」

「はっきり言ったらいいじゃないか。」

「まあもう少し歩きましょう。」

「つまり、一個の存在に対して敬意を払われなかったんだね。」

「そう、そうなのよ。」と言いながら八重子は笑出した。

私がこんなじょうだんを言ったのは、「一個の存在に対して敬意を払う。」という言葉が八重子の口癖だからである。時計が壊れたとか、蜻蛉《とんぼ》が飛んだとか、そんなことにまで彼女は「一個の存在に対する敬意」という言葉をむやみに用う。そして、彼女は「一個の存在として敬意を払われる。」ということを生活の信条としている。その敬意を払われさえすれば貞操すら惜気もなく与えるのかもしれない。もっとも、「一個の存在に対する敬意」という曖昧な言葉に、彼女がどんな内容を含めているのか、はっきりとは私に分らない。しかし、女の虚栄心の単純な満足を意味していないことは確《たしか》である。また、この言葉は彼女の生活の自由が何物かに脅かされた場合には必ず飛出すのであるから、絶対の自由という気持が含められていることも確である。ところがまた、この自由がどの程度の自由を意味しているのかは私に分らない。その自由は、却って彼女を生活する力のない気まぐれ者にしているに過ぎないと思われることがあるくらいだ。彼女の話しぶりにしてもそうだ。私はこの妹が好きなのだが、一時間しみじみと話合ったらこれ以上どんなに好きになるかもしれないと思う。しかし、どうしても彼女の聯想を束縛することもその飛躍に調子を合せることも出来ない。だから、彼女は彼女をもっと好きになりたい、彼女と一つになりたいという私の欲望をいつまでも苛立たしく煽《あおり》立《た》てて行くのである。こういう性質がほかの男をも惹《ひき》着《っ》けているのにちがいない。つまり彼女は私にどうも分らない。分ったと思う次の瞬間には、分りもしないものを分ったと思うことを恥しがる気持が来ている。もちろん、とかげにしろ、水晶にしろ、自分の小指にしろ、分らないと言えば分らないのだから、私は八重子を人間の力で分る以上に分ろうとしているのかもしれない。そして、こんなにまで分りたがるのは、八重子や静江が私の父の子であるかどうかが分らないからかもしれない。

私の金銭上の権利を妹の八重子に譲りたいと思って、自分の気持を話している時のことだった。黙って聞いていた妹が急に顔を寂しくしながら、ソロモンの言葉をもじって呟くように言った。

「おのが父母を疑う者は深き闇の中にともし火を失うべし。」

この針が私の胸に突立った。私たち二人は同一の恥辱で顔色を変えながら睨《にらみ》合《あ》った。妹がそれを大胆に突破《つきやぶ》った。

「兄さんは私がお父さんの子供ではないと思っていらっしゃるんでしょう。」

私の眼に嚙みついていた妹の大きい眼は見開いたままはらはらと涙を零《こぼ》した。それを見ると私の眼にも涙が溢れた。妹の眼が、「もういいわね。」と言った。そしてうつむいた。

「兄さんの気持は分っていましたのよ。でも、そんなことはどうでもいいと私は思います。そのことでお父さんも苦しんだでしょうし、お母さんも苦しんだでしょうけれども、なんて言ったらいいかしら、私たちにとっては別問題、天上の問題ですわ。星の世界のことだとお思いにならない？　私、とても滑稽なことを考えたことがあるのよ。ダリアの花は幸福だって。叔父さんの家にいた時分ダリア畑の世話をしていましたの。お友だちにダリアの根を上げましたけれどもね、お友だちのダリアに花が咲いても、その花は私のダリアの花の妹だなどと知りもしなければ思いもしないってね。お友だちにそんなことを書いてやって泣いていましたの。感傷主義時代なのよ。ところが滑稽。お友だちがその手紙の謎を解いてお返事を下さったのよ。私は去年の夏よりももっともっと真実なあなたの妹です、って、騒ぎになったんですもの。――でも、それは兄さんと一緒にいない前のことですから、ごめんなさいね。女学生風な考えでしたの。」

「その女学生風な考えというやつに、僕がこだわっていると思ってくれては困る。お前と僕とが兄と妹であることのために暗い影が附纏うというのなら、きょうだいであると考える必要は少しもないんだ。死んだ親の問題なんか解決するつもりはないんだ。また、財産を誰の手に渡したところで、そんなことで解決出来るとは思えないが、お母さんを疑っていると言われるとぐうの音も出ない。しかしだね、お前が聡明な勇気を見せてくれたから言ってしまうが、お前は自分のほんとうの父を知っているのかね。」

「知りたいと思ったこともありましたわ。」

「現に生きていると空想することはないのか。」

「でも、それも星の世界の空想だということが分りましたの、やっぱり女学生風な……。」

「僕に隠してはいまいな。」

「兄さんは――私がそんな人間だとお思いなのね。それじゃ私から伺いますわ。臆病な声は嫌だもの、大きい声で伺いますわ。兄さんは私や静江のほんとの父が誰だかご存じなんですか。」

「知るもんか。」

「兄さんもね。お母さんを疑う――やっぱりただそれだけなの？」

「そうなんだ。」

「私、それで安心した。ほんとなのよ。」

妹はまた私を見つめて大きい眼を見開いたまま泣出した。私たちの眼は感じ合った。

「ああ、よかった。」

「よく分ったよ。」

「兄さんありがとう。」

そして彼女は涙を拭きながら立上って花やかに笑おうとした。

「今日のように一個の存在として立派に敬意を払われたことは珍しい。」

この時私たちは八重子や静江の父を星の世界へ追放したのであったが、ほんとに彼がこの世に実在する人間なのか、彼女たち姉と妹との父が同一の人間なのか、またはちがった二人の人間なのか、これらのことを私は知らない。私は母を疑うべき確な証拠は持っていないし、そうしたものを嗅ぎ出そうと思ったこともない。けれども、私の父は私が生れる前から癈人に近い虚弱者であった上に、長らく母と別居していたということだけで、十分疑うことが出来るだろうし、また正しい父の子であるという祝福と呪詛とのしるしとして、父の体質を私だけが受継いでいるものだから、妹達の美しい健康を嫉妬する複雑な気持が、母に対する私の疑いを青い焔にしているのだ。

私の家は織物の産地として名高い田舎で代々相当な暮しを立てていた。私の父が東京へ遊学して、胸の病と妻とをつれて帰った。田舎の伝統は素姓の分らない都会の女を敵視した。彼女の覇気は田舎を軽蔑した。そこで私の家は東京に出て呉服店を開いた。私は日本橋の店で産れた。その後父は枯葉のような体を海や山に移して歩いた。店は男まさりな母の手一つで繁昌していた。八重子が産れ、静江が産れた。父が死んだ。その時、私が八つ、八重子が五つ、静江が二つ。

父の葬式は実に花々しかったそうだ。この花々しい葬礼は弱過ぎる敵であった父への母の哀れみであったかもしれないし、良心の苛責から出た謝罪であったかもしれないが、私にはこの祭典は母の新しい享楽であったと思われる。なぜなら、母は父が死ぬ一年程前から仏教を棄てて基督教に熱狂していた。だから母はこの新しい宗教にはいってからの最初の荘厳な祭典を取行うことに、悲しみながらもいそいそと喜びを感じただろう。そう空想すると、私は一層母が好きになるのだ。自分の葬礼で母に新鮮な享楽を与えたことを父は満足していいと、私は考えるのだ。

ところが、母の宗教心は自分のためでもあったのか、父が死んでから一年経たないうちに動脈瘤の破裂でことりと死んでしまった。

「片一方が死んで三年以内に後を追うのは夫婦の縁が深いのです。」

そう言いながら田舎の人は田舎の墓の父の石碑の片隅に、それが田舎の復讐であるかのような小さい字で母の戒名を彫りつけた。

しかし、私は田舎の復讐には身方しない。私は父を愛していない。母を愛している。その証拠に、私は母に似た女性が好きだ。私に彼女との戦いを空想させる女しか愛する気持になれない。私が十七年ぶりで妹たちと一つの家に住むようになった時、私は彼女らの美しい健康な姿を見ると、思わず、

「お母さん！」と呼びたくなった。母の喜びを見たからだ。父と母とを結びつけて考えなくとも、夫と妻とを縛りつけて考えなくとも、母には母の喜びがあったのだ。その喜びの芽がこんなに美しく伸びている。健康な肉体と肉体との間の喜びによって産

れた人間は美しい。こんな風に考えたほど、私は母を愛しているのだ。この不思議な喜びが、妹たちの健康に対する私の嫉妬を青い焔にしているのだ。

　私は母の不品行を、たといそれがあったにしろ、責める気持はない。それを許す気持もない。責めるとか許すとかいうのでなく、妹たちの姿を通して、母の生の喜びを、汚れを洗いつくした後の清らかな感じで感じたのである。

　だから、私と八重子とが睨合って泣出した時の私の眼にも、この感情が現れていたのだ。

「今日のように一個の存在として立派に敬意を払われたことは珍しい。」と、あの時八重子は言った。

　また、八重子や静江には私と別の父があるにしても、それが誰であるかは妹たちも私も知らず、彼を星の世界へ追放したのは、

「私、それで安心した。ほんとなのよ。」と、八重子が言ったように子らの美しい道なのだ。してみると、彼女には私の感情が通じたのであろうか。

　しかし、彼女は母に似ていないように思われる。敏感ではあっても、生活する力がない気まぐれ者のように見える。彼女の顔は風車のように廻転している白い花環である。表情が花やかで捉えにくい。彼女と一時間しみじみ話すことが出来ないように、彼女に同じ表情を五分間続けさせることも出来ないのである。――静江のことで温泉

に来た時にしても、「それに明るいところでは少し話しにくいの。」なぞと言っていたが、話しにくいのは事件そのものでなくて、彼女の表情のためであるかのように見えるのである。いつものことだとは知っていても、私は矢張り明るいこともなげな表情に騙されて、どうせ大したことではあるまいと思いながら、草の肌の冷えた七月の山路を歩くのである。

「どこまで歩けば聞けるのかね。白い満月が黄色くなってしまう。」

「それがね、兄さんの想像外のことなのよ。」

「いいことでないのなら早く言えよ。」

「決闘なのよ。」

「決闘！」

私は立止まった。

「静江のことで男が二人決闘しましたの。」

「ほんとか、それは！」

「ほんとなのよ。現に静江が見たんですもの。」

「見た！」

「そうよ。」

「見たとはおかしい。殺されたのか、誰か。」

「それがね、いっそのこと一方が死ぬか怪我をすればよかったのだけれど……。」

「どして。」

「二人ともかすり傷一つないんだもの、静江が可哀想なのよ。怪我をしなかったばかりか、――ピストルでやったのよ、海岸で撃ち合ってね、玉があたらなかったと分ると、それもわざと空に向けて発射したのかもしれないわね、ドンドンて音と同時に、二人が両方から飛んで来て、抱合って泣いたんですって。男泣きにおいおい泣きながら肩を組んで帰ったんですって。静江が海岸へ駈けつけてね、止めようと思ってなのよ、そして感激しながら仲直りして帰って行く二人の後姿を見たんですって。だから静江が可哀想だわ。膝が抜けたように砂の上へ坐ってしまったって言いますもの。」

「ほんとなんだね、それは。」

「そうですとも。私口惜しくってたまらないわ。どうして一方が死ななかったかと思うわ。それなら静江だって満足だけれど。――いったい、女一人を取合って決闘までしようと思う男が、ピストルをたった一発撃ったただけで涙を流して握手するなんて、そんな馬鹿な話があるもんですか。それで向うはいい気持になってるのかもしれないけれど、女の身になればたまらないでしょう。女性としては生きていられない侮辱だわ。それだのに静江は精神の憤りを感じるどころか、男にすまないと思っているのよ。すぐ傍の海で死のうと思ったんですって。修道院へ行きたいんですって。気持を偽ってるのよ。美わしの乙女気取りなもんだから、私頰っぺたをぶん殴ってやりたいくらいいまいましかったのよ。うんと叱ってやった。」

「で、静江は今どこにいるんだ。」

「私の家へ連れて来てあるの。」

「その事件は世間の評判になっているのか。」

「さあ？　新聞になんかは出ないけれど。空気を撃っただけですもの。」

「一方は静江の亭主なんだね。」

「ええ、そう。」

「亭主はどうしてるんだ。」

「離縁しちゃいました。向うからでなしにこっちから。私が早速その翌る朝出かけて行ってきっぱりと話をつけました。私昂奮していたから兄さんにも相談せずに一人でやったことだけれど、その相談にも来たのだけれど、それでいいでしょう。」

「それはそれでいいだろう。」

「そうですとも。」

「しかし、そのおもちゃのような決闘という奴だね、あらかじめ仕組んだ狂言じゃないのか。」

「そう、私もそう思うのよ。」

「なあんだ。お前もそう思ってるのか。狂言だと静江に言ったのか。」

「いいえ。それが、言っていいかわるいか。——静江は狂言だなんてとても信じないにきまってますわ。それに三角関係の模様を見ても、ほんとの決闘騒ぎが起りそうだったんですもの。静江にしたって、本気の決闘だったと思うほうが女としてはまだしもいいし、狂言だなんて言ったら私が嫉妬しているんだと思うかもしれないわ。」

「嫉妬！」

「まさかそんなこともないけれど。」

「決闘の相手は何者なんだ。」

「私立大学の水泳選手、ただし自称よ。」

「その男を知ってるのか、お前は。」

「ええ。」

「よく知ってるのか。」

「顔だけ。」

「ほんとに顔だけか。」

　八重子はぎくっとしたらしく、顔の表情を白壁のようにぴたりと静めて、私の咽のあたりを見据えながら言った。

「顔だけですとも。」

「こんどのことにお前は責任はないのか。」

私はとうとうこの言葉を吐出した。

静江の夫である画家は、その前に八重子の恋人だった。だから私は、妹の新しい恋人も、その前に姉の恋人だったのではなかろうかと想像したのである。

私たちは竹林の月影を歩いていた。白い満月が黄色く染まると谷川が生き生きと動き出した。清らかな白蛇が死から蘇ったように、早瀬が谷間から浮び上った。黙って歩いている八重子の影が銀色に光る流れの上に長々と伸びているように私は感じた。

四

八重子が来てから三日目の午後、私は雨の晴れ間を待って釣りに出かけた。少し水かさが多いからでもあるが、どうも思わしくなかった。黒、鼠色、薄茶色、藍、緑、赤、地味な色からだんだん派手な色へ、蚊鉤を何本もつけ替えてみたが手触りもなかった。糸を静かに動かして無我の境に遊ぶといった風な釣りの境地は、妹が来て奪ってしまっているので、私は少しあせり出した。

そんなところへ、八重子が走って来た。

「ああ、驚いた。大変な事件。」

「静江か。」

「いいえ、お夏が癲癇《てんかん》を起してひっくり返ったのよ。」

「なんだと。それでお夏はどうした。驚いて飛出して来たのか、お前は。」

「まさか。幾ら私だって。もうさっき意識が回復しましたけれどもね。水を掛けてやると息を吹返しましたから、一先ず安心と思って報せに来たんだわ。――一緒にお湯へはいっていたのよ。お湯から上って、ほら、あの大きい姿見のある板の間ね、あすこで涼んでいると、お嬢さん北海道へ行きましたかって、お夏が変に陰気な眼をして聞くのよ。あの人時々瞳が二つも三つもあるように濁ることがあるでしょう。私が行ったことはないって返事をしようと思う前に、まるで螢でも摑むように右手を伸して川のほうへよろけて行くもんだから、私、あぶないって抱き止めようとすると、お父さんって叫ぶなり額を抑えながら二三度きりきり廻ってひっくり返っちゃったんですもの。見ると、手足がぶるぶる痙攣《けいれん》しているし、白眼が硬くなっちゃって泡を吹いているのよ。私胆を冷しちゃった。でも、癲癇だと気がついてよかったと思いますわ。」

「お夏をほっておいてこんなところに来ていいのかね。」

「それがね、後は割合なんでもないらしいの。」

「どうしているんだ。」

「静かに寝かせときました。」

「とにかく早く帰ってみなければ。」

「ええ、そうして下さい。兄さんが帰らないとね、あの人黙り込んじゃって、私にはなんにも言わないんですもの。」

「医者は？」

「まだ。私帰りに寄りましょうか。」

「うん。」

私はさっさと釣道具をしまった。昨夜の雨で八月の土が日光を暑がっている。遠くの山腹に山百合が咲き揃っている。

「あの人は癲癇持ちなのね。なんだか変なところがあると思ったら。」

「癲癇だかどうだか分らないじゃないか。」

「初めてなの？」

「これまでにはないね。」

「きっと癲癇ですよ。谷川を見て発作を起したんだから水癲癇だわ。」

「そうだとすると可哀想だね。それでなくてさえお夏は身を捨てた気持がどこかにあるんだからね。」

「水を見ていけないんだと困るわね。この村はどこへ行ったって谷川の音が聞えるんだし、温泉にもはいれやしない。湯の中で発作を起したら、ね、湯の中で発作を起したら。」

「お父さんって言ったのか。」

「ええ、そう。伸していた手でお父さんという自分の声を抱込むような風に額を抑えてね。」

「これもおやじの遺伝じゃないかな。」

「兄さんの顔、とても悲しそう。あの人に一個の存在としての敬意を払い過ぎているという顔だわ。そりゃあ私だって分っている。あの人の心に不思議な温かさがあることは分ってるのよ。」

帰ってみると、お夏は西窓の光の下に寝ていた。柿の葉の青が顔に映っていた。蒲団の中で小さい足が昼を恥しがるように縮かんでいた。全く彼女はひどく恥しそうだった。顔を赧《あか》らめながら自分の枕を眺めていた。樹木のような体の硬さが弛《ゆる》んで、非常に女じみていた。

「すみません。ほんとにすみませんでした。」

「私のことなんかいいんです。」

そんなことのほかに何も言わなかった。

村の医者と桶屋へ嫁入りしている姉とが夕方帰って行った。八重子はお夏の代りに宿屋へ夕飯を取りに行った。

この村は谷間だから夕日らしい夕日が見られないので、日暮には昼の行方が分らない感じだ。柿の葉がまっ黒だった。固い昆虫が樫の実のように青畳へ落ちて来た。お夏が突然起上った。

「いいのか、起きて？」

「へえっ？」と彼女は左の眉毛を上げて首を突出した。がっくりと動く髪の下で眼がびっこを引いていた。

「寝ていたらいいじゃないか。」

「起きます。今日は朝から耳が遠いんです。」

「今日のようなことは前にもあったのか。耳が遠い日にはあんなことがあるのか。」

「そうじゃありません。」

「今日が初めてなんだね。」

「ええ。」と言いながら彼女は寝床を片づけた。

「先生の見ているところで寝るのは困りますね。」

「そう。それじゃあっちへ行くから寝たらいいだろう。」

「そうじゃありません。」

「ほんとに寝ていたらいい。妹がいるから三日四日寝ていたっていいんだ。」

そして私は縁側に出た。庭には秋の草花が妙に細いからだを伸して秋を待っていた。

「先生は病気がよくなったら東京へお帰りでしょう。」

「さあね。東京へ帰るかどうだか。」

「北海道へ行くには何日程かかりますでしょう。」

「よくは知らないが二日か三日だろう。僕がいなくなれば北海道へ行くつもりか。」

「そうじゃありませんけれども……。」とお夏は言いにくそうに顔を赧らめた。

「北海道にいる父が死んだらしいんです。」

「なんだって！」

「父は樵夫《きこり》をしているのですが、筏から川へ落ちるところを私見たんです。さっきです。私が気を失って倒れる時です。」

「見たって？」

「さっきお湯から上って前の谷川を眺めていると、その川が大変広い川に見えるんです。同じような高さの木が岸に頭を揃えていましてね。筏が流れて来て父が乗っています。私が大きな声で呼ぶと、父が走って来て水の中へ足を踏みはずしてしまったんです。」

「それがはっきり見えたんだね？」

「ありありと見ました。」

「しかし、癲癇の起る時にはいろんな幻が見えるんだそうだよ。」

「私のは癲癇じゃありません。　父が川へ落ちたからはっと思って気を失ったんです。」

「それで君はお父さんが死んだと信じるのか。」

「それがほんとですもの。」

「君のお父さんは癲癇持ちじゃないのか。」

「分りませんね。　十年も会いませんもの。」

「その幻を見る前にお父さんのことを考えていなかったか。　筏だとか、　その川だとか……。」

「考えていませんでした。」

「その川は絵葉書ででも見たことのある景色か。」

「見た覚えはないんです。」

「そりゃそういう幻が離れている人の死の報せであることもあるが、　なんでもないこともあるんだよ。」

「でも、　ありありと見ました。」

「そのことは姉さんに話したのか。」

「話しません。　話すのが嫌なんです。　先生にも話したくなかったんですけど……。」

「どうして。」

「どうってことはありません。　でも、　お父さんは私が川へ落して殺したようなもんですもの。」

「どうして。」

「それがほんとですもの。私が見た時には筏に乗っていたんです。私が呼んだからこっちへ走って来て落ちたんです。」

「そんなことはない。よしんばお父さんが筏から落ちたとしても、自分の災難を遠くの子供に報せたんで、君のせいじゃない。」

「それでも初めはちゃんと筏に乗っているところが見えたんです。私が呼ぶと落ちたんです。」

「君はそんな風に考えるのか。」

「それがほんとですもの。」

「お父さんの住所は分っているのか。」

「姉さんが知っています。」

「それじゃとにかく電報で問合せてみたらいいだろう。」

「そうですね。」

　お夏は自身のことを話す時にきまって見せるはにかみを、こんな場合にも感じるのか、心を閉じた目つきをしながらうつむいていた。遠くの川に起った父の死を透視したと信じて、しかもそれを涙一滴流さずに話している彼女が、私には毀《こわ》れた器物を見るように痛ましかった。

八重子が帰って来た。私は夕飯をすませて、湯殿へ行く廊下の途中の露台じみたあずまやへ出た。西の山波の空を画く線が月に光っていた。庭から川向うの杉林へ渡る釣橋の影が川原の石を染めていた。傍にいる八重子のからだが蒸暑いほどに山の夜が淀んでいた。

「僕はお夏の父親がほんとに死んだんだと思うがね。」

「ええ。私もそんな気がします。あの話を兄さんから聞いて痛いほど感動したのだけれど、なんだか恐しいようで嫌な気持ですの。」

「僕はまた変な聯想をした。死んだのはお夏の父でなくて静江じゃなかろうかとね。静江が自殺するようなことはあるまいな。」

「とんでもない。それが本気なら兄さんはずいぶん不吉な存在だと思うわ。婆やや女中に目を離さないように頼んであるし、静江から四五日うちにそちらへ行くという手紙が来ているんじゃないの。静江は絶対に嘘をつかない人よ。それに静江は私のいうことならなんでも聞きますわ。」

「それが静江のためにはよくないと僕は思っているんだ。お前が月の光は太陽の光より明るいと言うと、静江は自分の眼が悪いのだと信じるんだ。例えば着物なんかでも、小さい時からあいつはお前のお古ばかり着て育ったんじゃないか。」

「あんまりな言い方だわ。そんなことがあるもんですか。」

「例えば、さ。」

「その着物の皮肉は私に分っていてよ。だけどそれは言いますまい。——お夏が父親を見た話なんか、以心伝心というのか、遠隔透視というのか、霊的現象だなんて兄さんはありがたがるかもしれないけれど、あんなことは怨霊の呪いだと思うわ。現実の人生を疑わせたり惑わせたりしようとする悪魔のたくらみだわ。」

「人生はこの宇宙の第一段である。他の世界に到るに無くてはならぬ足場である。ラマルチンがそう言っている。」

「それなら静江が死んだっていいじゃないの。」

「明日静江に電報を打ってごらん。直ぐ来いって。それで駄目なら迎えに行ってこい。」

「ええ。そうするわ。」

「お夏は電報を打ちに行ったか。」

「行かないらしいのよ。ねえ兄さん、何百里も離れた父と子がまるで感電したように同時に癲癇を起して、その姿がお互に見えたなんて、ああ気味が悪い。」

「父親は自分を見て川へ落ちたんだって、お夏が言っていたね。」

谷間には靄《もや》が湧いたらしい。山々の姿が月の光に仄白く浮いている。私に遠い海の幻が見えた。月に引っぱられて膨らんでいる海面の幻が見えた。私は広々と流れる何物かを感覚していた。

翌る日の夕方、お夏の姉が電報を持って泣いて来た。次の朝姉妹は北海道へ立った。馬車を見送ってやって私と八重子は谷へ下りた。藁屋根の下はダリアの花盛りだった。

「ダリアはおいしそうね。食べられないでしょうか。精進揚か浸物《つけもの》にしてみたいわね。菊の花や紅葉の葉よりよかったら大発見だわね。私人参《にんじん》も嫌いだけれど、蓮の根を食べるのは愚かな習慣だと思ってよ。でもあれを最初に食べた人はえらいと思うわ。静江が来たらもう東京へ帰るのはよしましょうね。ダリアの花だとか、コスモスの柔かい茎だとか、蕎麦の葉だとか、そんなものを山の中でお料理してみる生活を送るんだわね。静江はきっとそんなことが好きだと思うわ。きょうだい三人で静かにいたいわ。お夏なんか追出して下さるわね。あんな気味の悪い人ありゃしないわ。」

私は三四日山々に抑えられたように黙りがちだった。東京から電報だ。

――シズエヘンシス――

「それ見ろ自殺だ！」

「馬鹿、馬鹿、馬鹿、馬鹿、静江の馬鹿！　兄さんはどうしてそんなに私の顔を見るんです。」

五

九月末の晴れた日、私は再び山の温泉へ帰って来た。

別荘の柴折戸《しおりど》を開くと、南天の枝から雨蛙が私の肩に飛移った。二月ぶりで開く雨戸から早瀬の音が流込んだ。川原の石が秋の肌らしく白くなっていた。柱や雨戸が痩せていた。鮎はもう海に下って行くのだろう。夏よりも湯の匂いが強い。湯殿にはやっぱり湯が溢れている。病気がずっと悪くなっている私はぬるぬるした湯槽の縁を撫でていただけで、肌を濡らそうとはしなかった。

お夏と温泉宿の女中とが連立って掃除に来た。お夏はまたさっき顔を合せた時の言葉を繰返した。

「見ちがえるほどお痩せになりましたね。」

「君は宿屋の手伝いをしていたんじゃ本も読めなかったね、いそがしくて。」

「八月一ぱいはいそがしかったですね。」

「北海道からは直ぐ帰ったんだね。」

「それでも十日ほどいました。」

「お父さんの葬式に間に合わなかったんだろう。」

「すんだ後でしたね。こんどのお母さんから骨を少しもらって来て埋めました。この辺はみな土葬ですから骨だけじゃ墓が小さくって。」

「こんどのお母さんに子供があるっていうじゃないか。」

「ええ、弟が二人もいましてね。姉さんも私もちっとも知らなかったのに。」

「その弟はどうするつもりなんだ。」

「お母さんがどうかするでしょう。私にはどうも出来ませんもの。」

「それじゃこんどのお母さんや弟とも、まあ縁を切ったようなものなんだね。」

「まあそうですね。もう一生会わないでしょうよ、きっと。――弟は小さいから私たちを忘れてしまいますね。」

「そのほうがいいかもしれない。親が同じだからと言って、変な形につながり合っているのはいいかわるいか分らないからね。」

「そうじゃないんです。――先生だってお妹さんが亡くなれば悲しいと思うでしょう。」

「それはね。」

「おかくれになったお嬢さんには私とうとうお目にかかれませんでしたね。こちらへ来るとおっしゃってましたのに。」

「しかし君には静江がどんな女だったか分らないかね。千里眼みたいに。」

「分るもんですか。でも……。」

「何故自殺したって言うのか。」

「まさか、そんなことを。」

「僕にも分らないんだよ。君はお父さんを君が殺したんだと言ったろう。お父さんが自分の死を遠くの子供に報せたんだと僕は思うんだが、君はお父さんが君の幻を見たので筏から落ちたと言ったね。静江の自殺もまあそんなものだ。」

「でも私の言ったことは、それがほんとですもの。」

　お夏は庭へ下りた。宿の女中と二人で蒲団を釣橋の上に干している。黒く塗った橋板の上で揺れている円い彼女らは私の病める秋の上に落ちた赤い南天の実のようだ。合歓木《ねむのき》の梢に花の跡が残っている。常山木《こくさぎ》は花を持ったまま一葉二葉が黄ばんでいる。桜の葉も色づき初めている。

　私は久しぶりで畳の上に腰の重みを落したような気持で坐っている。全く八重子は号外売りの鈴のような奴だ。やっとのことで八重子から遠ざかると、私の耳環の緑の玉が微かな音を立てている。静江は私の耳玉のように親しい存在だと今私は感じている。彼女が死んだからだろう。

　八重子は生活力に亀裂が出来た気まぐれものだが、静江は姉が投出した財産なんかもちゃんと管理していたし、水底の岩のように動かない存在だと思っていたのだ。しかし結局八重子の附属物に過ぎなかったのだ。八重子の芥溜《ごみため》だったのだ。静江の夫の問題にしてもそうだ。八重子は彼との恋愛を書損った恋文の反故《ほご》のように紙屑籠へ、妹の静江の上へ投捨ててしまったのだ。しかもそれを受取った静江はちゃんとした結婚という形式でその恋愛を固めている、ちゃんとした結婚に行着く、そういう生活の態度から彼女の自滅の悲劇が生れたのかもしれない。なぜならその反対の八重子の上には美徳の塵も悪徳の塵も降りかかることがないのだ。彼女は自分が取散かした部屋をきたないと思うだけなのだ。そのきたなさに腹を立てながら屑籠を求めるだけなのだ。

　八重子だって、まさか自分が嫌になった恋人を妹に押しつけたのではあるまいとは、私も思う。しかし着物なんかでも、静江は小さい時から姉のお古ばかり着て育ったのだ。姉が月の光は太陽の光より明るいと言えば、自分の眼が悪いのだと信じる彼女は、姉の恋人を恋する宿命を持っていたのかもしれない。そして彼女はその男が姉とどの程度まで近づいていたのかは気がつかなかったのかもしれない。或は気がついていても引きずられて行ったのかもしれない。しかし八重子が昨日の自分の恋人と妹が今日結婚するのを平気で見ていられたのが私には不思議だ。これが彼女の絶対自由主義かもしれないが、私はそうばかりとも思えなかった。勿論私はこの結婚に反対したのだった。静江が八重子の芥溜のように見えたからだ。八重子が彼を妹に手渡すことによって自分が彼を捨てたことの重荷を下そうとする狡《ず》るさを、私が嗅ぎつけたからだ。この猾《ず》るさは八重子自身が微塵も気づいていないほどに本能的なものらしいので、私は恐怖を感じ、一層静江が痛ましかったのだ。八重子が自分自身に対して「一個の存在としての敬意」を払いながら生きて行くには、傍に紙屑籠が必要なのだ。紙屑籠は八重子の生活の屑で一ぱいになれば、その屑と共に焼き棄てられてしまうのだ。

水泳選手とやらが静江の夫と決闘したと聞いた時にも――私は直ぐに紙屑籠を感じたのだ。――そして言ったのだった。

「その男を知ってるのか、お前は。」

「ええ。」

「よく知ってるのか。」

「顔だけ。」

「ほんとに顔だけか。」

「顔だけですとも。」

「こんどのことにお前は責任はないのか。」

私はとうとうこの言葉を吐出した。――しかしその時、八重子の表情で私に分っていたのだ。やっぱり私の想像はあたっていたのだ。静江が自殺してもまだ八重子は水泳選手が自分の恋人だったとは、私に白状しなかったけれども、そんな嘘はなんの役にも立たない。そして、こういう妹である静江には自殺が彼女のただ一つの自覚の途であったかもしれないのだ。

　八重子が離婚させてしまった静江の夫の画家から復縁を迫って来た手紙を受取った翌る日に、静江は自殺したのだから、その手紙が直接の動機ではあったらしいが、私は静江の死因に疑いがある。二人の男の間に挟まって押しつぶされたのか。男が二人とも姉の情人であったことに気がついたからか。もっと私の病める空想を鋭くすれば、八重子の嫉妬のわなに陥ったのか。

　二人の男が静江の愛を争って決闘した決闘をあらかじめ仕組んだ狂言だと、八重子が静江に言えば、静江は八重子の嫉妬だと思うかもしれないと、あの時八重子は私に言った。

「嫉妬！」

「まさかそんなこともないけれど。」

　しかし、実は八重子が静江を嫉妬していたのではなかろうか。前の画家にしても、こんどの水泳選手にしても妹に渡してしまえばまた未練も出るかも知れない。それに静江は姉とちがって、とにかくも恋愛をものにしている。結婚という形式で固めている。つまり、恋愛を摑まえる生活力を持っている。この生活力の現れを八重子は嫉妬したにちがいない。明らさまにそうとは感じなくても、彼女のうちに潜む何ものかが自分にはないこの力を敵視していたにちがいない。そしてあの決闘も、妹の生活の確実性を叩毀そうとして八重子が仕組んだ狂言ではなかろうか。水泳選手に恋をしたのも、彼の価値を妹に誤認させて悲劇を捲起そうとしたたくらみではなかろうか。夏の海浜で彼の姿を初めて見た時から、八重子は妹を離縁させるためにその夫のところへ押しかけて行くことを予想していたのではなかろうか。そして、この温泉へ来たのも、その留守に静江が自殺するだろうと空想したからではなかろうか。

　こんな妄想に追われながら、枕に触れた後頭部がぴくぴく顫《ふる》えるほどに神経を尖らせて、私は明けがたまでこおろぎを聞いている。秋の虫ではこおろぎの声が一番美しいことが初めて分ったと思っている。しかし、胸の病気から来る不眠症に悩まされている私には、地の中に誘うようなその声が調和しない。この大地は死骸にわいたうじ虫のようにこおろぎが蝕んでいるような気がして、いらだたしい不安を感じる。

　ほんとに私の病気はいけないのだ。静江の葬式の後で私は倒れて入院していた。動けるようになるのを待ちかねて逃出して来たのだ。何を逃出したのかは分らないが、逃出して来たという気持だ。それは八重子からであったかもしれない。八重子のほかにはそれから逃出すべきものを私は持っていないのだから。この二月ほどの間で私のからだが継目を失ったように毀れてしまったのも八重子のせいだとさえ私は空想するのだ。目に見えない八重子の力が私をこんなにした。静江を自殺に導いたのもこの目に見えない力だ。その力は持主の八重子が自覚していない間に働いているのだから恐しい。こんな風に考えるほど私の空想は病気になってしまっているのだ。

　空想の病気にちがいない。妄想にちがいない。八重子は静江の死をあんなに嘆いたではないか。二人の男のおもちゃのような決闘をあんなに憤ったではないか。そして私は静江が死んでから後も八重子を少しも憎んでいないのである。しかし、妹たちを初めて見た時に私が母に対して感じた愛と喜びとは何ものかに汚されてしまった。私はやはり父の子だと感じる。生活する力が欠けているように見える八重子が私たち兄妹のうちで一番多く生きる力を持っていると分ったのだが、そのことを私は不思議に嫉妬する。これは私の父が八重子の父に対する嫉妬であるのかもしれない。お夏と彼女の父とはその間のつながりを霊的な焰の形で明らかに現してみせたが、一人の母を中心とした三人の父と三人の子である私たち父子は目に見えない綱につながれながら奇怪な火の車に乗って走っているのかもしれない。こんな妄想を夜明けまで続けている私はいつも、

「生き得る栄光あれ。」と呟いて、この言葉によって眠りを得ようとするのであるが、やはり私は家がこおろぎの声の底へ沈んでゆくような気持で、三角形の底辺がだんだん縮まるように尖って細くなる自分を感じて目覚めているのである。

　そうした一夜、家の東の隅から、

「ああああ……。」と泣声が聞えた。私は二間を突抜けて襖を開いた。お夏が寝床を出てきちんと坐った。

「どうしたんだ。」

「ごめんなさい。私泣きましたか。」

「泣いてたじゃないか。」

「夢を見たんです。」

「どんな夢だ。」

「どんな夢って……。」と、お夏は口をいいんと薄く拡げて顔をしかめながら私を見上げた。その眼は涙に濡れながら視点がまだきまらないらしく、びっこを引いた病的な瞼の線が寝ぶくれて幼なげに見えた。父から受けた悪い遺伝を感じさせる濁った眼が不思議に清らかだった。白い満月を仰いだ時のお夏の眼を、私は直ぐに思出した。

「どんな夢なんだ。」

「なんでもないんです。」

「うなされるにしたって、あんな泣き方はないね。」

「死んだ夢を見たんです。私が死ぬことを夢に見たんです。」

「死ぬことって？」と私は膝を落して、まぶしがる目の前へ坐った。

「私はもう直ぐ死ぬんですって……。」

「何を言ってるんだ。」

「でも、それがほんとですもの。」

「どうして。」

「私の夢はきっと皆あたるんです。」

「その夢というのはどんな夢だ。」

「よく覚えていません。門のところの南天の木の下を掃いていると自動車が来たんです。すると木の葉の雪が降って来ました。木の葉が天に一ぱいですので私はびっくりして家へ飛込むと、頭がしびれるような気持がしたんです。それからよく分りませんが、家の中を見ると、いつの間にかこの家が姉さんの桶屋の家に変ってるんです。その家の中に寝棺が置いてあって、お父さんや姉さんが泣いているんです。私を見て姉さんが、お前は死んだんだよと言ったんです。私も平気でそうだと思い、棺の中には自分がはいっているのが分っていましてね、それで妙なんです、まだ生きている方の私がこれはほんとに自分が死ぬのだと泣き出したんです。」

「その自動車には誰が乗っていた。」

「分りませんね。」

「八重子だろう。」と私は鋭くお夏の眼を見た。

「いいえ、見ませんでした。」

「隠さなくってもいいよ。」

「そうじゃありません。ほんとに見なかったんです。」

「僕はその夢のなかに出て来なかったかね。」

「いたような気がしますね。その前に庭の池に真赤なあやめの花が一ぱい咲いて、それを先生が見ていたと思いますけれども、二つも三つもつづけさまに夢を見たようでよく覚えていません。」

「真赤なあやめなんかありっこないじゃないか。君の死んだ夢だって真赤なあやめの嘘だ。」

「赤いあやめはありませんが、あたる夢とあたらない夢とはちゃんと分りますね。」

「そんな馬鹿なことが。」

「でも、それがほんとですもの。」

　お夏の言う通りこれは正夢だと私は直覚したのである。彼女は父親が死ぬ場合に空間を透視したのであるから、また時間を透視しないとも限らない。そして私は日頃から人間の霊魂はある場合に未来を予見することが出来ると信じているのである。未来も過去と共に永劫の現在に含まれていると思っているのである。

　その時私にまた、遠い海の幻が見えた。月に引っぱられて膨らんでいる海面の幻が見えた。広々と流れる何物かを感覚していた。

「しかしそんな夢を信じるもんじゃない。誰だってそんな夢は見るが、逆夢のことが多いんだ。そんな夢を信じると自己暗示にかかって、嘘がほんとになったりするからね。」

「そんなことを言ったってだめですよ。」

「どうしてだめだ。」

「なんて言ったってしかたがありませんもの。この秋に死にますね。木の葉が落ちる時分ですね。」

「それがいけないんだ。死ぬときめてしまうのが。」

「私なんかどうなったっていいんです。死んだっていい人間は沢山あると思います。」

お夏は固くうつむいていた。突然私はこの自分の滅亡を予見したと信じている存在に痛ましい愛着を感じた。このものを叩毀してしまいたい愛着が私を生き生きとさせて来た。私はすっくと立上った。うしろからお夏の肩を抱いた。彼女は逃げようとして膝をついと前へ出した拍子に私に凭《もた》れかかった。私は彼女の円い肩を頤《あご》で捕えた。彼女は右肩で私の胸を刳《えぐ》るように擦《こす》りながら向直って顔を私の肩へ打ちつけて来た。そして泣出した。

「私よく先生の夢を見ます。——痩せましたね。——胸の上の骨が嚙めますね。」

私は二人の死の予感に怯えながら、現実の世界に住んでいないようなお夏を現実の世界へ取戻そうとするかのように抱いていた。この静けさの底にあらゆる音が流れるのを聞いていた。

地獄

私は七年前に死んでいるが、生き残っている友人の西寺とときどき短い話をする。長話はめったにしない。お互いにつかれるからだ。

この四月の二十日には、九州の雲仙で話をした。

西寺はホテルの奥まった部屋に案内されて、女中が鍵をつかっているあいだ廊下に立ちどまっていたが、その扉があくと硫黄の匂いがなかから西寺に向って流れた。部屋にこもっていた匂いだ。

その匂いの出てしまうのを待つかのように西寺が入口に立っているので、

「入り給え、僕だよ、村野だよ。」と私は言った。

西寺はつかれ切ったように椅子に坐って、

「君に会うだろうと思ったよ。小浜温泉を出て山道にさしかかると、蟬の声が聞える。麦の穂も出ている。季節が早いのにおどろいた。まだ四月の半ば過ぎだからね。しかしそんなことよりも、妙に僕の心をとらえたものがあった。ふと小浜の海を振りかえると、一艘の帆舟の腹に白い波が立っていた。不自然なほど鮮明に見える波だ。僕はなぜか死んだ友人に会いそうに思ったね。」と静かに続けた。「それから、村の家のかなめもちの生垣が、紅の若葉を出していた。いっぱい花が咲いたようだ。僕はこのかなめもちの生垣の新芽と槇の生垣の新芽とを見ると、死にたいように好きだが、みごとな槇の生垣のある遠江を、君と歩いたじゃないか。」

「ふむ。しかし君はなによりもこの硫黄の匂いで、北海道の登別《のぼりべつ》を思い出さないか。」

と私はたずねた。

「思い出しているところだ。温泉のいわゆる地獄から湯気が立ちのぼっているのは、登別に似ているらしいね。」と西寺は答えてから、逆に私にたずねた。「辻子さんはどうしている。」

「妹か。実は僕の方が君から辻子の話を聞きたいのだよ。」

「だって、辻子さんは君より早くからこの世にいない。君と同じ死の世界の人じゃないか。君は死の世界で辻子さんに会うことはないのか。」

「会わないね。死人は死人に会うことがないのだよ。肉親にも会わないのだよ。死の世界ではまったくの孤独だ。」

「それはいいね。」

「君はまだ孤独を知らない。」と私が言うと、西寺は不服顔を見せた。私はさりげなく続けた。

「僕は生きていた時、だれにも打ちとけなかったからね。その罰を死後に受けているのかもしれない。」

「しかし、君は死人は死人に会わないと言うが、生きている僕とはときどき会うのだから、君の生きている細君とはときどき会って話をするのだろう。」

　私は答えなかった。

「君の細君は、君が死んでから七年後の今でも、君のために嫉妬するのを、君は知っているかね。」と西寺は言った。「これには僕もおどろいた。君の細君は内職に、京都の呉服屋の荷物を預かったり、その売りさばきを手つだったりしているので、僕も知合いの婦人を紹介したところが、君がもし生きていたら好きになりそうな人だと、君の細君は言ってね、その婦人に二度三度と会うのはつらいと言うんだよ。僕はおもしろいから、その通りに相手の婦人にしゃべってしまった。その婦人はどう感じたのか、非常にいやがったよ。なるほど考えてみると、女が聞けばいやな話かもしれないね。しかし君だって、死んでから後も細君に嫉妬しているようなものじゃないか。細君は再婚しないで、一人でいるからね。君は当然のこととして、反省してみないのだろう。」

「歌子は今でも僕を愛しているからね。」と私は答えた。「死人に反省をもとめるのはまちがいだよ。死が最後の反省だ。」

「そうでありたいものだね。僕は苦悩の顔をした幽霊は見たくない。」と西寺は言った。

「ところで君は雲仙までなんのために来たのかね。」

西寺はしばらくだまっていてから、眉を曇らせて言った。

「それが実は君の妹さんとも関係があるのだよ。」

「辻子にね。そうか、ここの温泉の地獄が登別の地獄に似ているからだろう。辻子を思い出して、君は雲仙へ来たわけだね。辻子の死んだ登別には、おそろしくて行けないから、登別に似ている雲仙に来てみたわけだろう。」

「そうじゃない。ここの地獄が登別に似ているとは知らないで来た。僕にとっては、似ていることは偶然だった。しかし、似ていることが、僕にはなおおそろしいのだよ。温泉にはよく地獄というものがあって、どこの地獄も似たものだから、登別と雲仙とだけが特に似ているわけではないと思って、僕はさっきから自分のおそろしさをやわらげようとつとめているんだ。」

しかし西寺はそうおそろしいような顔もしていないので私は言ってみた。

「君は辻子の亡霊にみちびかれて、ここへ来たのかもしれないよ。」

「そうじゃない。僕は自分の女房の死に場所を、こっそり一人で見に来たのだよ。」

「巻子さんの？　巻子さんは生きているじゃないか。巻子さんの死に場所と言うのはおかしい。」

しかし西寺はひとりごとのように続けた。

「僕はここに来るまでは、ここが硫黄泉だということも知らなかった。登別のことも、辻子さんのことも、まったく頭になかった。巻子のことだけを考えて来たわけだ。」

ホテルの女中が食事のしらせに来た。西寺は食堂へ出るために立ち上った。

「食事がすんでから地獄をめぐってみないか。」と私は言った。

「窓から見ると、このホテルは地獄の真中に建っているようなものだね。地獄の音も聞えるが、登別ほどおそろしい地獄はなさそうだね。」

「そう。辻子が落ちて白骨になったような地獄はなさそうだね。」

西寺は窓のそばに立って、湯気の立ちのぼる山の上を眺めていた。

「黒松の山かと思っていたら、赤松が多いらしい。京都あたりの山の赤松とはずいぶんちがうね。」

西寺が食堂に行くと、やはり入口が硫黄の匂いがした。広い食堂はひっそりしていた。つつじには二週間ほど早い。

ホテルの玄関を出ると、西寺は八重桜を見上げて立ちどまった。生垣には雲仙つつじが咲きはじめていた。しかし道ばたの八重の白椿の前には、もっと長いあいだ立っていた。大きいみごとな椿にはちがいないが、どこにもあって珍らしくはないのに、西寺は椿というものを初めて見るかのようであった。

「君はまったくの孤独だと言ったが、死の世界には花もないのか。」と西寺は振り向いて私にたずねた。

「ありはしない。花があれば孤独じゃないよ。しかし生きている君が白椿を一心に見ている姿も、死んでいる僕には不安を感じさせるね。君は白椿から辻子の清さを思い出してくれているのか。」

西寺は白椿の下を離れて歩き出した。

「ここがもう地獄の入口だ。」と私は言った。「地獄の音も登別と似ている。やはり硫黄で岩も土も白っぽく薄黄色くなっているね。しかし、登別の方がもっと大地が赤むけになったように、むごたらしい感じだったな。君は地獄の岩を渡るのに、辻子の手を取って、時計が悪くならないかと言うと、辻子の腕時計をハンカチにつつんで、君の上着の内ポケットに入れてやったね。」

「こまかいことをよく覚えているな。」と西寺は言った。

「僕たち夫婦は君と辻子とを注意して見ていたからね。君にははっきりとは言わなかったが、僕は君たちの恋愛を認めていた。だから僕は女房と妹とをつれての旅行に、北海道までも君を誘って行ったわけだ。登別の地獄では、妹はわざとあぶない岩を渡ってみたり、地獄の口をのぞいてみたりした。硫黄の多い泥水が、地の底から煮えくりかえって噴き出している、まあ弱い噴火口なのだろうが、その地獄の釜の縁に、妹は生き生きと動いていた。僕と歌子とはこちらに離れて君たちを見ていた。硫黄の湯煙を歌子がいやがったからね。その湯煙が風の加減で、ぼうっと妹の体をつつむと、白い洋服が薄黄色く見えた。その夜、妹はその地獄の熱湯で白骨になってしまったのだからね。骨にも硫黄がしみこんでいた。」

　西寺はうなずいたようだった。私はつづけた。

「妹も悪かったのだよ。宿にもどって、君と僕とが湯にはいっていると、その湯殿へ妹も歌子といっしょにはいって来た。これには僕も少しおどろいたね。登別のあの宿では、客が一人残らず混浴で、混浴をきらっては温泉にはいりようがないし、およそ湯殿という感じを離れた広さで、僕ははいったとたんに向うの端まで一町もあるかと思ったほどだから、混浴のはにかみを解放する。その広々とした湯殿の方々に温泉の質のちがった湯船がいくつもあって、湯殿は一つでも同じ湯船にはいるわけじゃない。湯気がこもると、遠くの湯船の人はぼんやりとしか見えない。それにしても妹がはいって来たのは、よほどはしゃいでいるのだと僕は思った。」

「僕の若いのがいけなかった。」と西寺は言った。「僕が若い醜さを越えていたら、辻子さんが僕に裸を見られてもいいと思って湯殿にはいって来たところで、僕は辻子さんを汚さずにすんだと思うんだ。後に僕の悔恨の種になった。若い娘が裸を見られてもいいというような気持を、僕はもっと微妙にあつかうべきだった。」

「しかし、辻子は後で君の部屋へ行ったのだろう。」

「それはそうだし、辻子さんはなにも拒まなかったが、今になってみると、辻子さんが湯殿へはいって来てくれたことのありがたさが、僕にわからなかったのが、悔恨の種だ。それから後で、辻子さんを元の部屋へ帰したのが、辻子さんの死因になった。辻子さんを朝まで僕が抱いて寝ていたら、辻子さんは死ななかっただろう。僕は君に知れるのをおそれて、元の部屋へ追い返した。辻子さんは君たち夫婦の次の間に寝ていた。辻子さんはその部屋へは帰らないで、地獄へ行って死んだ。辻子さんがなぜ死んだか、僕にはわからないものだから、朝まで僕が抱いていれば死ぬことは出来なかったのにと悔んだわけだ。」

「妹がなぜ死んだのか、僕らにはなおわからなかった。君はあの夜のことを僕にも告白しなかったからね。十年間もかくしていたからね。」

「それは言えなかった。君は辻子さんが純潔のまま死んだと信じていた。また僕一人の秘密でもなかったからね。辻子さんはその秘密を守るために死んだとも考えられるからね。」

「あの時の君のおどろきや悲しみは異常なものだったが、それは君が辻子を愛しているからだと思って僕らは君を疑わなかった。妹の不心得をただ君にすまないと思って、君に詫びてばかりいた。それも君に苦痛を加えたわけだったんだね。」

「そうだった。」

「僕らは妹が娘の感傷の発作から死ぬ気になったとしか考えられなかったが、なにか妹には君との愛の幸福が続かないだろうという恐れがあって、それに追いつめられたのかとも思った。過失の死だろうとも、あの時言ったね。足をすべらせて地獄へ落ちたのかもしれない。娘が夜なかに一人で、あの地獄まで行くのは、死ぬ覚悟のほかになさそうだが。」

「しかし十年後に僕の告白を聞いて、君は辻子さんがなぜ死んだか、たしかにわかったのか。」

「少くとも聞いた時にはわかったと思った。君が殺したと言うわけじゃないが、なるほどそうだったかと思った。」

「僕にはあの時も今も辻子さんの気持がわからない。」

「なにも言葉で説明出来なくてもいいじゃないか。」

「憤怒、悔恨、絶望、羞恥、驚愕、僕は辻子さんを死なせた気持をいろいろに考えてみたが、どうもわからない。辻子さんは拒まなかったし、それほどの恐怖も憎悪もあったようには見えなかったが。」

「妹は死によって君に抗議したのではないと僕も思っている。」

「言いようのない自己嫌悪に、辻子さんがおそわれたのじゃないかと、僕は後には考えるようにもなった。僕自身から割り出してね。なぜなら、辻子さんに死なれて以来、僕の自己嫌悪の生涯がはじまったからだ。悔いや悲しみや悩みが、いつか自己嫌悪のかたまりになって、僕の骨にこびりついてしまった。」

「そうして辻子も嫌悪するようになったのだろう。あの夜死んだ辻子は、君から憎悪される理由も十分にあるからね。」

「そんなことはない。嫌悪するのは自己だけで辻子さんじゃないよ。むしろ僕の自己嫌悪によって、辻子さんは僕に美しく見えるようなものだ。あの夜もし辻子さんが自己嫌悪におそわれたとすると、そのおこりは僕にあって、僕の自己嫌悪のおこりは辻子さんの死にあるだろうが、二つはまるでちがうからね。辻子さんは嫌悪する自己を、その夜のうちに消滅させてしまった。死の世界には自己嫌悪はないだろう。」

「ないね。」

「僕にとって辻子さんは、夕方あの広い湯殿の湯気のなかに初めて裸を見て、その夜初めて抱いて、あくる朝は白骨だった。地獄の泥湯で肉はすっかりとけていた。」

そう言いながら西寺は足もとの地獄を見ようとしないで、地獄の向うの山ばかり見ているようだった。

「しかし君はあの晩のことを十年もかくしていたのに、なぜまた僕に告白する気になったのだ。秘密を守っていた方が、君のためにも辻子のためにも美しかったのじゃないのか。」

「僕の女房に知れたからだ。女房に話したので、君にも告白したわけだ。そう言うと君はいやがるだろうが、僕の方から巻子に打ちあけるつもりじゃなくて、巻子の方で感づいたのだよ。辻子さんの死んだ話が歌子さんから巻子に伝わって、女房は辻子さんの死にはなにかがかくれていると直ぐに見抜いたのだよ。」

「僕も君の告白を聞いてからは、君の家へ行きにくくなった。巻子さんにもこだわりが出来た。そういうことも巻子さんの疑惑を深めただろうね。」

「いや、僕は君に告白する前に巻子に話したのだよ。」

「そうか。」

「僕は過去のこととして話した。しかし女房には過去ではないのだね。現在につづいていると思うのだね。巻子は少し頭がおかしくなったせいもあるだろうが、辻子さんが死んでいる人か生きている人かわからなくなって来たらしいんだ。生きている女を嫉妬するのと同じなんだ。家出をするの、死ぬのという騒ぎがつづいた。そのうちに僕自身もわからなくなって来たんだよ。辻子さんが生きているのか、死んでいるのか。またよく考えてみると、巻子の気持もあながち荒唐無稽じゃない。例えば君の細君にしたって、君と十分愛し合ったということに満足して、ひとりでいるわけだが、その歌子さんは君が今も半分は生きているものとして暮しているように見えないこともないね。辻子さんも死んだとは言い切れないかもしれない。辻子さんが今も生きて僕を愛しているということを感じたのは、僕じゃなくて、僕の女房だった。」

「妹が一夜で死んだのも、君にたいする強い愛情からだったかもしれないね。妹は愛の最も短い時間に満足して、それに命をかけたのかもしれないね。」

「私も死ぬと僕の女房は言ったよ。こうして生きていては、一夜で死んだ辻子さんと到底争えないと思ったのだろうか。私は行くところがきまっていると、巻子は幾度も泣いて言うのだね。死にに行くところだ。どこだと僕が問いつめても、女房は教えないんだ。僕にわかってはなにもならないからね。一年半ほどして、女房はやっと打ちあけた。それがこの雲仙だったんだよ。雲仙の裏山で死ねば、人に見つからないと、女房は思っていたんだ。」

「それで君はさっきから山ばかり見ているんだね。」

「そうだ。黒松のような赤松のあいだに、いろんな木の若芽が出たばかりで、ういういしい緑があふれている。ここで女房は死ぬつもりだったんだよ。僕は女房にはこっそり一度雲仙に来てみたかった。しかし雲仙が登別に似ているのは知らなかった。似ているのが今日わかって、僕はおそろしい気がするのだ。女房は門司で育ったから、女学校の修学旅行にでも雲仙へ行って、その時の印象を思い出して、雲仙を死に場所に選んだのだろうと考えていた。しかし巻子は雲仙が登別に似ていると思って選んだのかもしれない。そのことは僕に言わなかった。だから僕にとっては、雲仙の地獄が登別に似ているのは偶然だと思ったのだが、実は偶然ではなかったのだろう。」

「僕の妹が死んでから後まで、それほど君や巻子さんを苦しめているとは知らなかった。」

「辻子さんの死から来た自己嫌悪を持ったまま、僕は巻子と結婚したのだからね。しかし僕は巻子が死ぬつもりだった山をしみじみ見ることが出来た。東京からはずいぶん遠かったよ。」

「北海道と九州と言えば、今では日本の北の端と南の端だからね。」と私は言った。

「僕は君が死にに来たのかと思って心配した。」

「そんなことはないよ。僕は女房の雲仙の山を見に来ただけだ。巻子がここで死にたいと言ったのは、もう十年も前になった。十年のあいだ僕はときどきこの山を見たいと思ったものだ。」

地獄めぐりを終えて西寺はホテルにもどった。硫黄の湯の流れる川岸には、湯のぬくみで雲仙つつじがもう細かい花を開いていた。大通の道端にもぷくぷく湯が吹き出ていた。

ホテルの部屋の窓からも西寺は地獄の向うの山を見つづけた。

夜になると、硫黄の湯煙が山腹にひろがり、地獄の音が強くなった。

私は西寺が無事に眠るのを見とどけるまで部屋にいた。西寺がなぜ雲仙の裏山を見たかったのか、それについて話し足りなかったように思った。

故郷

彼は空から故郷の村を訪れた。ヘリコプタアのようなものに乗って来たらしい。

（失語症でなくても、人にはどうしてもおぼえにくい言葉、どうしても口から出ない言葉があるものだが、彼には「ヘリコプタア」がそれだった。「ヘリコプタア」という言葉を思い出そうとすると、「エスカレエタア」という言葉が出て来てしかたがない。「エスカレエタア、エスカレエタア……。エスカレエタアじゃなくて、なんだっけ。」と彼はつぶやきつづける。ようよう思い出しても「ペリコプタア」である。しかし「ペ」がまちがいで「ヘ」が正しいと気がつくのには、時間はかからない。）

ヘリコプタアに乗って来たのだとすると、山家村ではめずらしいはずだから村人たちが見物に出そうなものだが、足の下にひろがった麦畑にも細道にも人の姿は見えない。またヘリコプタアもよほど改良されたとみえてプロペラアの音がなく、揚げひばりの声が聞える。昔の彼の家らしい藁屋根の上に桃の木が一本生えていて、花が咲いていた。彼が子供のころ桃の実を屋根にほうり上げたことがあるだろうか。それが大きい木になったのだろうか。夕焼けのなかに屋根の上の桃の花はあざやかだった。

彼は桃の花を目あてに著陸しようとしたが、庭木が多く大きい庭石も出ていて、場所がなかった。第一、今、どんな人が住んでるのかと思うと、黒ずんだ藁屋根が薄気味悪くなって来た。昔自分が住んでいたからと言って、今も自分の家であるはずはない。二十年前に離れた家が今もそのままの形であるのはむしろ不思議かもしれなかった。彼は屋根の上に浮かんで、しばらく様子をうかがっていた。家は静かで障子にまだ明りも見えなかった。

「昔の人が来たのを恐れて、かくれているらしい。」と彼はつぶやくと少し舞い上って村の上を一廻りした。彼の昔の家だけではなく村のどの家にも人影は見えなくて、死の村のようであった。しかし死の村にしては、寺の大いちょうや彼の昔の家の松をはじめ村中の木々が春のみどりであった。川岸の柚《ゆず》の葉の色濃いそばに柿の若葉が明るかった。彼は子供の時、さきを割った竹でその柚を挟み取ったものだ。柚の枝はねばってなかなか折れなくて腕がだるくなり、見上げている目がくらんで来たものだ。柿の木にのぼって柿をもぎ取ったこともあった。その柿の木から落ちてびっこになった、よし子という少女があった。

空から見るせいか夕焼けの色がおりて来て村をつつんでいた。夕焼けを見上げるのでなく見おろすことが不思議な感じであった。春のさかりというのに、彼の昔の家の屋根の桃しか花の咲いていないのも不思議であった。日の沈む前に著陸しなければと思うのだが適当の空地がなく、また夕焼けにつつまれた村は彼のおりるのを拒むかのようであった。いったい彼は二十年ぶりでなんのために故郷の村を訪れて来たのだろう。明らかな理由はないが、春の愁えというようなものかもしれなかった。早春は頭の血行が悪くなると薬屋の広告の文句にもあって、毎年その季節から彼は厭世的になる。

彼は村から拒まれているようで裏山の方へ飛んで行った。小山のいただきに彼の親しい場所は白く暮れ残っていたと言うよりも、そこは彼を迎えるために薄い光りが地から出ているかのようだった。彼は静かにおり立った。

その山のいただきの円い空地は小松に取りかこまれている。ひとところの小松の群のあいだから遠い火が見えるようなので、彼はそっちへ歩いて松のあいだをのぞいてみると、谷間の池に夕焼けがうつっているのだった。

「そうだ、あの池があった。」

子供の時にここからよくあの池を見たものだ。彼がここへ来たのはたいてい夜明け前であったから、池の鈍い色が彼をおびやかしたこともあった。勿論朝焼けもこの池にうつったものだ。

彼は家の者が眠っているうちにそっと抜け出した。表もまだ暗いから早起きの村人にもめったに出会うことがなかった。出会えば怪しまれるだろう。

「山へ日の出を見に行くんです。」と言っても通じるものではない。

なんのために日の出を見に行くのか、成人の後に彼自身で考えてみてもよくわからなかった。日の出を見に山へ行った子供の自分をなつかしく思い出すだけだった。そのころの彼の家は暗鬱であったから、それをのがれるためだったかと考えてみても、夜の明ける前の山へいそぐ子供の彼は足取りも勢いよく期待に胸をおどらせていた。感傷的なものはなかった。変ったことをしているという子供ごころもなかった。少年の憧憬や希望を日の出に宿してというのでもなかったようだ。

しかし、日の出はよく見に行ったが、日の入りは見に行ったことがなかった。彼は絶えて久しい故郷の村を訪れた今はじめて夕日のころに、この小山のいただきに立っているわけだが西の方が高くなっている地勢で日の入りはよく見えそうになかった。それでなくても春の夕暮れはおぼろである。村の裏の山々のここは東の出鼻にあたるようなところで、日の出を見るのに村一番の場所を子供の智慧がえらんだものらしい。

松の木の間からのぞく谷間の池にうつる夕焼けは冷いが、西の空の夕焼けはとらえどころなくあたたかそうなので、彼は足もとの土に手をやってみると、やはり冷やりとするのだけれども、その冷さのうちにほのかなあたたかみがあるようだった。彼はじっと土に掌をあてているうちに、みずみずしいものが伝わって来るようだった。ここに立って日の出を見ている自分の子供姿が浮かんで来た。向うの山に昔見た日の出も見えて来た。向うのやはり低い山は一里ほど東だろうか。太陽は山の端にのぞいてきらめきながらしばらくたゆたって、それからぐうっと押し上げられるようにのぼる。子供の彼は感動する。

その感動が今新たによみがえって来て、掌のかわりにもし耳を土につけたら、故郷の地の声、昔の声も聞えて来そうに思っていると、池のある方の松のあいだに物音がした。

「うさぎかな。」

うさぎだとしても、彼はそのうさぎと話をしようと待ちかまえた。昔ここへ日の出を見に来てうさぎを見たこともあるし、小鳥の朝のさえずりを聞いたこともある。

しかし、小さい女の子が松のあいだから現れた。

「ふくちゃん。」と彼は呼んだ。

「虎夫さん。」と少女も彼を呼んだ。

少女は紺がすりを著ていた。白いかすりのなかに赤もはいっていた。

「僕が村へもどったのがわかったの？」と彼はたずねた。

「あたしはよくここへ来てみるのよ。虎夫さんの帰ったことは知らなかったわ。今日もここへ来てみただけよ。」

「ひとりで来るのか。もしかすると僕に会えやしないかと思って……？」

「虎夫さんは夢を見ていらっしゃるのよ。」と少女が言った時に、彼はあっと気がつ

いて、

「君のうしろに立ってるのは誰だい、薄ぼんやりと……？」

「おふく婆さんよ。子供の私を心配してついて来たのよ。」

「その婆さんが現在のふくちゃんの姿か。婆さんだけでは僕にわからないと思って、昔の子供の姿がついて来たんじゃないのか。」

「そうじゃないわ。私は私、おふく婆さんはおふく婆さんよ。私がお婆さんになっていても、子供の私はまた別にいるのよ。」

「それはそうだろう。僕が故郷に帰ったんだからね。それで子供のふくちゃんが復活したんじゃないのか。」

「ちがうわ。私にさわってごらんなさい。ちゃんとさわれるから……。おふく婆さんはさわろうとしても体がないわ。見たところも少しぼやけてるでしょう。ものも言わないわ。」

「ものも言えないのか。言っても通じないんだろう。別の世界の人なんだな。年は取りたくないね。」と彼は言いながら自分を見ると、彼のそばにも子供の彼が立っていた。

「さあ、ふくちゃんだよ。昔お前がよく遊んだ子だ。」とその男の子にふく子を紹介するように言った。男の子は彼の前へ出て来た。

「さっき僕の昔の家をちょっとのぞいて来たんだが、今あの家に誰が住んでいるの？」

「見に行ってみましょう。」

「行ってくれるか。ふくちゃんもいっしょなら、家の人も怪しまないだろうね。」と彼は手を出してふく子の手を取った。その子供のふく子の小さい手が自分の手にちょうど合うので彼はうれしかった。彼の手は現在の自分の手か子供の彼の手かわからないながら、少女の手から生き生きと流れこんで来るものがあった。

「おふく婆さんはどうする。つれて行くのか。」

「ほっておいてもついて来るわ。口をきけるすきがあったら、さんざん私の悪口を虎夫さんに言いつけようと思って、つけねらっているんだわ。」

「そんなことはわかっているよ。年を取ると体のなかに毒がたまって、自分で自分の悪口を言わないと苦しくなるんだね。」と彼はおふく婆さんを振りかえった。

彼とふく子とは松の枝があると身をかがめてくぐるのに、おふく婆さんはそのままふうっと通るのだった。松の枝がおふく婆さんの体のなかを通ると言ってもよかった。それも薄気味悪いようだが、もっと気味が悪いのは子供の彼がおふく婆さんと手をつないで来ることだった。これはおそろしい錯誤だ。子供の彼はやはり紺がすりの筒袖を著ていた。おふく婆さんは盲縞《めくらじま》の野良著《のらぎ》のようである。子供の彼をおふく婆さんの手から救ってやってくれと、彼はふく子に頼みたいのだが口に出せなくて逃げるように足をいそがせた。山をおりたところは菜の花畑だった。日が沈んで夕焼けも薄れたのに、菜の花の上は光りがあるようだった。彼はふく子の手をひいて菜の花畑を通り抜け、その畦を歩いた。

「さっき空から見た時も、村に人影も見えなかったんだが、やはり畑にも一人もいないね。」と彼は言った。

「誰か呼んでごらんになるといいわ。名前をおぼえてる人を……。」

「そうだね。柿の木から落ちてびっこになった子、よし子と言ったかな。しかし、僕が今の山へ日の出を見に行ったってことを、ふくちゃんはどうして知ったの？　誰も知らないはずだがな。一度、うちの人が起きると僕がいないというので騒ぎになったことがあるが、帰ってからも、僕は山へ日の出を見に行っていたのは白状しなかったよ。妙な子供だと思われるのがいやだったんだ。蛙を取りに行ってたと言った。」

「蛙……？」とふく子は笑い出して、

「つまらないことを言ったものね。日の出を見に行ったと言えばよかったのに……。子供の時に虎夫さんの見た昇る朝日は虎夫さんのなかにはいっちゃってるのかもしれないわ。そして昔子供のころにしたことは、その時は秘密だったにしても、今はみんなに知れ渡っているものなのよ。人は自分のしたことをかくし通せないものらしいわ。」

「故郷ってこわいところだね。ふくちゃんと僕のことも知れてるんだね。」

「知れていても、みんな忘れているけれど……。」

やがて彼の昔の家の門に近づいた。ずっと昔からの村の地主たちが見えを競ったのか、門は家につり合わないほどいかめしい。くぐり戸には太い鉄ぐさりがついていておびやかすような音を立て、そして重かったものだ。ところが今は音もなく手答えもなくすうっとあいた。闇へゆく扉を開くようだ。時刻ももう夕闇だが門のなかはいっそう暗かった。彼の足もとからなにか黒いものが走り出すのを見ると鶏だった。鶏は前に倒れそうに低くなりながら足は早かった。鶏に門番をさせているのかなと彼は思った。門の左手に門番のためのような二間があって、柿の木から落ちてびっこになったよし子の一家が昔は住んでいたものだ。彼はその土間にはいってみた。誰もいない。障子のやぶれ穴からなかをのぞくとやぶれ畳に松葉杖が一本落ちているだけだった。彼はおそるおそるその松葉杖を拾った。

「よし子は足がよくなって、いらないのかな。こいつがあれば心丈夫だ。」と彼はふく子に話しかけながら松葉杖を振りまわす真似をした。しかしふく子はいなかった。おふく婆さんも子供の彼も消えていた。こわくて逃げ出したのだと彼は思うと自分もこわくなった。忍び足で庭へまわって大きい石のかげにかくれた。横長の石を立てたもので、その裏に十分身をかくすことが出来た。昔この石にふく子と二人でかくれたことがある。その時のふく子の温い息が石にしみていて石が今も息づかいしているようにも感じられた。

彼は石の上に頭を出して家の様子をうかがった。家はひっそりしていた。やはり明りはついていない。障子のままで雨戸はしまっていない。彼は石のかげから出て庭を越え座敷の縁にあがった。物音はしない。

「家の人は昔の幽霊でも来たと思ってかくれているのかな。あるいは自分には今住んでいる人が見えないのかな。とにかくはいってみよう。」

家のなかの勝手はよくわかっていた。昔と変っていないようだった。彼は柿の木から落ちてびっこになったよし子の松葉杖で暗がりをさぐって歩いた。彼の左足が急に痛んでつって松葉杖をほんとうに役立てなければならないようだった。

「虎夫、虎夫。」と呼ぶ声がした。

「あっ、お父さんじゃありませんか。」

「静かにしないか。今お前が生まれるところだぞ。難産だぞ。」

「難産ですか。」

「静かにしないか。難産だということをよくおぼえておけ。」と父は青白く頬骨立った顔で隣室との境の襖をにらんでいた。茶の間で父は大きい木の根の火鉢に向っていた。火鉢に火はなく、暗いのに明りもついていなかった。赤子の泣き声が聞えた。生まれた。彼はどきっとすると目をつぶったが、やがて大声を立てて笑い出した。その笑い声が広い空っぽの家にひびいて、彼は水を浴びたように身がすくんだ。

母が彼を抱きながら泣いていた。その彼はもう五つぐらいだが母のふところに手を入れて乳房をさぐった。

「およしなさい。そんなことしたって、お母さんは悲しいんだから……。お前、お父さんが二人あったらどうする？　二人あったら、おそろしいでしょう。お前が生まれたころのお父さんとこのごろのお父さんとは、どうしても同じ人じゃないよ。別の人になってしまったんだよ。虎夫、お前は大きくなっても別の人にならないでおくれ。お母さんが命がけで難儀して生んであげたんだからね。」

もうたくさんだと彼は思った。松葉杖を小脇に抱えて家を飛び出した。庭も走って通った。門の外に子供のふく子が待っていた。

「どうしたの？　こわいことがあったの？」

「いや。」と彼は苦しい息をしながらふく子の小さい手を取って振りかえると、屋根の上の桃の花が目についた。桃の花からほのかな光りが出ているかのように、桃色の花の群は夜空に浮かんでいた。

「この家、誰も住んでいないんだね。」

「そう？」とふく子は人なつこく彼を見上げて、

「今晩、私のうちに泊って、明日の朝、あすこへ日の出を見に行かない？」

彼はどうしようかと迷った。

離合

娘と結婚したいからと言って、遠隔の地に隠棲している娘の父を訪ねて来るのは、もしかすると今時奇特な青年かもしれない。福島は一見して、津田長雄という青年に好感を持った。長雄は娘の母のところへも領解をもとめに行くと話した。

「いや、母親の方はよろしい。」と、福島はいささか狼狽気味で、「多分、久子からお聞きでしょうが、妻は離婚しています。」

「はあ。」

「久子のような娘と結婚してくれるのに、君はなにも、千里の道を歩かんでもよろしいよ。」

「ここへうかがうのも、大阪まで飛行機で来ましたから、日帰りだって出来ます。」

「飛行機で来ましたか。」

東京大阪間の飛行機賃がいくらか、福島は正確に知らないが、裕福で多忙な青年なのだろうかと思った。

「それは、家内の方にだって、汽車は通っていますよ。駅から直ぐだな。その点は、ここのように不便じゃない。」と言いながら、福島は学校の門の方に目を向けた。青年が自動車を待たせているかと見たのだ。

「廊下で立話も失敬ですね。天気だと、その辺を散歩しながらお話し出来るんですが……。」

「でも、先生は授業がおありじゃないんですか。」

「いや十分や二十分、生徒を待たせたってよろしいし、自習にしとけば体があきます。」

物見高い中学生たちのことで、廊下のはずれで立話している福島先生を、事件のように見ている者もあった。そばを通るものは少しよけて通った。

「教員室でよかったら、どうぞ……。応接室というようなものもあるにはあります。」

「はあ。」と、青年はためらうようなので、

「君はこれから直ぐ帰るんですか。」

「いいえ。先生に直ぐ御承諾いただけるかどうかわかりませんでしたし……。」と青年は明るい表情で、「御承諾いただければ、いただいたで、お話したいこともあります。」

「久子が私のところへ行ってくれと言いましたか。」

「はあ。」

「それはさっきも言ったように、久子さえよければいいのです。久子の自由ですよ。

私はただ久子の自由の選択がまちがわないことを、遠くから切望していただけです。もしまちがったとわかれば、忠告はしたかもしれません。父親にはちがいなくても、そういう立場の私は、君がわざわざ来てくれたことに感謝しますよ。」

「私の方こそ、ありがたいと思います。」

「しかし、久子は君といっしょに来ると言いませんでしたか。」

「そんな話もありましたが、それはあんまり……。」

「気が進まなかった？ 久子がここへ来るのをいやがりましたか。」

「いいえ。いきなり二人で来るのは、かえって先生の感情をそこないはしないかと思いましたから。」

「なるほど。久子から前に手紙でも来ていると、こんなに突然じゃなかったんだが……。」と、福島は一呼吸して、「それで久子は、母親の方へも挨拶に行ってほしいと、君に頼んだんですか。」

「久子さんの頼みがなくても、私としては、お母さんにお目にかかってお話しておいた方が、後々のためによろしいかと思います。」

「いかにもね。久子の母親であることには、絶対まちがいないんだから……。このごろ久子は母親と文通しているようですか。」

「もう何年も便りがないということでした。」

「そう？　口は禍のもとだが、手紙も禍のもとになることがあるから……。手紙は後まで証拠を残すし……。」

「先生、学校からお帰りになったころに、お宅の方へうかがってよろしいでしょうか。」

「ああ、そうしてくれますか。またとない機会だから……。今日こそ今日を逃すな、という言葉がある。またいつ君に会えるやら知れない。授業はもう二時間ですみます。酒屋の離れを借りているんで、お宅というものじゃないが、先きに帰って待っていてくれますか。」

福島は案内図を書いて長雄に渡した。そして雨に濡れた渡り廊下の足もとを見ながら教員室へはいった。まだ五十二三のはずだが、老人くさい後姿を、長雄は見送ってから、川岸を伝って行った。水量を増したらしい流れは底の石で波立ちながら、山が影を落すせいか青みがかっていた。道の水たまりも山をうつしていた。

三方が山で川沿い町だった。町というが町らしくはなく、附近の村を合併して町になっているのだろうと思われた。

この山中では、つゆの雨が都会でほど鬱陶しく感じられない。長雄は愛人の父に結婚を承認されたのだから当然かもしれないが、その喜悦のためばかりではなく、雨に風情のあるのが珍らしく思えた。

酒屋の離れで軽く杯を交わして、その夜、福島と長雄とは早くから床についた。しかし、明りを消したなかで二人はある時は目をつぶり、ある時は闇のなかに目をぼんやり見開きながら、寝物語をつづけた。

離れは八畳と六畳とで、福島が一人で住んでいる。台所道具も少しあるが、食事は母屋《おもや》の酒屋が賄ってくれる。生活は簡易である。中学の数学の教師をしているから、隠棲というほどではあるまいし、もとが貴顕の身というのでもない。東京では電気技師だった。会社に勤続していれば、今ごろはかなりの昇進をしていたのかもしれない。戦災で工場が壊滅した時に、田舎へ帰ってしまったきりで、戦後は臨時のつもりの教員をそのまま続けている。一人娘の久子は東京に出て、製薬会社の宣伝部に勤めている。父の方からも娘の方からも仕送りはしない。双方とも相談し合う用件が先ずないので、手紙もとだえがちであった。父親の田舎暮らしは一向に変化がないが、娘の方には最早相談しにくい事件も起きているだろうと、父親は折節想像してみる。娘は父親についでがあるたび、上京を促して来るが、前に娘から再婚をたびたびすすめられながらしなかったように、上京も遷延している。この山のなかに晩年を埋めそうな気がしている。東京に出ると後に娘の重荷になりそうな思いもある。しかし、妻を離別してからは娘と二人で暮らして来たのだから、今でも愛情は通い合っている。ひしひしと愛情は通いながら、日に日に娘が遠ざかってゆくようなさびしさも、父親にはあった。

　娘と結婚したいと言いに来た青年は、娘と会いに二三日でも東京へ出て来るようにと言った。帰りに父をつれて来てほしいと、久子からくれぐれも頼まれたのだそうである。父親は涙が出そうにうれしかった。久子が長雄を信頼し、父も長雄を信頼するだろうと、娘が考えているらしいのもわかった。

　川瀬の音が枕に通い、今夜は水が荒れているので少いが河鹿も鳴いていた。

「今夜は蛍も見えない。」と、福島は長雄に言った。「川の方の窓は雨戸がなくガラス戸だから、蛍も見えるんですよ。カアテンをかけなければよさそうなものだが、私は朝が早くて、まあいらないと思えばいらない。田舎教師で生活が不精になっているんですかな。山や野に花が豊富なのに、町の人は狭い庭に菊をつくったり、薔薇を植えたりしている。私にはそういうところもない。ところが町の人は、山の花木や野草の花の名なんか、案外知らないもんですよ。案外見てないもんですな。私も東京にいた時分は、東京にしか生き甲斐のある生活はないように考えて、会社の研究室と工場のあいだだけを往復していたものだが、田舎に住みついてみると、そうでもない。そうかと言って、陶淵明のように幸福を感じているわけじゃないが……。」

「久子さんはしきりに先生の技術を惜しんでいますよ。」

「戦争中に時代おくれになって、その後また時代おくれになっているでしょう。こちらでは専門の本は読まない。中学の図書館から、ほかの本を借り出して来て読んでいる。よく読めますよ。電気工学のほかにも、じつにいろんな世界があって、それが僕には新しい世界なんだな。こんなことを言って、君は久子の父親に失望するでしょうが……。」

「いいえ、そんなことはありません。」

「失望したっていいですよ。と言うのは嘘かもしれない。私は君にいい印象を与えたいと思っているんでしょう。さっきも言ったように、君の来てくれたことに感謝しているからです。久子は多分自由に結婚するものと考えていた。あるいはもう結婚のようなことをしているのかと思っていた。」

「私は来てよかったと思っています。」

「私もそう思っている。久子と二人で暮らしていたころは、この子が結婚すれば私はずいぶんさびしいだろうと思ったものです。ところが妙なものですね。あなたがこうして来てくれると、実は反対なんだな。遠ざかってゆくように思っていた久子が、ここで急に近づいて来たような気がする。どういう心理でしょうな。」

「そう思っていただくのは、僕にもありがたいことです。」

「君は一体なにものです。こうして二人で枕をならべているが、今日はじめて会った人なんだ。今日までは縁もゆかりもなかった人なんだ。それが親愛と好意とを感じて、一部屋に寝ている。君は久子の父親に失望されたかもしれんが……。」

「そんなことはありません。僕が先生を失望させることにならなければいいがと思っています。」

「久しぶりで久子に会いに、私が東京へ行くのも、君のおかげですよ。しかし、久子というものがいなければ、君とはおたがいがこの人生に生存してるとも知らない、赤の他人だったでしょうね。君と私との二人を結びつけたという意味でも、私は久子がここに来ているように感じられる。」

「はあ。先生は久子さんといつからお会いにならないのですか。」

「そう、二年になりますかな。久子が正月にこの山のなかへ来てくれてからね……。学校は長い休みがあるから、私の方が東京へ出向けばいいんだが……。以前には行ったものです。」と福島は思い出を追う気持になりながら、

「久子は母親に縁の薄い子ですからね、気の強いところがありませんか。しかし、母親が悪い女だから離婚したというのではないし、久子は母親からなにも悪い影響は受けていませんね。」

「いいお母さんだったという話は、久子さんからも聞きました。」

「小さい時に別れたら、母親の美しい記憶だけが残るのは当然でしょう、女の子だしね……。私もこうやって離れていると、腑甲斐《ふがい》ない父だとは思うかもしれんが、悪い

父だとは思わんでしょうな。」

「先生のことを始終聞きます。先生も東京に住んでいただくように、二人で話し合っているんです。」

「いや、私はいい。こんな山のなかでも、ここに落ちついていると、ここの私がある。」と福島は言って、口のまわりの不精ひげをなでまわしていた。別れた妻が常になく鮮明に思い出されて来るのに驚いていた。


この村のような町から汽車の駅までは二里あった。

翌日、福島は受け持ちの授業をすませて後、雨の二里の道を長雄と歩いた。大阪に着くと夜になった。

天候のせいで飛行機は出発が二時間ほどおくれた。雨雲の上を飛んだ。その雲海が時には山のように見えて、飛行機がぶっつかりそうな不安を福島は感じた。

航空会社のバスで銀座まで送られたのは、もう深夜だったから、長雄とはそこで別れて、福島は出迎えてくれた娘のアパアトに落ちついた。

久子は長雄のことがあるので父にたいして少しはにかみながら、はじめは話しにくそうだった。いそいそとしたしぐさによろこびを現わした。

「きれいに住んでいるね。」と、福島は部屋を見廻した。

「お父さまがいらっしゃるから、かたづけたのよ。お花も、カアネエションは高いから、不断は買いませんわ。」

「ふむ？　お母さんがいないから、白いカアネエションか。」

「あら。そうじゃないの。鬱陶しい天気だから、白い方がいいと思ったんです。お母さまのためなら、白いカアネエションは、母の死んだ人ということになっているんですもの。」

久子は目をかげらせた。

「そうか。お父さんの町には、カアネエションなんか売っていない。高い花をずいぶん買ってくれたね。花は別にしても、部屋がすがすがしい。若い娘のいる部屋のやわらぎもあるね。久子と二人で暮らしていたころを思い出すよ。」

そして福島はカバンから新聞紙の包みを出した。

「早速だがね、これは私がしてあげられるだけの久子の嫁入り仕度だ。お父さんの貯金の全部だ。少いが……。」

「まあ、お父さま。」

「今日ね――、今日というと、午後まで、あの山のなかにいたとは思えないが、今日なんだね。今日、長雄君に銀行へ行って出してもらったんだよ。長雄君もあの銀行には驚いていたな。古い土蔵に窓をあけて、銀行の支店にしてるんだからね。」

久子は金包みを渡された手を膝においたまま涙ぐんでいた。

「品物にして上げようかと思ったが、長雄君と二人で見てなにか買った方が楽しいだろう。」

「すみません。でも、みんないただいてしまったら、お父さまがお困りですわ。」

「私は困りはしない。今月は今月の月給で、田舎暮らしは足りるからね。夏休みだって月給がある。」

久子は涙をこぼしながら、寝床を二つならべて敷いた。

「いい夜具だね。どうしたの？」と福島はたずねた。

「長雄さんのうちからお借りしたんです。お父さまがいらっしゃると言って……。」

「そう？　長雄君のうちの人たちにも、久子は好意を持たれているんだね？」

「はい。親切にしていただいてます。」

「それはなによりだ。両親とも揃っているのか。」

「お二人ともお元気でいい方ですわ。」と、久子は枕カバアの一方から枕を入れて振りながら言った。

「お父さまおつかれでしょう。やすみましょうか。」

「そうしよう。昨夜はね、長雄君と二人で私の部屋に寝たんだよ。これも昨夜のこととは思えない。飛行機のおかげだね。」

「どうでしたの？　初めてお乗りになって……。おくれたから、羽田でずいぶん心配したの、もうさっき言いましたわね。」

「うん、私の心配の方はまだ言ってなかったね。窓からのぞいていると、前方の雲が山みたいに見えて、どうもぶっつかって行きそうに思えるんだな。ここでぶっつかったら、私の方はひと思いで、まあいいとして、長雄君の方は久子が結婚直前に愛人を失うことになるから、これはどんなに歎くだろう。若い人の一生の悲劇になるかもしれない。長雄君を助けるにはどうしたらいいか。抱きついて庇《かば》えばいいかと空想したんだが……。」

「まあ。」

「空想さ。庇ったところで同じだ。また、庇ったような形で抱きついて落ちていたところで、それは私の瞬間の恐怖の姿に過ぎないんだがね……。しかし、久子は長雄君の方と私の方と、どちらをよけいに心配した？」

「お二人ともですわ。」

「いや、これはじょうだんだ。」

福島が寝床にはいるのを待って、久子は父の洋服を片づけた。

「お父さま着替えをお持ちにならなかったのね。寝巻をお借りしておけばよかったわ。うっかり忘れていてすみません。」

「それはなれなれし過ぎるよ。」

「向うでも気がつかなかったのね。久子のゆかたでもよろしければ出しましょうか。」

「借りよう。」と、福島はむくりと起き出した。「シャツで寝るのはどうも気持が悪い。」

娘のゆかたを着た父の姿を久子は楽しそうに笑って、自分も寝床にはいった。

今夜は昨夜とちがって、明りを消さなかった。勿論まだ話し続けるつもりである。父は久子の方を向き、上になった片腕を掛蒲団の上に出していた。そのゆかたの片袖は白地に大きいとんぼが染めてあった。

「昨夜は長雄君と枕をならべていてね、不思議に思ったんだよ。だって、始めて会った人だろう。それが不安もなしに、親愛を感じて、いっしょに寝ている。こういう邂逅も人生にはあるが、私のように平凡な人間には、そう幾度もない。まあ初めてだな。これも考えてみると、その場にはいないが、久子がいるからなんだ。久子まで私の身近に来たようで、私は幸福だった。久子はいい人を選んだと、長雄君に面と向って言ったよ。長雄君はね、学校へやって来て、いきなり久子と結婚したいと言うんだ。驚いたね。」

「お父さまが承知して下さったという至急電報は、飛行機より先きに着いていたんですけれど、飛行機からおりてらっしゃるお顔を見るまでは、ずいぶん心配でしたわ。」

「どうして……？」

「お怒りになってるんじゃないかと思って……。」

「そう？　私は久子の結婚の相手が気に食わなくても、まあたいていは目をつぶって、久子の自由を尊重しようと、常々自分に言い聞かせるようにしていたんだからね。よかったよ。しかし久子、長雄君が久子の最初の愛か。」

久子はふと真剣に息をつめて、枕の上でうなずいた。

「それならなおいい。長雄君もしあわせだ。しかし、前に男の人とつき合って、手紙をもらったりしたことはないの？」

久子は頰を染めてためらった。

「手紙をもらったことはあります。」

「その手紙はみな焼いてしまいなさい。今夜これから焼きなさい。手紙のほかにも思い出させるようなものは……。日記があれば日記も……。」と福島はきびしく言った。

「今夜ですか。」

「今夜は少し過激かな。夜なかに煙を出したら、アパアトの人が変に思うね。明日の朝でいいということに譲歩するよ。朝早く焼くんだよ。長雄君の来る前にね。久子は明日会社を休むの？」

「いいえ、出ます。」

「起きられるかな。」

「一晩くらい寝なくても大丈夫です。ちっとも眠くありません。」

「そう？　それじゃもう少し話そうか。」

「はい。」と答えたが、久子は前に愛人がなかったかと父に聞かれたので、なにか過去をさがしているか、思い出しているかのようだった。

「長雄君の家は油屋さんだって……？　大きいの？」

「大きいんです。今は油だけじゃないようですけれど……。それでお父さまは中学しかお出になってないんです。長雄さんはお母さん子だったそうです。」

「そう？　久子も嫁入りするとなると、お母さんにいてもらいたいだろうね。私だってそう思うことがある。と言うのは、久子といっしょに暮らしていたころね、久子は少女だのに、時々私にたいしてお母さん振るんだな。私はその小さいお母さんにあまえたくなるんだな。それをふっと気がつくと、久子がいたましくてたまらないし、自分もさびしいんだな。田舎に別れていても、父親にたいしてお母さん振った小さい久子を、よく思い出したもんだよ。」

「お父さま。」と久子は呼んで、「お母さまに会いたいんです。」

「長雄君はお母さんにも、結婚の承諾をもとめに行きたいと言っていたが……。」

「私が一人で勝手にお母さまに会うのは、お父さまに悪いように思うんです。」

「それも久子の自由だよ。結婚が久子の自由なようにね……。久子が私に秘密でお母さんに会っていたって、私にはわかりやしない。そんなものだよ。また、嫁入り前に久子がお母さんに会ってみたいという気持も無理のないことだ。娘でいるうちに、お父さんを東京へ呼んでくれたんだからね。久子のアパアトで寝ることはうれしいよ。」

「お父さまに秘密で会おうとは思いませんわ。」

「いや、結婚の前にお母さんに別れにゆくのは遠慮しなくていいよ。久子が結婚するので、私はかえって久子と強く出会ったような気がするが、それも別離の思いかもしれないからね。久子のこの部屋にこうしていると、久子が今のうちにお母さんとも会っておいた方がいいと思えるくらいだ。不思議なものだね。久子が私とお母さんとのあいだの子供だからだろうな。」

「お母さまも私のアパアトの部屋に来ていただきたいわ。お父さまのいらっしゃるうちに……。お父さま、そうさせて下さい。久子のお願いです。」

「うう。」と福島はつまって、しばらくだまりこんだ。

「お父さまお願いです。」

自分の子ながら、娘は美しい目をすると、福島は久子の目を見ていた。

「私のいるうちにか……？　だって私は明日、いやもう今日だな――今日にも帰るつもりだ。」

「だめよ、お父さま。お母さまをお呼びするまでいらして下さい。お父さまのいらっしゃるところでお母さまに会いたいの。お願いです。」

「うん。」

「いいの、お父さま……？　うれしいわ。お母さまに電報を打って、速達を出していいのね。」

「速達はいらんだろう。電報を見て、お母さまが家を出てから、速達が着くじゃないか。」

「電報だけでは、事情がよくわからなくて、お母さまが来て下さらないかもしれないでしょう。直ぐに書くわ。」と、久子はさっと起き出して、手紙を書いた。

「しかしね、お母さんは実家にいるかどうか。再婚していれば、来ないかもしれないよ。」と福島は言ったが、久子は聞えないかのように書きつづけた。

久子は三時間足らずしか眠っていないのに、かいがいしく朝の仕度をした。福島も寝てはいられなかった。

久子が勤めに出てゆくと、福島は久子の小机によりかかってうとうとしていた。すうっと音もなく扉があいて、妻の明子がはいって来た。夢うつつの福島は夢かと思いながら、はっきり目がさめて見つめた。

「電報を見て、もう来たの？　早かったねえ。」

「はい。」

しかし、どう考えても、久子の電報を見て信州から出て来られる時間ではない。

「どこから来たの？」

久子が前に東京へ呼んでおいたとしか思えない。

「久子が呼んでくれたおかげで、お目にかかることが出来ました。」

「そう、娘の熱心には負けるな。明子も空を飛んで来たんだろう。私も飛行機でつれて来られた。」と福島は言っただけで、久子のいつわりには触れなかった。

「久子の結婚するという人が迎えに来てくれてね。」

「はい。」

「久子の結婚のことは明子も知っているのか。」

「はい。」

久子の速達が着いたはずはない。

「まあ、ぼうっと立ってないで坐りなさい。」

「はい。胸がいっぱいで、なにから話していいかわかりませんわ。」と明子は離れたところに静かに坐った。

「ここが娘の部屋だよ。娘が自分で働いて、一人でこうしているのは、不思議なような気がしないか。」

明子はうなずいた。福島はつくづく明子を見た。若いよ。私はだめだ。田舎教師ですっかり老けてしまった。」

「そんなことはありませんわ。ただ白毛が少うし……。でも、首でも手でもお若いわ。」

「明子は別れた時と変らないじゃないか。」

「人間は死んでも別の人になれないんですもの。あなただって、ちっともお変りになりませんわ。お会いすると、なつかしくて……。」

「なつかしいと思ってくれるの？　それは私の老後の慰めになるかもしれないね。私ももうこれからは目ざましい変化もなさそうだから……。久子は東京へ出て来いと、しきりに言ってくれるんだがね。久子にもさびしい月日を送らせた。」

「ほんとうですわ。私は久子のおしめを取りかえる時に、あの子がどんなに足を動かしたか、足のどこが可愛くくびれていたか、そんなことから、なんでもみんなおぼえていますけれど……。あの子はお風呂がきらいで……。」

「そう。自分で体を洗おうとしないんだからな。明子がいなくなった当座は、私が洗ってやった。そのうちにあの子が自分で洗い出すと、母親がいないからかと思ってね。」

「もうおっしゃらないで……。」

「しかし、明子と別れていなければ、私も今ごろは東京で暮らすことになっていたかもしれないね。明子の言うように、人間は死んでも別の人になれないのなら、明子と別れることもなかったかもしれないね。私は別の人間になろうと考えたのじゃなかったな。」

「そうおっしゃっていただけば、私は死んでも本望ですわ。」と明子は瞬きながらうなだれた。

「再婚はしなかったの？」

「はい。」

「話はあっただろう。」

「話はありましたけれど、いつかあなたに会える時があるでしょうと、そのことばかり思っていました。もとにもどれなくても、ただお会いしたかったんです。それが娘の部屋で、娘が結婚する前に……。あの子が呼んでくれたからですわ。」

「見ると安っぽい部屋だが、私も昨夜から、気持が温まって落ちついていられるのは不思議だよ。」

「そうですわ。私たちが死んだ後では、久子一人が生きていて、やはり私たちは結婚していたということになると思いますの。」

「ええ？」と福島は聞きとがめた。「老少不定だぜ。」

「そんなのはいやです。私はやはり久子を草葉の蔭から守ってやりたいと思いますわ。あなたも……。」

「そうか。」

「慾はみんな消えてしまって、私もこの世に子供しか残していないんですもの……。」

「私が明子をそういう人間にしてしまったのか。」

「私がそうなったのですわ。人間はみんなそうなってしまいますわ。」

「そう言えば久子の相手の青年が山のなかまで来てくれたのを、私が文句なく感謝したのも、それに近づいたのかもしれないね。その白いカアネエションを見て、母の日を思い出したが、それも私のために飾ってくれたらしいんだ。しかし、明子が来れば、明子のための花とも思えるね。」

「ほんとうに……。」と、明子は花をながめて肩をゆらゆら影のように動かせた。ふるえているとしても、妙なふるえ方だった。

「ほんとに若いね。」と福島はまた言った。「私が見なれた昔のきものを着ているせいもあるかね。」

「京都で買っていただいたお召ですわ。あの日は宇治へ行って、舟遊びして……。私はもうきものなんかいりませんから、昔のものばかりですわ。」

「私は昔のものは戦争で焼かれてなにもないね。明子の着ているものに、昔の片影が残っていたりして、妙な気がするね。そうそう、久子が前に男の友だちからもらった手紙なんかね、みんな今朝焼かせたよ。私は苦い経験があるからね。」

「すみません。」と明子はおびえるように、「久子に好きな人が前にあったのでしょうか。」

「それは知らない。今私の問うべきことでもないからね。とにかく手紙やなんか焼いたことは事実だ。なにを焼いたか、私はせんさくしなかったが、日記のようなのもあったかもしれないよ。」

「焼いても焼けないものも……？」

「なにを言ってるんだ。お前とはちがうよ。お前は私と結婚してからも、前の愛人と文通していた。実家あてに手紙を出させておいて、実家へ行った時に読んだ。その手紙を私の家に持って帰って、私にかくしておいた。お前のお母さんはそれをたしなめるどころか、むしろお前の身方であるかのように、お前あての手紙を受け取って預っておいた。私は久子をそういうあまやかし方はしない。」

「母のことはおっしゃらないで……。」と明子が叫ぶように言うと、短い髪をゆすって苦しい顔をした。髪はばさばさ乱れて、もとにもどらなかった。福島はぞおっとした。

「それも遠い昔だ。しかし、あんな手紙もお前と別れる遠い原因になったんだね。電車の駅の階段で思い出したりすると、私はじいんと足がだるくなってのぼれなかったものだ。お前と別れたのも遠いことになったが……。」

「遠い、遠いって、なんで遠い近いをお計りになりますの？　私にはみんな近いようですわ。私のいる国はそんなに遠くありませんわ。いつもあなたや久子の近くにいますわ。」

「どこにいるの？　今日はどこから来たの？」

「あなたのいらっしゃるところですわ。娘のいるところですわ。」

「そう言えばそうかもしれない。娘のいるところには母親もいるだろう。娘のなかにいて、娘の部屋にね。この年になっても、お前がたわいもない恋文の男のところにいるとは思わないよ。久子たち夫婦とお前がつき合っても、私はなにももう拘泥しないよ。むしろ、今まで母子の縁の薄かったのを、これから取りかえしたらいい。嫁のおふくろというものは、そう邪魔にされないからね。久子たちが津田家から別居するなら、お前が世話することも出来るかもしれない。」

「私にはもう出来ません。」と明子は悲しげに首を振った。「あの子が幸福でいてさえくれればよろしいんですの。あなたもおたっしゃで……。」

「久子の帰りを二人で待っていたら、久子はどんな顔をするだろう。くすぐったいのはわれわれかもしれないが……。」

「いいえ、私はいられませんわ。あの子の帰らないうちに行きます。あなたと二人で、私がいるのを見たら、あの子の心はみだれますわ。」

「だって、久子がお前を呼んでおいて、お前が近くにいるのは知ってるんじゃないか。」

「近くにいるようなものですけれど……。」

明子はしばらくうつ向いて、肩がゆらゆら揺れていると、すうっと音もなく扉を出て行った。

二三時間後に、福島がまたひきこまれるようにうたた寝しているところへ、信州の明子の実家から長文の至急電報が来た。御好意を感謝する、明子は五年前に死んだ、久子の電報を仏壇に供えた。――そんな意味の電文であった。

福島はその電報を焼き、今は久子に母親の死を告げないで、山の町へ帰って行った。

冬の曲

　流れて早き月なりけり――と、今日は繻珍《シュチン》の小米桜《こごめざくら》の帯を箪笥から出しながらも、鏡台の前を歩いて通ったときも、口に出して歌っていた。
「冬の曲」の歌の終りである。去年の暮に宮城道雄の演奏で聞いた。令嬢をうしなってから二度目の放送だった。一度目は社中の人の君が代変奏曲だったと思う。二度目がこの歌ものの一人弾きだった。一城の主らしい悲哀が凜として、むしろ素直だった。

「流れて早き月なりけり……。」

　と、歌の尾を低うく曳いた。おしまいの「り……。」は水のなかへ沈んでゆくようだった。

　男の人のこれほど純粋な孤独の声を聞いたことがない。女はこれほどの声は出ないだろう。

「この方、私より先きに死んではいや。」

　こうつぶやいていた。

　宮城道雄は日比谷の公会堂などでも聴いたことがあるが、演奏がすむと、うつむき加減に黒紋附の肩を狭くして静かな微笑をする、その盲人の姿が浮んで来た。

この人には月が見えないと思うと、なお冬の月がよく見えて来た。白いちぎれ雲を走るように流れる月である。

令嬢は少女のころから雑誌の口絵などに写真が度々出て、古い日本風で新しい感じの姿が美しく、写真の令嬢の年になったらこんな風をしてみたいと、その度毎にうらやましく眺めたもので、こちらが前の写真の年恰好になるとまたやはり少し年上の令嬢の写真が出るということもあったから、よく覚えている。あの令嬢がなくなった。たしか一人娘だったように思う。このごろは平和な令嬢の姿など口絵にならないので忘れていたが、たしか結婚されていたように思う。

初めて写真が出た令嬢の年頃は、隣りの女の子くらいだったろうが、今の子は配給の生麩をそのまま菓子代りにかじっている。その下の五つの子は、このあいだパンにバタをつけてやると、家に帰ってなにがついているのかと母親にきいた。

裏の丘が薪に見えるのだからしかたがない。いつも雑木の葉を眺めては四季を感じて暮して来た丘である。芽立ちや紅葉には、上ってみたらどんなにいい気持だろうと思いながら、近所のなんでもない丘のせいか、わざわざ上ってみる折はなかった。

それが一昨年のやはり冬、新平に誘い出されて上ったのが初めでまた終りになりそうである。

「箱入娘をとうとう呼び出した。」

と、丘の入口で新平にしては乱暴な言葉を吐き出して、片方の肩を上げるとずんずん登って行った。深い落葉を踏む音をさせる度に新平が振り返るので、下向いて落葉を踏むまいとすると草履が脱げそうになった。

「ゆっくり来なさい。もう少しだ。」

新平はほっとおだやかな顔になって、立ちどまってくれた。

「今夜はいそがしいんだぜ。明日の晩、国へ帰ろうと思うんだ。」

雑木の細かい枝が深く重なって紫色に煙るようだった。その奥のところどころに黒ずんだ常磐木《ときわぎ》があった。向うに海が浮び出た。

「今朝のお電話の声で、召集だということが直ぐわかりましたわ。」

どんなことを聞かされても受け入れる心がきまったとは口に出せなくて、息を忍びながら襟巻をはずすと、また少し離れて歩いた。

「寒いよ。並んで歩きなさい。」

新平の叱るような声に顔を上げて側へ寄った。

新平は真横から見ながら、

「君は堅太りだね。寒がらないし、背は高いし……。」

はっと胸が硬くなって、頰が燃えて、顫え出しそうだった。隠しようのない体を新平にさわられるようだった。

新平もなにか驚いたらしく、

「かた山椿かな。大きい椿だね。」

とまぎらわして、

「それで、新平様御許にという手紙を毎日書きなさい。僕はもう先ず帰らないと思いなさい。明日は送りに来ない方がいいよ。元気で暮しなさい。」

涙がたまって来た。うしろにおくれてしまうのを、新平は待っていてくれた。

向う側の日蔭に下りるにつれて海の色は生き生きと濃くなった。

「ああ、いいなあ。」

と、新平は大きく眺めた。遠くへ行く新平が感じられた。

新平は直ぐに戦死した。各地に進軍する間もなく格別の武勲も立てない、この早い戦死は、却って戦争のきびしさが身に迫った。

新平から来る葉書をほかの手紙と一緒にしたくなくて、いつか新平が綺麗な着物だねと珍らしいことを言ってくれた梅の小紋縮緬《ちりめん》に、これも新平が見てくれたことのある細いリボンを縁かがりにして、紙挟みのような葉書入をこしらえて、新平のだけ入れてみたりしていたが、そのような愚かさを思うと嗚咽がとまらない。女なんて下らないもの、汚ならしくて馬鹿なもの、いくら死んでも勿体なくない、男の人の前に立って弾よけになれないものかと泣きながら、やはり悲しみにあまえている。

新平の葉書は今もぞんざいには見たくない。昼間は恥かしいし、夜は正しくない気がする。手足が汚れていては悪いし、湯上りの楽な気持ではすまない。小紋縮緬の紙挟みはなかなか出して見る折がない。

このような神経も「かた山椿まことなれわが手ふれなな」の娘の感傷だと気がつくとその歌の終りの、

「土に落ちもかも。」

という句は、胸がどきどきして言うことが出来ない。

「君は堅太りだね。……」

という新平の言葉が思い出されて、あの丘で聞いた時と同じ顫えるような羞恥が生きて来る。新平のいる温いけはいがしみて来て、もう結婚出来ない身になったように思う。

その雑木の丘が薪に見えたりして、死んだ人のためにももっと豊かな心でいたいと願うけれど、今の時勢では母の留守を守るのが精いっぱいで、長い薪は損だからと、みんな二つに切って、割って、束ねて、ゆるいところには上から差して叩きこむのも上手になった。裏口で鋸や鉈をつかいながら丘を見上げて、もう二度とようのぼらないだろうと、遠い神聖な場所になってしまったようでさびしい時もあった。隣組の常会の帰りに雑木の小枝の間をゆく冬の月を見た時もあった。

母だけが新平のことを知っていて、戦死のことをそれとなく言ってくれる。母にも言われたくないが、母にでも言ってもらわないと慰まりようがないのかもしれない。また、近頃は病院の母を見舞うのが唯一の外出だった。

父や弟相手の一日として休日のない暮しに疲れを覚えると、無性に母に会いたいが、これをしてからあれをしてからと一日延ばしに辛抱しているのもなにか楽しい。

母の瞳の光はひらひらと風に吹かれてこちらの目に舞いこんで来るようにも見えるので、それを避けるために、病室へ入るなり、

「ねえ、すっぽんのスウプよ。はい、でんぶ、はい、塵紙、元結。まだあってよ。林檎、はい、麦こがし。この蓋物、人参の胡桃あえ、今朝こしらえたの。」

と、てきぱき呼び上げて、枕もとの小卓にかたんかたん並べ立てた。

「こんどは慈姑《くわい》を甘く煮て来ます。牡蠣があればフライもね。冷めないようにして。」

母は目ばかり生き生きと大きかった。自分で見開いているのではなくて、縁の肉のゆるみから明けっぱなしにでもなっているようだった。そして瞳が母の意志を離れて勝手に光っているのだった。

こんなに重かったろうとか、よくあったねとか、母はくどくど言うので、

「冬になってうれしいのよ。あの、お母さまにいただいた繻珍の小米桜の帯、しめられるでしょう。お母さまは娘の時分に、よそゆきにおしめになったっておっしゃった

けれど、私は不断よ。重いから腰の方へ低く巻きつけて、あの帯をしめると、足袋も羽織もいらないの。それでくるくる働けるの。」

と話を変えると、

「まあ、足袋も羽織もなしで？」

「だって、お母さま、あの帯をおしめになっていた年頃には、足袋も羽織もなしでくるくる働いたっておっしゃったじゃないの？　あの帯をしめると、生甲斐を感じるっていうのかしら、お母さまの昔の分も加えてね。」

ふと顔を見ると、母は目を伏せてたまった涙を落した。その目にはこういう時勢に病む身の引目もあった。

やはり父の話が母には一番心安いかしらと――父は使用人が十人ばかりの店の金銭の出納も大胆に娘にまかせきりだから、お父さまのお小遣はどうするのですかと聞くと、そんな苦労はせんでもうまく誤魔化していると笑われたこと、行きつけの散髪屋の主人が徴用で出て、後をやっているのは仕事は早いが型がよくない、もう少し円く刈ってほしかったが床屋ではそれが言えなかったと、鏡を見ては、どうも僕の人相に合わぬと気にしているので、それでは直して差し上げましょうと、父に鏡を持たせて、これくらい？　いやもう少しという風に刈ってあげたこと、夏のうちに掛蒲団の黒天鵞絨の襟を外して幾つも縫っておいた足袋を、おしゃれの父が黙ってはいていてくれることなど——とりとめもなくしゃべり散らしているうちに、母の瞳はなおかがやいて来て、その瞳にじゃれついているような気持になった。

母は笑うと咳き込んで、手もとの紙で口を拭った。その手つきがいかにももの慣れているのに、なにか冷っとさせられた。

「お母さまの足袋もこしらえてありますから、天鵞絨のを持って来ましょうか。」

初めて母が留守の年は不用意のうちに冬を迎えて困ったので、去年は土用のうちから足袋を作ったりしたのだった。裏底にネルを重ねて縫い合わせるのだし、おまけに冬蒲団まで持ち出していると、父は見るのも暑苦しそうに、

「なんだ、気の早い。少し昼寝でもしたらどうだ。」

「なりが大きいですから、昼寝も目立って出来ませんわ。」

と答えながら、やはり新平に見られそうに思うのだった。堅太りで背が高いと言った新平の声が聞えて、父からそっと隠れたかったのに、父は世帯じみた手仕事の娘の姿をあわれんでいたのだったろうか。

母が丈夫なら娘でいられるけれど、主婦の欠けている家では、男の人の僅かな隙もなお目立つようで、父に心を配り気を張っているつもりながら、絶えず手から水が漏れているように感じる。

「これでも、家事担当者になっていると、小半日家をあけても、なんですか不安な気

持で、家へ帰るとそこらをそわそわ片づけてみたりしますのよ。」

　と言うと、母はうなずいて、

「あんまり働いて見せると、お父さまがおつらいでしょうよ。」

「そう。お母さまのように、働いていると見せないことは、たいへんね。家のなかって、細かい糸をいっぱい張り渡して持たせてあるようね。どこかちょっとゆるむと、直ぐ崩れて、縺《もつ》れてしまう。そうなるときりがないでしょう。人には分らなくても、自分にはそのゆるみが一番敏感に来るんですもの。意気地なくしおれてしまうの。」

　そのかわり、父や弟の身のまわりにも細かく触れていると、愛情の血管が太って肉がしまって、父の老いこむのを一人で引き戻しているような張合いもあって、生命感が充実して来る。

　昨日、今村先生にお目にかかってもいいと思ったのも、もしかするとこういうなにか大胆な自信のせいだったろうか。また、女学生のころ競技会毎に持った自信も、それと一緒によみがえっていたようだった。

　母校の競技会に行けば今村先生とお会いするにきまっていたが、お目にかかるいい折とさえ考えた。先生の甥との縁談を、あの時あのように簡単にことわって、そのままになっていた。

　母から話があった時、とっさに、

「いやです。」

と、ひとこと言うと、薄涙が浮んで来た。

新平が戦死して半年経っていないので、潔癖な身ぶるいだったかもしれなかった。死んだ新平のために縁談をことわったと言えば、新平は笑うだろう。しかし、笑われると思うこともつらかった。

縁談の人に悪意を持つわけではなかった。後になってみると、あんなにすげなくことわって、恐ろしい娘かしらと考えられたりした。ことわったのを悔いたことはなかったが、その人には美しい感情を持つようになった。先生から二度三度押し返しての話も受けなかったが、この感情は変らなかった。

母が困ってしまって、直接先生に会わせられると、先生は無造作な口振りで甥の話を詳しくされた。立派な青年が浮き出て来るうちに、新平のなつかしさが込み上げて来たりした。

昨日の競技会では重量運搬にだけ出てみた。重量は両手に二十瓩《キログラム》で百米《メートル》だった。同期生が四五人誘い合って予選に加わった。一等を取るのが苦しかった。

肋木《ろくぼく》によりかかって荒い息をしているところへ、今村先生がいらした。ズボンなのでちょっと分らなかったが、なにを着ても似合う方だと思って、笑いながら待っていると、

「やっとお会い出来ましたわね。」

と、先生もほほえんで手をお出しになりそうだったが、ふいと隠れるように半分うしろへお廻りになって、

「秋にね、あの子がなくなりましたわ。」

そしてゆっくり前へお廻りになった。

「余りお仕事に熱中し過ぎて、いけなかったのよ。途中で斃れたようなものね。急でしたわ。」

なにも言えなかった。肋木を握った。

「あなたと御縁がまとまらなかったのも、そのせいでしたね。」

胸が苦しくなった。

「そういうわけですから、もうあのお話は気にかけないで頂戴。」

女の温い手がなかったから、その人は死んでしまった、あの縁談をことわったから殺してしまった。

「さあ、決勝の人が集まってますよ。ごめんなさい。」

先生に促されて、出発点に立ったが、唇がつめたく、手にむすぶ水に宿れる月影の歌などふと思い出して、賑かな選手の群に背を向けて屈むと、

「男性のかなしさ、男性のかなしさ。」

と、こんな言葉を浮べながら、ゆるんだ砂嚢の紐を締め直した。一緒になっていたら、そんなことはなかった。あっても必ず救い起してみせた。女の身を投げ出しても、男の命一つ死なせはしなかった。自分のなにが惜しくて縁を捨てたのかと、砂嚢に涙がこぼれた。熱い生きもののように砂嚢を抱き上げていた。なぜかただもう温い力が体中にみなぎって来て、きっと立つと、出発の銃声を聞いた。

流れて早き月なりけり——と、その昨日の今日は琴歌を歌って暮れた。

朝雲

あの方は初めてお教室へいらっしゃる途中、渡廊下の角に立ちどまって古い窓から空を見上げていらした。白い雲の縁にはまだ朝の薔薇色がほのかに残っているようだった。

それから後私はお当番で窓ガラスを拭く度に、よく思い出した。このガラスから、あの方が空を御覧になったのだと私は息を吹きかけて、ていねいに拭いて、自分も空を眺めてみるのだった。いっしょにお当番しているお友達にも私はそのことを黙っていた。あの方だって、御自分が空を御覧になったその窓のガラスだけ特別きれいにみがかれていることなど、ついぞお気づきなかったにちがいない。

でも、あの方はなぜそこに立ちどまって雲を御覧になったのかしら。教師として初めて教室に入るのがふとためらわれたのだろうか、待ちかまえている私達の目をそうしてお避けになったのだろうか。

あの方は新任のあいさつのなかに、「雲はその土地その土地で、形がちがうと聞いたことがありますけれど、ほんとうでしょうかね。」とおっしゃった。「たとえば静岡の雲と四国の雲、越後の雲と仙台の雲とは、形がちがうんですって。飛行機で飛んで来たりした時、雲の形を見ればどこだということがわかるんですって。台湾の雲と北海道の雲とならちがうにきまってますが、そんなに方々でみなちがうものでしょうか。」

あの方は雲を見て遠い土地へ教師に来た自分を考えていらっしゃったのだろうか。私達は雲について初めてそんなことを聞くのだし、こちらもなにか言ってみたくなるようなお言葉だったけれど、みんな黙っていた。みんな体を動かすのさえ不自由そうだった。このような美しい先生と真先に口をきいたら、それだけでもう私達のあいだの問題となるにきまっていた。あの方の美しさを先ず冷たい印象と感じたのも、私達の少女らしい警戒だった。

あの方の授業はおやさし過ぎて物足りなかった。ところどころに抑揚をつけて御自分が文章に陶酔しながら朗読なさった前の先生にくらべると、あの方はあまり素直にお読みになった。不断着でお話しているような読み方だった。国語の先生らしくないと私達には聞えた。前の先生がいらしたら、「文章の味がわからないのですか。」と、あの方は注意をお受けになりそうだった。解釈も簡単で、前の先生のように文章をあれこれと鑑賞したりはなさらなかった。こんな風に早く進んでゆくと一年分の読本が三月か四月で上ってしまいそうに思われた。

前の男の先生はたいへん自信を持っていらして、いつまでも地方の女学校の教師として埋もれている身ではないと授業中にさえおっしゃった。国文学の専門雑誌に御自分の研究が発表されると教室へ持っていらして、私達にも読んでお聞かせになった。女学校の二年や三年の私達はよくわからないながら先生を崇拝した。そうしてかねてのお言葉通り上の学校の講師に出世をなさった時は、私達の学校になんの未練もなく別れていらした。それで私達は一層えらい先生だったと気がついたけれど、取り残されたようでさびしかった。国語が得意で成績もよかった私は、女学校を出たら、国文学の研究でいつか再び先生に認められたいなどと考えたりした。

その後任にいらしたのが、あの方だった。私達が三年になったばかりの四月だった。六月には例年のことで私達の女学校の父兄会が催される。私達のクラスが出る課目は国語だった。作文の朗読か対話かと思っていると、読本のなかの詩を踊ってほしいと、あの方はおっしゃった。島崎藤村のその詩は作曲されてレコオドに吹きこまれていた。あの方から聞かせていただいた時私達の胸はときめいた。クラスのうちの誰が選ばれて踊るのだろう。

私達の女学校では一度父兄会に出演した者は二度と出なくてもよいことになっていた。私は一年の時に唱歌をうたったから学芸会のお役目はもうすんでいた。けれど新任間もなくのあの方は、私達をよく御存じないので、「みなさんの互選にしていただきましょうね。」ということになさった。そして私も十二人の一人に選ばれてしまった。放課後あの方は振附けなさりながら私達の踊をよく御覧になって、十二人のうちからまた四人をお選びになった。その四人のなかに私も入っていた。うれしかった。一方不安を感じた。でも選ばれた四人はちょうど背丈が同じくらいだったので、あの方は、上手下手でなく背丈でおきめになったのだと私は自分にいいわけした。そのことをクラスの人達にも言い張った。

しかし妬《ねた》む人があった。泣いていた人もあった。殊に十二人は一旦選ばれて幾日かお稽古をしたのだから、再度の選に漏れた八人は尚更つらいわけだった。

「選ばれるのはしかたがないわ。人間ですもの。私達は、選ばれて、選ばれて、生きてゆくのだわ。」と、あの方は白いお顔でおっしゃった。私はどきっとした。あの方の首からあごの下のあたりをお傍《そば》で見上げながら、あの方の美しさが私を刺し貫くように感じた。

泣いてた人を見ると私は譲ってあげたかった。でも私の選ばれたことを悪く言う人はないので安心して練習をつづけていた。ところが四人のうちにもまた妬みが出て、嘘を言いふらす人があった。

「菊井先生は宮ちゃんにとても御親切よ。私がレコオドを借りに行っても、宮子さん？　と呼んでから、こっちを御覧なさるのよ。」

私はひどく怒った。自分でどうすることも出来ないほど怒った。私にとっては却ってうれしい言葉なのになぜあんなに怒ったのか、後できまりが悪かった。私はあの方に対して悪いと思ったのだろうか。あの方はもっと公平な先生だと言いたかった。しかしその時一時怒ったきりで私はもうなにも言えなかった。相手の人も言いふらすのをやめてしまった。

「子供の時分体が弱かったので、少し踊を習ったのよ。もう怪しいものよ。女子大へ入ってからは、一度も踊ったことがないんですもの。」と、あの方はおっしゃった。

「でも、踊は楽しいのね。」

あの方の踊の先生は日本踊から出て西洋風の新舞踊で有名な人だった。新聞の写真や雑誌の口絵に私達もよくその女流舞踊家の写真を見ていた。そんな人にお習いになったというだけでも私達には驚異だった。遠いものとしていた花やかさが急に傍へ来たようで、私達四人は、あの方の踊を一心に見つめながら人間の体の動きの美しさに目覚めた思いだった。渡廊下に立ちどまって雲を御覧になったお姿の印象も、あの方の体についた踊のせいだったかしらと考えた。あの方に手を取って教えていただくにつれ、私達の体にも踊の美が流れこむようで血が燃え上るのを感じた。

「まあ。宮子さん、汗をお拭きなさい。」と、あの方がハンカチを貸して下さって、それを顔にあてると、急に涙がとめどなく、私は瞼《まぶた》をおさえたまま廊下に逃げ出してしまった。古い窓から空を見上げた。初夏の空は雲もなく晴れていた。私はまぶしく新しい生命のよろこびにほほえんだ。

あの方も少し汗ばんだ御自分の頬に手をあてて、「熱くなってるわ。」とおっしゃった。私達は四人とも頬へ手をやった。「熱いわ、熱いわ。」とあの方の真似をした。「宮ちゃん、真赤よ。」「あなたの方が赤いわ。」と言い合った。あの方は私達の赤い頬を順々に見て黙っていらした。

私達の踊は評判がよかった。

それから私は「菊井先生」という言葉を口に出して言うことが出来なくなった。あの方の時間にはあまり手をあげることもなくなった。でも、あの方が指名して下さると、私はくっとなにか呑《の》みおろしてからはっきり答えた。そういう夜は寝床のなかでひとりでにこにこ笑っていた。

私達の町は富士山が直ぐ近くに見え海もあった。町なかの鋪装《ほそう》道路に残っている東海道の松並木を学校に通った。雪の積ることは珍らしい地方だった。

私達の女学校では毎年二月信州へスキイに行った。あの方もきっといらっしゃると思って私は行くことにした。あの方はあまりお上手でなかったが、先生のうちではお若いし、踊を習ってらしたせいか、ずいぶん進歩は早かった。あの方の国語読本の読み方のように素直なフォウムは軽々と雪の上に浮いてきれいだった。私はあの方の近くへ滑って行かぬようにしながらよく見とれていた。

あの方は教師ということから解放されて、ここでは女学生におかえりになったようだった。はしゃぎ過ぎていらっしゃると、私は少し不安な気がして、あの方に注意してあげたかった。あの方と自由にお話の出来る人達がうらやましかった。山小舎へ帰って、あの方の背についている雪を払い落してさしあげようと思っても私はこわくて手が出せなかった。せっかくの機会なのに私はあの方とお話一つようしないで、山をおりることになってしまった。

国語の勉強には精を出した。でも私は教室であの方に特別認められることは避けたくて控え目にした。指名されると知っている読み方まで急には言えなくて、あの方に叱られたりした。そんな時は情なかった。もう後一年きりのあの方の時間をもっと真面目にしなければと思った。私達は四年生に進級していた。五月の或る日体操の時間が弓道場のお掃除になった。私が小さい草をむしっていると、あの方もどこからかいらして、御自分も草をお取りになりながら、「五時間目はなに？」と私におっしゃった。私はどきどきして声が出なかった。傍の人が「家事。」と答えてくれた。「そう？」と、あの方は軽くうなずいて、それだけのことだった。でも私は胸が苦しかった。

やはり同じころ弓の稽古をしているうちに雨が降り出した。あの方が寄宿舎の方から歩いていらして傘に入れて下さった。「もっとこっちへ寄らなければ、濡れてるじゃないの。」と、あの方は私の肩を引き寄せてお笑いになった。ユニホウム一枚の私の肩に、あの方の温かいお手を感じると、私はそこへ倒れそうだった。次の日まで少し湿っているユニホウムを強い日に干しながら富士山を見ると、「美しいなあ。」と私は大きい声で言った。

その富士の裾野へまもなく学校の遠足があった時、私の家から富士が美しく見えると、あの方にひとこと言いたくて、あの方のお傍になる度《たび》に口を開きかかったけれどとうとう言いそびれてしまった。あの方も私に話しかけては下さらなかった。その日、あの方はお加減でも悪いのか青白い顔に見えた。海色がかった紺の洋服に白い帽子を無造作にかぶり、松の大木に寄りかかってうつ向いてらした、あの方のお姿を私は忘れることが出来ない。あの方にも愁《うれ》えがあるのだろうか。あの方は私となんのつながりもない人だから、いつどこへ行っておしまいになるかもしれないと、私は初めて気がついた。

お教室の窓から富士が見えると言って、いつかあの方は、「竹取物語」を教室でお読みになったことがあった。「日本の一番古い小説ですけれど、やさしい文章でしょう？　私が読むのを聞いていて、たいてい意味がわかるでしょう？　一番古い物語が、こんなによくわかる言葉で書いてあるのは、うれしいと思いませんか。」と、あの方はおっしゃった。乙女の純潔を崇拝する思想が中心になっていて、日本の昔の物語のうちでは珍らしいとおっしゃった。竹と月と富士とが日本の美しさの象徴として書かれているとおっしゃった。昔の人のあこがれがあるとおっしゃった。竹の中から生れて月の世界へ昇天した姫が、あの方はお好きらしかった。「竹取物語」の頃から富士の煙はのぼっているという。いつかもあの方は松の木にもたれて姫のことを思っていらしたのかも知れなかった。

夏休が過ぎて秋の日、臙脂《えんじ》のセエタアを着た、あの方を見かけた。胸には白の毛糸で小さい縫取があった。いつものあの方とちがう可愛い印象だった。その時も、あの方は寄宿舎の方から出てらした。あの方に行き会うと私はうなだれてしまう。あの方は私の心など御存じないのだからなにも下を向くことはなく、見たいだけあの方を見ればいいのだと思っても、やはり顔をあげていられなかった。でも、セエタアの可愛いお姿は、あの方を私達とあまり遠くない娘に感じさせた。大きい発見のように私はびっくりした。そしてやはり自分のうちのなにかが目を覚ました。それが青春というものであったろうか。あの方とおなじ「娘」に、私もなりつつあるのだと思うと楽しさが溢れて私は、あの方を貪《むさぼ》るように盗み見しながらその目でまた自分を見るのだった。あの方に誘われて、私は急に伸び支度をした。そんなことを、あの方は少しも御存じないらしかった。

冬が来ると学校の庭で縄飛びがはやった。偶然だろうけれど、私が飛び込んだところへ、あの方も入ってらした。私の肩につかまっていっしょに飛んで下さった。私は足がすくんで直ぐ縄にひっかかった。「あら、だめじゃないの。」と、あの方は私の肩を揺すぶるようにおっしゃった。「すみません。」と私はしおしお縄から出ようとした。あの方は私の肩に手をかけたまま、「もう一度。」と縄を持つ少女の方へ催促なさった。縄はまた廻りはじめた。私ははっと目をつぶって飛んだ。なにも考えないで、ただもうあの方の体のリズムにつれて飛んだ。いつまでも飛んだ。軽かった。ばねじかけの人形のようにとめどがなかった。痺れて知覚を失いながら、しかし調子よく飛んだ。合わせた睫《まつげ》に熱い涙が溢れて来た。あの方の呼吸ははずんで、私の顔にかかった。「もうだめよ、もうだめよ。ああ、くたびれた。」と私の肩から手を離して、あの方は縄を出ておしまいになった。私はすっと涼しくなった。それでも私は飛びつづけた。涙がとまるまでは飛んでいるよりしかたがなかった。

　私が学校で泣いたのは、踊の稽古の時、あの方のハンカチを顔にあてながらと、今と、二度だった。それからしばらくの間私はたびたび縄飛びの夢をみた。夢のなかでは、土地がなく、私は暗い底へ落ちて、目を覚ますこともあった。

　年の暮近く羽根突きゲエムの時、あの方とちらっと目が合うと私は羽根を落した。そしてまた、あの方に数を取っていただくと不思議なほど上手に突けたりするのも、縄飛びの時と同じだった。

　しかし、あの方は一時間の授業中に私の方を見て下さらないこともあった。私はしぼんでしまって希望も空想もみんな消えそうになった。あの方のお点はきびしかったが、とりわけ答案の字のきたないのはお嫌いでよくお小言をおっしゃった。また私達の作文はいつもお叱りを受けた。前の男の先生とは教え方もちがっていた。前の先生は国文学の研究には御熱心だったけれど少女の文章などに愛情は持ってらっしゃらなかったのだと私達にもわかって来た。あの方は私達の日常の言葉づかいにも潔癖だった。「そんな言葉かんにんして。」と、あの方は横を向いておしまいになる。そういうようなことで叱られる時でさえ一番先きに私を指名して下さると一日うれしかった。あの方のために私はどうかしているのではないかしら。こんなことでいいのかしら。私は誰かに打ち明けてみたかったけれど自分をおさえていた。卒業しさえすればみんな話せるのだと思った。先生と生徒との交際は勿論固く禁じられていた。私はあの方と交際しているのではなかった。卒業してから、あの方に差し上げる手紙の文句を私は考えるのが楽しかった。お返事はいただけないだろうし、その時が来ても出せはしないだろうと思いながら、私は空想の手紙を自分の心に書き綴った。

あの方がいらっしてから二度目の新年を迎えた。その正月の休に、あの方が学校をおやめになるという噂を聞いて私はびっくりした。あの方は一年生の国語も受け持ってらしたが一年生には、そのようなことをおっしゃったそうだ。あの方は一年生の方をよけい可愛がってらしたのだと思うと私はさびしかった。なぜ私達には黙って行っておしまいになるのだろう。

　年の暮のあの最後の時間にそれらしい様子は微塵もなく授業なさったではないか。

私の夢はすべて消えた。お正月のいろんな約束を私はみんな破ってしまった。小学校の同窓会にも出なかった。小学校の先生のお宅へ御年始にもうかがわなかった。三人のお友達が私の家で集まるはずの新年会も止めてしまった。そして、「宮子。」と母に呼ばれる度にびくっとした。私はあわてて立って行きながら、このお正月に限って、母が頻々《ひんぴん》と私を呼ぶような気がした。しかしその噂がほんとうかどうか誰かに確めてみることはようしなかった。こんな場合にさえ自分からは、あの方のお名前が口に出せないで知らぬ顔で過すなんて、ほんとうにいけない子になったと、私は悲しかった。裏庭へ出て鶏を呼んだ。掌に餌をのせたままついばませていた。お正月の富士山をちょっと見た。

　ところが九日に登校すると、半ばあきらめていた、あの方がちゃんといらっしてた。去年よりももっと美しくなってらした。私は走って行って、あの方にどんとぶつかってみたかった。私はすっかり喜んで、お友達のいやがるのを無理にハンカチを交換したりした。おまけに私達のお週番に対してお週番の先生が、あの方と久保先生のお二人だった。

　狭いお週番室で、あの方のお叱りを受けたこともあった。叱る時は、あの方も私を見つめていて下さった。お週番の日誌をしらべていただくために、あの方を探し廻っていると、お裁縫室への階段を登ってらっしゃる後姿が見つかった。「先生。」と私は呼び止めた。あの方は階段の中途に立ったままで日誌を御覧になった。冬の午後の光は早く薄れてもう階段のところは少し暗かった。あの方は日誌をお顔に近づけて眉根を寄せてらした。私もなにかを暗いところで読むように目に力を入れているのに気がつくと、はっと赤くなった。あの方とここに二人きりでいるのだ。こんな時お話出来たらと思った。ただひとこと、「先生！」とだけでも言ってみたい、言ってみようと決心したけれど、さっきお呼び止めした時とはちがってもう声が出なかった。「よろしいわ。」と、あの方は日誌を返して下さった。そして、振り返りもなさらないでお裁縫室へ上っていらした。やっぱり黙っていた方がよかったのだ。もう一度「先生！」と呼んでしまったらどうなったことか。私はあの方に自分の心を知っていただこうとは考えていないのだった。

あの方はよく私に、「この次の時間、なに？」とお聞きになった。私は小さい声で、「地理。」という風にただそれだけお答えした。まるであの方を突っ放すように無愛想な返事だし、あの方に反感を抱いているような素振りをわざとお見せしたこともあった。いやな子だと、あの方は思ってらしたかも知れない。

今年もまたスキイに行く日が近づいた。来年の春はもう卒業前だからこれがあの方といっしょに滑れる最後だろうと思って、無論私は参加することにきめていた。しかしそのうちに私と仲のよいお友達は一人減り二人減り誰も行かないことになってしまった。あの方について行くと思われるのがいやさにとうとう私も止めた。「宮子さんも？」と、あの方はおっしゃった。「ええ。」と私は振り切るように答えた。その日一日、あの方は山小舎で誰とお話してらっしゃるかしら、どんな風に滑ってらっしゃるかしらと、苦しい思いに送ったけれど、あくる日、あの方もスキイにいらっしゃらなかったと聞いてほっと安心した。そうすると却って去年の雪の上の、あの方の美しいお姿がありありと生きて来るのだった。私がそこにいなくともよい、あの方のスキイを沢山の女学生に見せたくなって来るのだった。

　なんというあまのじゃくだろう。あの方に見られたいくせに見られまいと人の蔭にかくれて、自分はそっとあの方を見たり、あの方となにげなく話せる人がうらやましかったり、すっかりいじけてしまった私が哀れだった。そんな時、「あの方は美し過ぎるもの。」とささやくのが私の口癖だった。あの方のように美しい人がなぜ女学校の先生になどなっていらしたのだろうと、お怨みしたこともあった。あの方はこの世に沢山の罪を振り撒いて生きてゆきながら御自分は少しも御存じない。美しくなりたいと私が絶望的なほどに切なく思い出したのも、あの方のせいだった。

　あの方にお会い出来る日と、お会い出来ない日とに、私は自分の日を分けていた。

私の登校時間をちょっとおくらせると、校門の近くで、あの方をお見かけ出来ることまで私は覚えてしまった。

桜が咲いて私は五年生になっていた。富士の裾野への遠足もこれが最後なのに、私は風邪をひいていて居残りだった。霧雨が煙って寒い朝だった。みんなが整列し終っても、あの方のお姿は見えない。私と同じ居残りかしらと胸をときめかせた。けれど生徒の列が出発したところへ、あの方は走ってらした。居残りの私達の方など見向きもなさらないで追っかけていらした。

どこまでもそんな風に私の心のひそかな一人相撲のまま、うわべはなにごともなく、とうとう学校生活の終る日を迎えた。最後のお時間にはほかの先生方は私達にお別れの言葉を下さったのに、あの方はお別れの言葉らしいものを下さらなかった。お別れが悲しそうにもなさらなかった。にこにこ笑ってらした。生徒がなにか言う度に明るくお笑いになった。あの方がこんなにお笑いになったのは初めてだった。あの方は私達の机のあいだを歩き廻って御自分が卒業する女学生かとさえ見えた。三年前の時間のように、あの方を冷たい方とは思わなかったけれど、なにか不思議な方だと思った。みんなはあの方といっしょに浮き浮き騒いでいて、あの方のほんとうをつかもうとしているのは自分一人かもしれないと私はさびしかった。この一時間ほど私は、あの方を見つめたことはない。一心に、あの方を見つめ通した。しかしこの日に限って、あの方は私に一瞥も下さらなかった。なんという皮肉だろう。故意に私を避けてらしたのだとは思わない。にぎやかなみなの方に気を取られて私を忘れていらしたのだ。

　卒業式の時はわけもなく泣いてしまったけれど私はそう悲しくはなかった。お別れに先生方全部から記念の御署名をしていただいた。ところがただ一人お見えにならなかったのは、あの方だった。

「菊井先生。」「菊井先生。」とみなが捜し廻っていた。小使のおじさんも書いてくれるというので小使室へ行った時、大勢駈けて来る気配に振り返ると、先頭にあの方が走ってその後から、「先生！　先生！」と卒業生達が夢中に追っかけて行った。あの方は博物の標本室でつかまった。署名を求める群が列を作って、「ひどいわ、先生、ひどいわ。」と騒ぎ立てた。「先生お一人だけお逃げになるのずるいわ。」あの方はお名前きり書いて下さらなかった。私は泣かんばかりにお頼みした。

　卒業式の日のサインは公認だし毎年の習慣だから、適当な言葉を用意しておいて筆で書いて下さる先生もあった。どうせ書かせられることはわかっているのになぜ、あの方は逃げかくれなさるのだろう。あの方はやっと私のペンを受け取って、「御幸福を祈る。」と書いて下さった。なんて平凡な言葉、そしてほかの先生にくらべて最も短い言葉だった。小さい丁寧な字だった。

　あの方はほかの卒業生達のサイン・ブックにも、「御幸福を祈る。」とばかりお書きになった。

「先生、幸福ってどんなことですの？」と、あの方を少しからかうような調子で問いかける人があった。あの方は常になくきつい目色でその人を見ながら、「そんなこと、御自分に聞いて御覧なさい。」とおっしゃった。「でも、先生はどんな幸福を、私に祈って下さいますの？」とその人は押し返して言った。「幸福にいろんな種類があるなんて、私は考えたくないけれど。」と、あの方はおっしゃった。「私は先生とおんなじ幸福が欲しいわ。」とその人はささやいた。私ははっとした。しかし、あの方はなにげなく、「そう？　そう思っていただいても、いいことよ。」と笑ってらした。

お式の帰り道東海道の古い並木の松葉に春の日が光っていた。桃の莟《つぼみ》も開きかかっていた。「御幸福を祈る。」と私はつぶやいてみた。やはりお別れの言葉としては一番よいし、そう言うよりしかたがないと考えられた。

でも、私はあの方とお別れしたのではなかった。三年間秘めていた思いを今は自由にあの方へ告げられるのだった。人にも話せるのだった。あの方への手紙の文句は自分の心に書き綴って来て、幾通りも諳記していた。なにか満ち溢れるものに追われて私は足をいそがせた。夢中で手紙を書いた。三年の間この日をどんなに待ったことだろう。けれどポストに投げ入れた瞬間私は後悔した。手紙はもう私の手には返って来ない。私は美しい夢を破ってしまったのだ。悲しい出発をしてしまったのだ。

家からの出入りに私はそのポストの道を避けて遠廻りした。しかしもう私はより以上に熱烈な手紙で自分の悔恨を追っかけるよりしかたがなかった。二通目の手紙を書いた。お返事はいただけなかった。当然のことと思いながらも、あの方のところへ手紙が着かないのかしらという疑いを起した。三通目の手紙は、あの方の下宿に近いポストへ入れに行った。また四通目の手紙は自分で郵便局へ持って行った。やはり、あの方はお返事を下さらなかった。

女学校は春の休暇になった。卒業したての私は今ごろ女学校になにがあるかということで自分の暦を作っていた。あの方はお国へ帰省なさっただろうか。学校をお止めなさりはしないだろうか。この町にいらっしゃらなくなりそうで私は落ちつけなかった。四月一日には県下の教員の異動が地方新聞に発表される。私はそれを待った。ところが、あの方ではなくて地理の先生が御転任なさると出ていた。この町に古い先生だから、御出発の汽車の時間まで書いてあった。沢山の人のお見送りだろう。あの方もきっといらっしゃる。私は手紙を出してしまったばかりに、お返事もいただけない、あの方とはもう顔を合わせるのも恥かしい。地理の先生のお見送りも出来なくなってしまった。

しかしその日になると私はやはり駅へ行った。そして、あの方のお姿を見かけたけれど私は、あの方に見ていただけなかった。見られることがこわくて人の蔭にかくれていたからだった。あの方は先生方とさっさとお帰りになってしまった。あの方の後姿を私はじっと見送っていた。あの方は少しもお気づきにならなかった。私が学校にいた時と同じことだった。駅と町の中心との間には畑が残っていたりして、あの方はれんげ草の花を摘んで直ぐ小川へお捨てになった。花は私の方へ流れて来た。私は拾おうとしたけれどふとやめた。小川の水かさは富士の雪解水かもしれなかった。

家へ帰ると私は五通目の手紙を書いた。これまでのようにお返事を待ちはしなかった。ただ私の心をお伝えしたいばかりだった。三年も黙っていたのだから思い出を書くだけでもきりがなかった。

八通目の手紙は従妹《いとこ》に頼んで、あの方に直接とどけてもらうことにした。不敵な振舞いだけれど、せめて一度だけは私の手紙が確かに、あの方のお手に渡ったと信じたかった。二年生の従妹は案外たやすく引き受けてくれた。でもその日、あの方が学校にいらっしゃるあいだ私の手紙が、あの方のポケットに入っているのだと思うと私はびくびくした。今にも教員室へ呼び出されて説諭を受けそうでまだ学校にいる気持が抜けていないのだった。従妹は学校の帰りに私の家へ寄って、あの方に渡したと言った。

「菊井先生は受け取って下さったの？」と私はつとめてなにげなく言った。「ええ。」と従妹はうなずいた。「なんとおっしゃった？」「なんともおっしゃらないわ。黙ってお受け取りになったわ。」「どんなお顔をなさった？」「どんな顔って？　きれいな顔よ。」「きれいなお顔？」と私は同じことを言って、あの方のお姿を心に浮べた。今は五月、あの方はどんなにお美しいことだろう。私は従妹の手を引いて海の方へ行った。

　しかしその手紙のお返事もなかった。私は打ちひしがれてしまった。あの方はやはり私には遠い方だったのか。私はしゃんと坐って、なにか祈りながら大きい花瓶に薔薇を活けた。もう手紙は差し上げない決心を固めた。女子大へ入りたいと今頃また母に頼んだりした。

　五月の末になって日記帳を開いて見た時私はおどろいた。あの方への手紙をやめた日から私の日記帳は白紙のままだった。その白紙の上へぽたぽた涙が落ちた。私は自分の涙をじっと見ていた。幾枚かの白紙に涙がしみ通ればいいと思った。その涙で汚れた日々を洗おう。「怨むんじゃないよ。怨むんじゃないよ。」と私は自分に言い聞かせた。あの方は私になんにも下さりはしなかったけれど、実はずいぶん沢山のものを下さっているのにちがいない。私の少女の日をあの方に捧げつくして私は生れ変った。あの方はやはり近づいてはならぬ恩師に過ぎない。私がもっと美しくもっとよい人にならなければ、あの方のお言葉はいただけない。

「あなたと宮子さんと似てるわね。」と、あの方は従妹におっしゃったと従妹が報告に来てくれたので私はまた有頂天になった。あの方は私を覚えていて下さる。私を認めていて下さる。私は感謝のしるしに、あの日薔薇を活けたシナの辰砂《しんしゃ》の花瓶を、あの方に差し上げようと思って父に頼んだ。父は許さなかった。また人に頼んで渡してもらうには大き過ぎた。私はテエブル・センタアを編んだ。従妹にことづけた。この紙包でも目立って従妹は二度とも、あの方に渡しそびれたと言った。私は小包にして送った。受け取ったというお葉書も、あの方は下さらなかった。

五年生が東京から日光への旅行に出発する時は、私の知っている生徒もあるし、あの方に会えるかもしれないし、私は駅へ見送りに行った。あの方はお見かけ出来なかった。でも家政科のバザアには、あの方もいらっしゃるにきまっていた。私は母を誘った。私達がもう帰り際に、食堂で一休みしていると階段を上る人の群のなかに、あの方のお姿をちらっと見た。「お母さま、菊井先生よ、菊井先生よ。」と私は立ち上った。「そう？　どこに？」と母もその方に目をやったけれどもうお見えにならなかった。「ちょっと御挨拶して行かなければ。」と母は言った。「鼠色のスウツを着てらしてよ。」私は声をはずませて階段を駈けのぼった。

　あの方はお一人で手芸品を見てらした。私は胸がどきどきして身の置き場に迷った。母はあの方に近づいておじぎをした。あの方は私の方を振り向いてほほえんで下さった。あの方は少し恥かしそうなお顔をなさった。私はうなだれてそこにいた誰だか知らない人の肩につかまり倒れそうだった。あの方は私の方へ歩いてらした。「宮子さんは直ぐかくれるのね。」とおっしゃった。「どれ、見せて。きれいになったの？」私はただあわててかぶりを振った。ああ、あの方は学校にいた時からの私の態度をみんな知ってらしたのかしら。「お母さまと、そこまで御一緒に帰りましょうね。」とあの方はおやさしくおっしゃった。

あの方と母とは松並木寄りの片側を歩いて、しかし紋切型のことばかり言い合っていた。私は母の体にさえぎられて、あの方がよく見えなかった。黙っていた。あの方も私を無視してらした。

「宮子さんは、お兄さんがおありですわね。よそへお出しになりますの？」と、あの方は不意におっしゃった。「はあ、いつまでも子供で困ってしまうんでございますよ。」と母は答えた。「そうでもありませんわ。もし学校へ聞き合わせがあったらなんと言いましょうかしら。」と、あの方は私の方を向いて、「感情の激しいお嬢さんだって言いましょうかしら。先生はずいぶんいじめられましたって。」私はくらくらと目の前が暗くなった。きゅっと息がつまった。「嘘よ、そんなこと。」と、あの方は明るく笑っておしまいになったけれど、私は並んで歩いているのが苦しかった。

後で静かに考えると、いろいろの意味に取れる。あの方は私を非難なさったのだろうか。私を警戒するようにとそれとなく母に注意なさったのだろうか。またはじょうだんにまぎらわして私の愛情に答えて下さったのだろうか。どれにしてもこのお言葉が私の手紙に対する、あの方のお返事だと思った。母はなんにも知らないで、「ほんとうにわがまま者で、ずいぶん先生に御迷惑かけたことでございましょうね。」と間の抜けたあいさつを続けた。「そんなことありませんわ。私も女学生の時は、宮子さんのように生《き》一本でしたわ。」と、あの方はおっしゃった。私の身うちに眩《まぶ》しい幸福が光り溢れた。

　あの方は並木の中途から横道へ折れていらした。「学校の先生だというので、地味にしてらっしゃるのね。若いうちは、地味なのも上品でいいわね。」と母はあの方を見送りながら言った。「でも、どんな地味なお洋服を召しても、あのお顔が明るいからね。顔が着物に負けては、だめなものよ。」あの方はお洋服も御自分でおつくりになるのだと私が言うと、母はおどろいた。「ずいぶん沢山のブラウスやセエタア、みんなお手製なの。いつあんなに、おこしらえになれるのかしら。」と私も今更不思議だった。「おきれいだからね。」と母は答えて、「先生は、宮子のお嫁入りのことなんかおっしゃったけれど、御自分はどうしていらっしゃらないの？」「知らない。」私は母に腹が立った。私達は長いことお見送りしていたのに、あの方はとうとう振り返って下さらなかった。なんて方だろう。

　バザアの帰り道が、あの方といっしょに歩いた最初でありまた最後となった。授業は別としてあれだけ私にお話して下さったのもただの一度だけだったと思う。

母校の生徒が富士の裾野へ遠足する日は田圃《たんぼ》道まで出てみたけれど、あの方にお会い出来なかった。夏休の或る日、あの方は帰省なさっていると知りながら学校へ遊びに行った。あの方が新しくいらした日、立ちどまって空を御覧になった渡廊下の窓ガラスはよごれていた。この休みのうちに、あの方が学校をおやめになったと聞いた。私は胸のなかがからからに乾いてしまった。学校時代のお友達に出会っても、急によそよそしい感じがした。母校というものが少しもなつかしくなくなってしまった。秋の運動会にも行くまいと思った。私は初めてほんとうに女学生を卒業した。海水浴の浜にも出ないで、母の言うままに家事の手伝いをした。早く大人になりたかった。夜なかによく目が覚めて月を見た。

「竹取物語」の翁《おきな》と媼《おうな》とは月を見ては泣いたと、あの方に聞いたのを思い出した。しかし私は泣かなかった。あの方の美しい幻が浮んで胸苦しくなると、私は鏡の前に坐って自分の美しさをさがした。あの方より美しくなりたいと思った。私は抜毛を指に巻いて眺めたりした。そんなことはこれまでになかった。

秋の学期に入ってから、あの方は学校の人達にお別れにいらした。あの方のお見送りは朝の早い汽車だった。私は行こうか行くまいかと迷った。でもこの機会をはずしたら、もう一生、あの方とお目にかかれないかもしれなかった。あの方はやはり美しかった。あの方より美しくなりたいなんてかりそめにも思ったのはなんという身のほど知らずだったろうと、私の心はあの方の前にひれ伏し、あの方のお姿を見るだけでなにか生きかえれるようだった。

　あの方は白いレエスで飾った淡い水色のワンピイスを着てらした。色がお白くなって薄化粧をしてらした。駅のなかで田舎の人が、「あれが先生かねえ。」と見とれていた。

　汽車が動き出して私の前へ来た時、「先生！」と小さく言っておじぎをした。あの方は頭を下げて私を認めて下さった。じっと私を見つめて下さった。これは誰がなんと言おうと絶対にまちがいのない真実だった。いよいよお別れの際に、あの方は初めて私をはっきり見つめて下さった。汽車がフォウムを出はずれてからも、あの方は私を見ていて下さった。在校生の叫びに送られて、あの方のお姿が遠ざかってゆく時、神さまのお恵みで、私は一番遠くまで汽車の窓の見える位置に立っていた。あの方を最後までお見送り出来たのは私だった。あの方はお手を振りながら消えていらした。そのお手の動きの美しさで、私は三年の時、あの方に教えていただいた踊を思い出した。

　あの方の汽車をかくした山際には朝雲がかかっていた。その雲のなかから、あの方のお手を振っていらっしゃるのが見えるようだった。私を見つめていて下さるようだった。初秋の朝の微風があった。その後お国の方へいくら手紙を差し上げても、あの方はやはりお返事がない。しかし私の少女の夢は満ちるだけ満ちて私の芽を培《つちか》って行ってくれたのか、あの方の思い出はもう胸を痛めない。今私は静かにしている。

死体紹介人

一

Box and Cox——同ジ家ニ住ミナガラ互ニ顔ヲ知ラヌ人。John Morton 作滑稽物ノ中ノ人物デ、Box ト Cox トハ一室ニ同居シナガラ一度モ顔ヲ合セタコトガナイトコロカラ、イロイロ滑稽ナ間違イヲ起ス。

奇怪な用事で朝木新八を訪ねた私は、座敷で彼を待つ暇つぶしに英和辞書を読んでいると、赤鉛筆のアンダア・ラインが目に止まった。

Box and Cox arrangement——一室ヲ一人ガ昼間使イ、他ノ一人ガ夜間使ウトイウ取リ極メ。

裏頁が膨らむ程強く赤い線が引いてあるばかりでなく、私が英和辞書を手に取ると自然にその頁が開いたのだから、朝木新八はこの言葉に特別な興味を持っているらしい。だから私は彼の顔を見るなり聞いてみた。そんなことでも聞く方がよさそうに思われた程、新八は冷たい顔をしていた。

「あなたはこの、ジョンなにがしの小説だか、芝居だか、お読みになったことがあるんですか。」

「あ、それ？」

「面白そうですね。」

「知らんですね。読まないんですよ。」

「ボックス、アンド、コックスという個有名詞が普通名詞として通用するくらいだから、よっぽど人気者なんでしょうな。」

「ボックス、アンド、コックス——語呂がいいですね。」

「ええ？」

「いや、まあ言ってみれば、ボックス君とコックス君とには喜劇だったことが、私には悲劇だったことがあるんですよ。私もある娘とボックス、アンド、コックス、アレンヂメントをやったことがあるんですよ。」

そして朝木新八の話——。

二

朝木新八が或る日、浅草の蔵前から新橋駅まで乗合自動車に乗ったことがあった。

乗合自動車なぞ何も「乗ったことがあった。」と、わざわざことわるにも及ばないようなものだが、乗合自動車にするか、市内電車にするか。その十四銭の違いも直ぐ頭に浮ぶような、彼は貧しい大学生だったのである。

「お切りいたしましょう。」と、新八の胸の前へ、手袋のまま女の掌がつきつけられた。

「失敬な、私は直ぐそう思うような人間だったんですょ。」と、新八は話しながら私に言った。

「兵隊や八百屋の御用聞きなんかがはく、あの白い木綿糸の手袋ですょ。――今だって、青バスに乗ってごらんなさい。同じ手袋です。」

その手袋に金を渡しながら、女車掌をじろりと見上げると、彼の苦い顔は忽ち微笑に変って行った。女車掌は大黒帽をかぶった耳のうしろに鉛筆を一本挿している――その安鉛筆が言いようなくいい感じだった。こんないい髪飾り、こんないい帽子ピンを、彼はこれまで見たことがない。

髪はすっかり大黒帽の中へ円め込むためにうしろを吊り上げている。首筋の生え際の余り揃っていないのが却ってよく、うぶ毛がぼうぼう生えている。そこへ八角の黄塗りの鉛筆が二本削った尖を下に突き挿さっている。少し汚れた繃帯を首に巻いている。それに重なって、彼女らの呼び名となる「白襟」が開いている。腰に樺色のこれも兵隊のように固い革帯をしめて、前にニッケルの金具で黒い革のカバンを引っかけている。このニッケルの光り程こちらの胸に沁み通って来る女らしい飾りも、彼はこれまで見たことがない。

鉛筆とニッケルと、この子供じみた飾りが朝木新八を動かしたのは、勿論彼女の顔が野を走る子供のように飾りなく美しかったからである。切れの長い目の一重瞼であることは、少し寂しい勝気だったが、それによく似合う鼻筋であり、それを幼い柔かさに見せる面長の頬の線であった。野の娘が町へ出て色白になる——その途中のような頬の健かさで、よく見ればうぶ毛に巷のほこりがあるかと思われる外は口紅もない。

いつも彼女は心もち膝を開いて立っている。座席があいていても腰かけない。車が揺れて二三歩よろめく時だけ、ふいと内足になる。

「その内足が、びっくりする程女らしいんで。」と、新八は話しながら私に言った。

新八は大学生らしい熱心さで、彼女が処女であろうかなかろうかと、しげしげと眺め出した。——雨の夜、わざと故障車と赤文字をかかげ、車内の電燈を消し、運転手と女車掌とが暗い街に車を止めているとか、その日の運転を終えて車庫へ入れてからの車の中だとか、作り話だとしか思えないようなことを、社会運動家である友人の家で、新八は一人の女車掌の口から聞いたことがあるからだった。

　しかし、新八と乗り合せている彼女は、どんな男の切符を切る時も、決してその顔を見ないばかりでなく、少しもよそ見をしない。透き通った飴を思わせるような瞼で、ほうっと前ばかり見ている。新八は入口のちょうど向いに腰かけていた。だから、車が右へ曲る時彼女は彼のうしろの窓の硝子戸を落し、彼の帽子のひさしへ腹を押しつけて乗り出しながら、窓から右腕を出して合図するのであるが、彼女の体は何の匂いもない。飾りのない紺の服がぴったり体に合ってすらりと伸びているが、彼女の背丈が高いのか低いのか、どうも分らない。それがしきりと気になる。

　車内をこつこつ歩いて来ては、運転手台のうしろのニッケルの棒につかまって立つ。

「次願い……。」ます、が消える。

「オオライ。」

　この合図の度毎に運転手は軽くうなずいて見せる。言いようなく自然な愛情が素直に通っているように見える。彼女は少し猫背だが、その背の円みが感情のように親しく見えて、新八はちょいといたずらに髪の鉛筆を抜き取ってもよさそうな気がする。

彼女が前を通る度に、木綿糸の手袋を握りそうでならない。

新橋駅で下りる時に、出入口の裏の名札を覗くと、

——車掌　酒井ユキ子
「ユキちゃん。」と、新八は思わず声を出しかかって、どぎまぎしながら駅前の広場に立つと、彼女が下りて来るのを待っていた。車庫だから交替するか、休憩すると思っていた。しかしユキ子が運転手の方へ歩いて、彼のうしろのニッケルの棒につかまると、車はそのまま発車点の方へ動き出した。曲って行く硝子窓に西日が眩しく光った。

「私が名を呼びそうになったというのは——つまり私がボックスとすれば、ユキ子はコックス君だったのですよ。」と、新八は話しながら私に言った。

三

「ユキちゃん」という呼び名を新八の耳に親しませたのは、浅草西鳥越の帽子修繕屋の婆さんだった。しかし、娘の名に「ちゃん」をつけて呼んだりなぞしたことのない彼はいつも、

「いますか。」と二階を指さして見せるだけだった。

「いますよ。」ならば帽子修繕屋の店先からそのまま、蔵前の電車通の歯科医院へ引き返す新八だった。

帽子修繕屋一家は、その歯科医院の患者だった。下宿代のない新八は、その歯科医院に居候していた。二階が診察室に待合室、下は技工室のあの金槌や、金《きん》をのばすロオラアや、瓦斯《ガス》の炎や、エンジンなんかの、神経質な工場じみた音に加えて、小さい子供が四人もあり、おまけに電車通だった。歯医者が帽子修繕屋の爺さんに、安い勉強部屋はないかと聞いてくれると、うちの二階がよかろう、女車掌さんは大てい寝るだけであいているのだから、間代を半分持つと言えば喜ぶにちがいない、とのことだったが、二三日して、

「ユキちゃんはほんとうに喜んでましたよ。」

「だけど……。」

「だめだよ、書生さん。間代なんかも七分三分くらいでもいいって向うで言うんだぜ。」

新八が爺さんにつれられて、帽子修繕屋へ行ってみると、広い板敷の店に鉛のつるつる禿《はげ》の頭がずらりと二列に並んでいた。

「その鉛の禿頭が、蒸した帽子を冠って、ふうふう湯気を立てているんですよ。」と、新八は話しながら私に言った。

二階の彼女の——そして彼のともなる部屋は、通りに向いた窓際に、安い塗薬の匂いがする粗末な机があるきりで、その外《ほか》は灰色の壁と押入れの襖だけだった。

翌る日から新八はその二階へ通った。その次の日は机の上に茶盆があった。湯呑が二つ——紅で伊勢蝦《いせえび》を描いた古いのは伏せてあり、藍で竹の葉を描いた新しいのは上向いていた。急須の蓋を取ると、新しい番茶が匂った。

「一つの湯呑は私のために、その娘がわざわざ買ってくれたのだと思いました。私は若い娘から、こういう心づくしを見せられたのは初めてでした。」と、新八は話しながら私に言った。

小さい瀬戸火鉢に炭団《たどん》を埋めて、湯沸しがかけてあった。彼は机の下からめりんすの座蒲団を引っぱり出して、女の湯呑で番茶を飲んだ。机の抽斗《ひきだし》を引っぱってみた。二つとも鍵がかかっていた。

これらのことは、それから四月ばかりの間、毎日同じであった。彼女は机に鍵をかけることも、炭団を埋めることも、一日として忘れなかった。畳に赤い糸屑の落ちていることもなかった。壁にはいつも細紐一つかかっていなかった。女らしい生活の息づかいをしているのは、恐らく押入れの中だけらしかった。その襖をあけてみることはさすがにしなかったが、彼はいつも彼女の湯呑で番茶を飲んだ。

帽子修繕屋の爺さんも婆さんもがに股《また》で、立つ度に足の間のほこりだらけの前垂れ

をはたいた。婆さんの返事が、

「いますよ。」ならば、彼はいつも店先からそのまま歯科医院へ引き返した。彼はたいてい夕飯前までだが、夜になるようなことがあっても、あらかじめその夜の彼女の退け時を帽子修繕屋に聞いておいて、その前に引き上げるようにした。

「ですから、私たちもボックス君とコックス君とのように、一度も顔を合せはしませんでしたが、滑稽なことは何一つ起らなかったのです。ところが……。」と、新八は話しながら私に言った。

「しかし、綺麗な娘さんかどうかも聞いてみなかったんですか。」

「私には出来ませんでしたね。」

ところがあんな風に、朝木新八は酒井ユキ子と蔵前から新橋まで乗り合せたのだった。彼にじろじろ見られていることも彼女は気がつかない風であったから、ユキ子も新八を同室の大学生とは知らなかったのであろう。

彼は新橋駅で友だちと待ち合せ、鎌倉の先生の家へ行った。教授が専門雑誌に出す研究論文の材料の整理をするためであった。

四日目に帰ると、ユキ子は急性肺炎をわずらっていた。熱に浮かされてうわごとを口走っているそうだった。湯気を立てている鉛の頭の間から、帽子修繕屋の爺さんが、

「助からんらしい。死なれたらどうするんで。」

「医者は？」

「国もとが分らんのでな。」

「親かきょうだいから手紙でも来たことがあるでしょう。それを調べたら？」

「手紙は一本も来たことなし。」

「来たことなし？」と、新八は繰り返して店先に突っ立っていた。――この間新橋行の青バスの中で、ユキ子が首に繃帯を巻いていたのは、もう肺炎の初まりだったのか。それでユキ子は熱のために透き通った飴のような瞼をしていたのであろうか。

「ユキちゃんが生きているうちに、一度顔を見ておやんなさい。」

「そうね。」と少し顔を紅《あか》らめると、新八はユキ子がたっしゃな時、

「いますよ。」と言われた時と同じように、そのまま店先から踵《きびす》を返した。ある医科大学の研究室にいる助手を、自動電話で呼んだ。助手の入江は直ぐ来てくれた。歯科医院から帽子修繕屋へ入江を連れて行った時も、

「二階。」と言ったまま、新八は鉛の頭の型の間に突っ立っていた。

「大丈夫、うつりはしないよ。」と、入江はけげんな顔をして二階へ上った。

「どうしてユキ子の生き顔に会わなかったのか、今でも私は自分ながら不思議なんです。」と、新八は話しながら私に言った。

「若い娘が熱に浮かされて取りみだしている――それを見たくなかったからでしょう

かね。とにかくユキ子が生きている間は、ボックス君とコックス君との習慣を破らなかったのですよ。」

診察をして来た入江は表に出ると、

「もう手のほどこしようがないね。もっとも、手《て》後《おく》れでなくても助からないかもしれないが。」

「死んだら葬式をしなきゃならんね。」

「え？」

「葬式っていくらくらいかかるもんだろう。」

「さあ、上はきりがないがね。死体を火葬場へ運ぶ霊柩車代と——まさか当世担いで行けないからね。——火葬場の焼き賃と、それだけはどうしても必要だな。焼き賃は並等なら五円も取るまいが、ここから三河島の焼場まで霊柩車はいくら取るかね。お、それから棺桶代だ。」

「坊主は？」

「そんなものいらんよ。」

街を鳴らす木枯に吹きつけられて、入江は度々眼鏡を外して砂ぼこりを拭いていた。

「しかし、あの娘の国もとが分らないんだよ。」

「へえ。——それだって葬式は出せるさ。」

「しかし、その金は僕とあの帽子修繕屋とが出すことになるらしい。」

「それじゃ区役所へでも頼めないものかな。——うん、そうだ、僕の学校へ死体を寄附してくれよ。」

「死体を寄附？」

「解剖学の材料にさ。年頃の娘の死体って、めったに来ないから、そうしてくれるとありがたいがね。学校から死体を受け取りに来るし、香奠のしるしくらいは出すよ。」

「だって、僕の肉親でもないじゃないか。」

「そこはなんとか、帽子修繕屋の姪とか、君のいとことか、君があの娘を好きなら、内縁の妻としたっていいさ。」

「死かばねの花嫁か。」

「君を嫌ってたって、死人なら結婚が厭《いや》だとは言いはしないぜ。」

「しかし、まだ死んじゃいないんだ。」

「それじゃ、生きてる今のうちに内縁の妻にしといてくれよ。今夜あたりいけなくなること確かだからね。どこかから思わぬ遺産が舞い込むかもしれんよ。」

「それで、助かったら？　熱で浮かされているうちに、自分が内縁の妻呼ばわりされていたと知ったら？」

「とにかく、なんとでも届けられるからさ。死体はおくれよ。」

「あの娘を解剖するのか。」と、新八は落しものをするようにぼんやり言った。

「いいじゃないか。自分の子供の死体を売りに来る母親だって、時々あるんだもの。」

四

助手の入江に別れてからも、朝木新八は風に鳴る街をなぜか早足で歩き廻っていた。

夜が更《ふ》けて風が死んだ。彼は砂を食った歯を冷たい寝床でじゃりじゃり顫《ふる》わせていた。

朝早く帽子修繕屋の婆さんが歯科医院へ新八を迎えに来た。昨夜風の死んだ時分に、ユキ子も死んだと報せた。彼等二人の部屋で、新八とユキ子とは初めて対面した。

「片一方は死顔で……。」と、新八は話しながら私に言った。

婆さんが白い布を取りのけると、

「ほおう、綺麗ですね。」と、新八は死顔に吸い寄せられるように顔を近づけた。胸の病で死んだ人に特有の透き通る蠟《ろう》のような美しさ、それになんと子供じみた安らかさであろう。

「まあ、この人は新八さんが見たいとみえて、まだ眼をあいているよ。」

「ほう、死人は眼をふさいでいるものですか。」と、新八はユキ子の眼を覗き込んだ。

「眼をあいていることが少しも無気味でない程美しく微笑んでいるような死顔だった

んですよ。」と、新八は話しながら私に言った。

眼の色はまだ生きていた。新八の顔がその瞳に写っていた。しかし見つめられても動かないユキ子の眼の底から、冷たいものが新八の体を貫いた。

「もうたんまりと見たからいいわね。」と、婆さんはユキ子の上瞼を撫で下してやりながら、

「死人ってほんとうに冷たいものですね。」

新八はしかたなしに、死人の顔に指をあててみた。初めはよく分らないが、暫くすると底知れぬ冷たさが伝わって来る。

八つになる女の子、帽子修繕屋の末娘が彼等のうしろに立っていた。

「ねえ、お姉ちゃんをどうするの。」

「お墓へ持って行って焼くんですよ。」

「眼が見えなくなりやしない。」

「今だってもう見えないんですよ。」

女の子は黙って、むずかしい顔をしていた。

「朝木さんの立会いで持ち物を調べるんだ。」と、爺さんが机の抽斗をぐいと引っぱると、歯磨の罐が踊り出した。鍵がかかっていなかったのだ。

「お待ちよ。」と、婆さんは死顔にかかった歯磨粉をふうふう吹いて、白い布をかぶ

せた。

石鹸、手拭、セルロイドのキュウピイ、化粧水、鋏、手鏡、毛ピン——そんなものがきちんと入れてあるばかりだった。

「なんだつまらない。」と、もう一つの抽斗をあけた爺さんは、円めた封筒を拡げて、

「おい、これ、ユキちゃんの国じゃないかね。」

——大阪府三島郡豊川村大字小野原

そこまで書いて握りつぶしてあった。

「宛名がないや。」

「その村の酒井として電報を打ってみたらどうです。」と、新八は言ったが、しかしユキ子の財布を見つけた爺さんには聞えなかった。その肩に婆さんも重なって、

「いくらある。」

「五円一枚と五十銭銀貨が三つと……。」

「お線香でも買おう。」と、婆さんはさっさと帯の間へしまい込んだ。

押入れ——女らしい生活の息づかいをしているのは、その中だけらしいと新八が思っていた押入れも、あけてみるとその部屋の壁のように片づいていた。上の段は蒲団を出して空、隅に婦人雑誌と「文藝春秋」とが、別々にきちんと揃えて二重ねに積んであった。下には行李一つ、紙屑籠一つ、蝙蝠一本、風呂敷包一つ——布屑一つ落ち

ていないのだ。

「おや、札がついてるぜ。」と、爺さんが風呂敷包を隅から引っぱり出した。

――捨てるもの。

「捨てるもの――って書いてあるぜ。」

「阿呆、女の汚れものだよ。」

「ふっ。」と、爺さんがほうり込んだ。婆さんは行李をあけながら、

「着物だね。綺麗にたたんである。国から電報の返事が来ないなら、売って葬式の金の足《た》しにしようよ。」

一番上に乗務服がスカアトのひだをきちんと折って入れてあった。新八が新橋行の青バスで見た紺服だ。――新八は初めてぽろぽろ涙を落した。

「私はその事務服に恋をしていたのかもしれないのですものね。」と、新八は話しながら私に言った。

「ユキ子は高い熱に苦しみながら、もう助からないかもしれないと思って、こっそり押入れを片づけたんじゃないでしょうか。夜中に一人汚れものを風呂敷に包んで、捨てるものと書いている姿を思うと寂しい。捨てるもの――ユキ子の遺言はたったそれだけです。」

婆さんが行李の蓋をしてから、彼はもう一度あけて紺の服を眺めた。底の方に紙包

らしいものが見える。拾い上げると、

――二月十三日、拾いもの。

と、白紙の包みに書いてあって、中は朱色の塩瀬の紙入れだった。新八はそれから十円紙幣と一緒に写真を三枚引っぱり出して鋭い叫び声をあげるところだった。

「何だと思います。」と、新八は話しながら私に言った。

「男と女のけしからん写真なんです。涙をぽろぽろ流しながら、けしからん写真を見ている若い私を想像して下さい。」

その写真と包紙とを素早く懐へ入れて、新八は、

「お婆さん。ここにも財布がありましたよ。」

「ほう、三十円、あの子は三十円も行李の底に隠してたんだよ。」

婆さんは十円紙幣を拡げて、しばらく眺めていた。

五

新八と帽子修繕屋一家のほかに近所の女房二三人で、貧しいお通夜をした。新八は皆の前で、ユキ子の一番親しい人間であるかのように振舞った。

「あのけしからん写真を見てから、不思議にも、ユキ子がほんとうに内縁の妻のよう

に思えて来ましてね。」と、新八は話しながら私に言った。

「彼女がそんな写真を見たからといって、彼女に幻滅するような人間でも、私はなかったんですけど。」

二月十三日は、新八が鎌倉へ行く二三日前だ。してみれば、彼と彼女とが蔵前から新橋駅まで青バスに乗り合せた時、ユキ子はもうあの写真を見ていたのだ。そのためにユキ子は透き通った飴のような瞼をしていたのであろうか。

あの紙入れはわざわざ白紙に包んで、「拾いもの」と書いてあった。――彼女は拾った紙入れを、ふとあけてみた。ああいう写真の入っているものを、彼女は恥しくて男の監督に届けることが出来なかった。また、青バスの中で拾ったとは限らない。とにかく届けようと思ううちに病の床に倒れ、「拾いもの」と書き残したのだ。新八はそう信じた。しかし、ユキ子があの写真を見たと知ってから、新八は彼女の死の床全体を恥しがらずに見ることが出来るようになった。

お通夜の翌日も、国から電報の返事はなかった。入江の大学病院から死体を受け取りに来た。新八はユキ子を抱き上げてやった。冷たい異常な重さなのに、汗と熱の匂いがまだ、消毒剤の匂いの底からほのかに内縁の妻らしい親しさを漂わせた。階段の途中で硬いユキ子の腰ががくりと折れた。はっと腕をゆるめた新八は、落しそうな死体を今度は胸に抱きしめて、尻餅を突いていた。ユキ子はやっぱり死んでいた。新八は彼女の冷たい額にそっと接吻した。

「綿ネルの寝間着一枚で、寝台車に積み込まれて解剖室へ行く、寂しい花嫁の葬式でしたよ。――ですから、翌朝私は研究室の助手に電話をかけずにはいられませんでしたよ。」と、新八は話しながら私に言った。

「あの死体ね。」

「ああ、君の花嫁か。」

「顔の美しさは変っていない？」

「顔？　さあ、そいつは気がつかなかった。」

「処女か。」

「処女だ。」

「死体の写真を取っといてもらうことは出来ないかしら。」

「さあ、写真機があれば造作はないが。――あ、ある、ある、素晴らしいのが研究室にあるはずだ。」

「じゃあ、頼む。」

「今、解剖台の上で真っ裸だよ。それでいいかね。」

六

髪だけが、そこでは鮮かな滴《しずく》のように、濃い黒であった。髪だけが今はユキ子の体で、濡れた艶めかしさであった。

金属製の解剖台は真白いペンキ塗りらしかった。その白さの上へ仰向きに寝ているために、ユキ子の肌は動き出しそうな色にも見えるのだ。けれども、凍るように張りつめた、乳房と腹との線が、処女のしるしなぞというなまやさしいものでなく、憎しみに満ちた陰気さが迫って来た。

彼女は太ってはいないが、骨組の細い娘であった。車掌の乗務服の上からも、胴の幅よりも円さが感じられた。それに今は、腰骨が意地悪く突き出ている。これは何よりも死の姿であった。

「しかしこの写真はね、死の冷たさと言うよりも、科学の白々しさでしたよ。」と、新八は話しながら私に言った。

「硝子箱のように明るい部屋の明るい色の上に、そうです、温室咲きの花でもありそうなところに、真裸の死体が置いてあるんですからな。」

「傍に誰も立っていないんですか。」

「無論。――誰が縁もゆかりもない裸の死体と一緒に、写真を写したりなんぞするもんですか。」

白壁の広い部屋であった。三方の大きい窓添いに、ぐるりと細長い板が取りつけられていた。それが医学生達の俎《まないた》である。彼等はその上へ、死人の頭蓋骨とか、心臓とか、眼球とか、卵巣とかを切り取って来て料理する。解剖台はその部屋の真中にあった。

「そう、そう、傍には誰もいないと言いましたがね。」と、新八は話しながら私に言った。

「ユキ子の寝かされた横に、もう一つ解剖台がありましたよ。白い布がかぶさっていましたよ。死刑囚か惨殺体かもしれません。」

「可愛いおさな子――貧しい母親が売りに来た、おさな子かもしれないと、隣りの死体を考えることも出来ますね。」

「いや、そんな小さいものじゃなかったのです。」と、新八は切るように言うと、私をじろりと見て、

「一ことも話しかけたことのない娘の死かばねを、花嫁と呼んだりする私が――あなたにはロマンチストに見えるのですね。――言い忘れましたが、私は入江に教えられた通りに、ユキ子のことを、内縁の妻の死体だと届けてみました。警察では少しも疑

いませんでしたよ。——とにかく、私自身でさえ見たことのない花嫁の裸を、解剖台の上にさらしたりしても、それでもロマンチストですかね。私はその正反対のつもりでいた。けれどもさていよいよ彼女の体が学生達のメスに切り刻まれるのだと思うと、ユキ子は私の感情の中に、不思議と生き生きして来たことは事実でした。言ってみれば、多分恋人もなくつつましく暮していた娘が、死体となって初めて、白い解剖台の上で、若い男達に女としての媚びを現わした……。」

「本人は少しも知らないじゃありませんか。」

「そう、彼女の魂から別段苦情が出なかったところをみるとね。——しかし、骨上げに行く者もないみじめな葬式よりも、その方がどれだけ女の本懐かしれませんよ。」

「それこそ、一種のロマンチシズムじゃないですか。」

「いいや、骨までしゃぶれ。処女で終ったかわりに、死んだユキ子は女の体として、使われる限り使われたのです。そう思うことはなかなか、こちらの胸のすくような盛んな感情でしたよ。」

　私はいつの間にか、うつむいて新八の話を聞いていたのだが、この時ふと彼の冷たい笑いを見上げたものとみえる。彼は再び私をうつむかせようとして言った。

「例えば、ユキ子の行李の底から見つかった写真にしてもです。十年前に写したのか、三十年前に写したのか、分ったものじゃありません。その女達はとっくの昔に死んでいるかも知れないし、梅干婆になっているかもしれません。だが、今だって男女のけしからん写真としての役目を、彼女等は立派に果しているんですからな。また、ユキ子の内臓は壜《びん》づめになって、今でもちゃんと大学病院にありますよ。」

「それを御覧になったんですか。」

「花嫁に会いたい時にはね。」

しかし、朝木新八のいわゆる「盛んな感情」の妄想も、助手の入江から死体の写真の書留郵便が届くまでのことであった。

同じ部屋に住みながら、ボックス君とコックス君とで、生きているうちには蔵前から新橋駅まで青バスの中で一度見ただけのユキ子、しかもその時は首に繃帯を巻き、手袋をはめ、靴下を穿いていた花嫁の肌を、初めて見るように封を切ってみると、それは「科学の白々しさ」であった。

「しかし、解剖をする時に頭の毛は剃らんのでしょうかね。」と、新八は話しながら私に言った。

「水死体の髪の水をきゅっとしごいて結んだように、髪だけが女らしくねばねば濡れて見えるんです。」

写真を受け取ると同時に、彼の空想はユキ子の体から解剖台へ移ってしまった。どんなに兇悪な死刑囚が、どんなに無惨な他殺死体が、どんなに奇怪な病気の施療患者が、またどんなに悲惨な行路死人が――この解剖台の上に横たわったろうかなぞと。けれども、寝る前に必ず三枚のけしからん写真と一緒にユキ子の写真を見ることが、彼の癖になってしまった。

七

「たわむれ同様にしろ、ユキ子の内縁の夫と名乗ってみせながら、一文なしの苦学生の私が、たった机一つを遺品に貰って、それでもその時は申しわけのないような気がしていたんですからね。」と、新八は話しながら私に言った。

ユキ子の財布の七円足らずの金も、「拾いもの」の三十円も、供花料という名目で医科大学から貰った死体料も、うっかり帽子修繕屋に渡したまま忘れていたのだ。自動車会社からも余りに少い、とは言っても新八には大金の香奠が来ているにちがいなかったのだ。

彼女が死んでから、新八は帽子修繕屋の二階へ通わなくなっていた。生きていてさえ、赤い糸屑一つ畳に落しておかなかった彼女であるから、死体を運び出すだけのことで、部屋は寂しい清潔さに片づいてしまったが、彼は区役所の消毒屋を信じる程に科学的ではなかった。また、卒業試験が目の前なので浅草蔵前の歯科医院から本郷の安下宿へ引越しをした。それと同時に、新八はユキ子の遺産相続権を忘れていたのだった。

けれども、彼女の遺産は安い塗薬の匂いがする粗末な机一つ——ただそれだけで決して終りはしなかった。

先ず手始めに、帽子修繕屋の爺さんが電話で彼を追っかけて来た。

「もしもし、あんたが朝木さんかな。——ユキちゃんの妹というのが、今頃田舎から現われて来ましたがな。」

「東京へ来たんですか。」

「今私のうちで泣いとります。姉さんのお骨が見たいと……。」

「骨なんかあるはずがない。」

「それがな、立派な葬《とむら》いをしてやったと言うた。お骨は朝木さんのところにあるとな。——これからその娘をそちらへやるが、ようがすか。」

「だめだ。明日の試験でいそがしいんです。」と、電話を切ってしまったが、直《す》ぐその場で大学病院の入江を呼び出した。

「あの、君のところに骨があるだろう。」

「骨って——何の骨だ。」

「白ばっくれるな。青バスの女車掌の骨さ。その骨をね、田舎から妹が受け取りに来たんだ。」

「ああ、それじゃ、人間の骨でさえありゃ、誰のだっていいだろう。」

「あの骨はどうしたんだ。」

「さあ、もう一月も前の解剖だからね。ちゃんと取ってあるか、どうだか。——ほかの人間の骨でもいいのなら都合しとくよ。それでごまかしとけよ。いくら肉親の妹だって、姉の骨まで見たことはあるまいから、分るもんか。戦死者や天災地変の死人の遺骨だって……。」

「もしもし、これから研究室へ貰いに行ってもいいかね。」

「ああ、ちょっと——もしもし、お骨って言えば焼いた骨だったね。どうして焼けばいいかな。それより君、一そう鶏の骨でも渡しといたらどうだい。あかの他人の骨よりも鶏の骨の方が、却って気持がいいかもしれない。スウプを取った後のあらを、病院の小使にでも焼かしとこうか。」

新八はユキ子の姿を思い出していた。その姿に幼い野の風を加えた妹——遥々《はるばる》姉の骨を受け取りに来た小娘の感情を空想して黙っていた。

「そうだな、今夜雛鳥を一羽買って帰ろうか。君も僕の家へ来て一ぱいやりながら、花嫁の遺骨を製造しようじゃないか。」

八

錆《さ》びたトタンの街に桜が咲き始めていた。朝木新八は乞食と自動車との群に追われ追われ、三河島の火葬場へ歩いていた。路が狭くなる手前の関所に自動車が重なりあって止まり、通行券を貰っていた。葬式が多過ぎるのか自動車が多過ぎるのか——一つの葬式には、霊柩車と一台の乗用車しか火葬場に入ることを許されないのである。それでもその狭い路は新八を追い廻すに十分な自動車の数であった。新八は高級車の重々しい背の高さを、初めて見るように驚いた。乞食等はその重々しい怪物の威厳を恐れないと見える。世にも真剣な顔つきで窓に群がり、叫び立てた。窓の中はまたこれ、違った種類の真剣な顔のお揃いであった。黒と白の礼装は、人生の最後の審判の席に急ぐかのようであった。それから、季節は新しい春の色の訪問着に移ろうとし、若い女等は貴族の客間のように焼場を訪れる。——とにかく、ユキ子の解剖台の葬礼や乗務服の盛装とは、何という違いであろう。

「私は笑えなくなりましたよ。」と、新八は話しながら私に言った。

「とても滑稽な用事なのだから、にやにや笑いながら来て、にやにや笑いながら帰るつもりだったんですがね。」

「骨を盗みにでもいらしたのですか。」

「それがね、盗めばよかったと気がついたのは、焼場へ行ってからのことでしたよ。あすこでなら山で枯枝を拾うように骨が拾えないとも限りませんからね。」

「そうでしょう。この間も三河島の火葬場の裏手に、沢山骨が捨ててあるので、近所の者が警察へ苦情を申し込んだって、新聞に出ていたくらいですから。」

「裏のことなんか、大学生だった私に分るもんですか。――その前の晩、入江の家で酒を飲みながら雛鳥の骨を焼いて、それも金網ではお骨のような色にならないというので、わざわざ灰の中に埋めましてね、ユキ子の遺骨を拵《こしら》え上げたんでしたが、考えてみると骨壺と錦の袋がない。そんなものは焼場にしか売っていないとは思えないから、翌朝私が買いに来たのでしたが。――それから、人間の骨はどんなものかも、念のために見ておきませんとね。」

　とにかく、焼場の路を一人で歩いているのは、新八一人であった。五人八人と揃った、他人の葬いまたはお骨拾いの連れらしく見せかけながら歩いた。

「しかし、一たいユキ子は私に他人じゃなかったのでしょうか。」と、新八は話しながら私に言った。

「ユキ子のためにともかく火葬場へ行ったのは、私一人にはちがいないのですけれども。」

自動車と乞食との中を歩きながら、彼はなぜかむやみに腹が立って来た。――若い娘の贋骨にすると聞きながら、医者の妻らしく笑って、

「ちょいと待ってね。そのまま焼いちゃ勿体ないわ。」と、痩せた子供のためにスウプを取った、入江の細君の鬘《かずら》のように濃い生え際までが、憎々しく思い出されて来た。

場末の町は二日前の雨でぬかるんでいた。靴底の破れた彼の歩く通りに、彼の後から路を拾って来る娘があった。彼女は下駄屋の飾窓によりかかって足袋を脱いだ。脱いだ足袋を懐にはさんだ。――そのことが、新八をふと爽かにした。彼はその自分に驚いて、度々振り返った。いつの間にか彼女は足袋を懐深く隠してしまっていた。新八は声をあげて笑ってみたかった。彼女は下駄を気にし始めた。彼は怒鳴ってみたかった。

「お嬢さん、僕は君の下駄なんか見てやしない。美しい足を見てるんだ。」

「何をっ。」と、彼女はつかみかかって来そうな顔の娘であった。微笑している剣のような顔には、ゆいつけているということ以外に、桃割《ももわれ》は似合ってやしない。彼女は白い包みをさげていた。

火葬場は奇怪な公園のように立派であった。掛茶屋があり、廃れた劇場があり、廃れた公会堂がありという風に見え――それは滅びた国のような大きく暗い口を開いて

いた。

九

古びた郵便局のような事務所の壁にもたれて、娘は足袋をはいた。中では人々が各等火葬料の値段表を見上げて、ここそこ話をしながら、役所の窓口へうやうやしく税金を納めるように料金を支払っていた。新八は一番小さい骨壺と赤い錦の袋とを買った。白木の棺を載せた鉄の車が、コンクリイトにきびしい車輪の響きを立てていた。彼はその後について行った。

勿論、最下等の焼場にちがいない、港の荷揚げ場のようなコンクリイトの台の上に、死体の箱が積み重なっている——それを大きく暗い入口から覗くと、むうっと人の骨の灰の匂いであるが、桃割の娘がいた。腐った都《みやこ》の塵埃《じんあい》焼却工場のような、残酷な清潔さを思わせる、煉瓦囲いの大きい竈《かまど》、それに並んだ鉄の扉の前に、彼女が立っているのだ。錆びた扉を開いて、火夫が鉄の大きい抽斗のようなものを抜き、鉄の塵取りのような器に白骨を箒で掃き落した。そして一隅の卓の上にそれをがちゃりと投げ出して、

「おい、これを拾いな。」

娘が入口に立っている彼を振り向いた。きつい目つきで彼を呼んでいるようであった。彼女が白い包みを開くと、

「全く驚きましたね。」と、新八は話しながら私に言った。

「その骨壺がね、味噌か梅干を入れて置くあの壺なんです。お勝手にあったのを洗ってもって来たにちがいないのです。」

彼女は卓の上の瀬戸物の筒から長い竹箸を抜き出して、突然新八に、

「これで拾うんですわね。」

「へえ。」と、彼がまごついていると、

「すみませんが、ここに立っていて下さいまし。」

「お一人なんですか。」

「いいえ。でも、今も隠亡《おんぼう》に、お前一人かい、って聞かれましたの。いいえって私言ってしまいましたの。」

「どなたなんです。」

「姉ですわ。」

新八も竹の箸で骨を拾ってやった。

「ありがとうございます。これでもう一人だと思いませんわ。」

「でも、僕も骨壺をぶら下げてるんだから、変ですよ。」

「そう？」

「そうでもないかな。大きいのと小さいのと、骨壺を二つ持って来るのが普通ですね。

――この壺にも骨を少し拾わしてくれませんか。」

「あら。」

「僕にも姉さんの骨を少しばかりいただけないでしょうか。」

「だって、そんな他人の骨なんぞ。――あなたの方は、これからお拾いになるんじゃありません？　あなたもお一人でいらしたわね。お連れは……。」

「ないんです。」

「それじゃ、後で私がお手つだいしますわ。一人だと隠亡が小馬鹿にしてよ。私それがつらくって。」

「僕は骨を拾いに来たんじゃないんです。」

「あら、だって、それは？」

「この骨壺だけを買いに来たんです。――実はね、田舎の人が東京で死んで、その骨を預っていたんですが、僕みたいな書生のことだから、それをどこかへ紛失しちまったんです。ところが今度、田舎から骨を受け取りに来たもんだから、あわてましてね、骨壺を買いに来るやら、鶏の骨を焼いて贋のお骨を拵えるやら……。」

「まあ、鶏の骨。」と、彼女は花束を振り廻すように笑いころげた。冷たい立方体の重なりである火葬場に、かくも高々と響いた笑い声は——余りに花々しい木魂で身がすくむようであった。

「そいじゃ、姉の骨でもお役に立ちますわね。」

「鶏の骨よりずっと綺麗に焼けています。」

「あら。」

「これは失礼。——ですが、人間の骨って、案外少いものですね。」

「そうでしょうか。」

「まだ温かいですね。——でも、もし姉さんが見ていらしたら変なものですね。結婚してらしたのでしょう。」

「そうね。——なぜ売らなかったかって、言うくらいのものでしょう、姉は。」

「売るって、骨をですか。」

「その方お幾つくらいでしたの、姉の骨が代理をつとめる。」

「あなたより、一つか二つくらい上の娘でした。」

彼等が骨を拾っている卓の片端には、白紙が十枚ばかり並べてあった。その紙の上にそれぞれ五十銭銀貨が二枚三枚四枚、文鎮のように置いてあった。骨と引き換えに火夫へ渡す証書であった。心づけの金高が一目で分って便利である。銀貨で抑えてない紙は、今二人が骨を拾っている死人の証書だけであった。窓からそよ風が吹けば飛んでしまうであろう。

十

娘は火葬場の広い門でまた足袋を脱いだ。娘と言えば女学生であるような気がしている新八には、彼女の美しい肌が早熟な白さであった。彼女の短い首を見ていると、彼はいろんなことが打ち明けたくなった。

「どこの誰だか分らない、行きずりの人の気易《きやす》さでしたよ。」と、新八は話しながら私に言った。

「しかし後で考えてみると、女遊びになれない男が、娼婦にむやみと身の上話をしたくなる、あの気持だったかもしれません。」

路に出ると、娘は怒ったように離れて歩いた。行きよりもしつっこく乞食につきまとわれた。新八は娘に追いついて、これが別れの言葉かと思いながら、

「姉さんの墓が、どこか知らない田舎にもう一つ出来ると思って、勘弁していただくんですな。」

「私の方には墓なんぞ出来やしませんわ。」

「そう言えば、勿論僕の方だって……。」

「お墓を持つような女じゃなかったのですわね。こんなお骨を持って帰ったって、私どうしていいか分らないんですの。区役所の助葬会にお葬いを出していただいたから、骨を拾わないと叱られると思って来ましたのよ。」

「助葬会って、そんなものがあるんですか。」

癩病患者の夫婦がぬかるみを膝で這い寄って来た。

「隠亡って、ずいぶんお金が出来るんですって。」

「そうでしょうね。」

「火葬場の株は、割がいいから、滅多に売りに出ないんですって。」

「あなたはさっき、姉さんの骨を売るとか言ったでしょう。」

「そう?」

「実は僕、この……。」と、新八は骨壺の袋を振って、

「この娘の死体を骨ぐるみ売っちゃったんですよ。」

「あら。」

「助葬会は只かもしれないが、医学校へ解剖の材料として寄附すると、幾らか金が取れるんですよ。」

「その方は、あなたのなんでしたの。」

「何と言ったらいいかな。」

「幾らで売れたの。」

「その金を僕は見なかったです。」

「私も死んだらあなたに売っていただくわ。」

「僕が先きに死んだら、あなたに売って貰うかな。」

「保険金を取るより面白いわね。」

「そういう約束をしとけば、一生離れなくていいかもしれない。」

「高く売れるものなの。」

「さあ。」

「姉さんの死体も売ればよかったわね。どうせ一生売って売り抜いた体なんですもの。――あら、こんなこと言っちゃって――でも二度とお会いしないんだからかまやしないわ。姉は死ぬまで身売日記を毎日つけて、一々金高を書き込んでいましたわ。」

「あなた一人っきりで暮して行くんですか。」

「お名刺を頂戴。」

　彼女は小さい郊外電車に乗った。

「窓からね……。」と、新八は話しながら私に言った。

「こちらを向いている顔から上が見えるんです。見違えるような美しさでした。汚れた着物が隠れたせいもあるでしょうが。」

桃色の煉歯磨のように滑かな厚化粧の頬――それは朝らしい悲しみであった。

十一

勿論朝木新八の家も、朝夕に新聞が配達された。その上、一匹の犬までがいた。テリアと狆《ちん》との雑種の小犬に、彼は「呼鈴」という名をつけた。

「一月前の苦学生が忽ち呼鈴欲しげな顔で、一家を持つようになった――という皮肉ではなかったですがね。」と、新八は話しながら私に言った。

「家へ来る人来る人――まあ、御用聞きぐらいのものですが、片っ端から死物狂いに吠えつくんです。」

「私もさっき玄関でやられた？」

「あいつですよ。――後足を踏み構えて、血相変えて吠え立てたでしょう。あの気ちがいじみた程真剣な犬の顔をね、家を持った当座の私は、不思議そうにつくづく眺めたものでしたよ。自分の持ち物でもない、そして昨日まで誰が住んでいたかも分らない、ちっぽけな家をしたりげに守っている、けちな人間の小憎らしさが――犬畜生にまでそっくりそのまま沁み込んでいる。」

しかもその犬は――畳の上に飼われていて、毎朝早く小便をさせるために、門口の外へつなぐのだったが、そこで馴染んだものとみえて、新聞配達夫にだけは吠えなくなった。また、小便がしたい時には、玄関のたたきへ駈け下りて、明けてくれと、硝子戸の前でちんちんをするようになった。

新八等人間はまして、この家の形にあてはまった、いろいろな生活の習わしが、出来つつあるにちがいなかった。

初夏で――金雀児《えにしだ》の花の濃い黄と桐の花の薄紫とが、隣家の庭から新八の家の木戸口の上へ、枝をさし伸べていた。彼は生れて初めて金雀児の花の形をはっきり覚えこんだ。そして、金雀児の落花は醜いが、桐の花の落花ははかない朗かさである。

「そんなことまで、いつの間にか知っている。――それから、私は犬の夢を見ましたよ。うちの犬の夢を。」と、新八は話しながら私に言った。

「あいつは――犬じゃありません、ユキ子の妹のことですが、（うちの呼鈴、うちの呼鈴）と言って、犬の話をよくしましたよ。そのうちの呼鈴の夢を私も見たんです。眼が覚めるとすっかり忘れていましたが、ただよその犬共に較べて、うちの呼鈴が美しいと安心したことだけは、ちゃんと憶えていたじゃありませんか。」

「しかし、あなたは何をそんなに？」

「軽蔑していたかとおっしゃるんですか。」

「嘲《あざけ》ると言っては悪いですが……。」

「つまり、私はユキ子の妹と、ユキ子の遺骨を受け取りに来た田舎娘と――家を持つようになったのですよ。」

「ああ？――それで、あのお骨のことは巧く片がついたんですか。」

「勿論、ごまかしました。――いくら肉親の妹だって、姉の骨まで見たことはあるまいからと、大学病院の助手が言った通りでしたよ。野たれ死したらしい売笑婦の骨を、姉のお骨だと信じてね……。」

百姓娘は額に押し戴こうとするから、新八は、

「明けてごらん。」

すると、彼女の指がぶるぶる顫えて、急に啜り上げた。

「それじゃ、お線香でも買って来ましょうね。」と、さすがに下宿を逃げ出したが、四月の街の明るさで自分でも驚く程声高に、新八は笑い出してしまった。

「火葬場で骨をくれた娘も、その骨を受け取りに来た娘も、この世にいそうにない春――私は、明るく明るく、とつぶやきながら歩いていたんですが。」と、新八は話しながら私に言った。

しかし帰ってみると、突っ伏していた娘は、悪いことでも見られたように、胸の下から骨壺を出したが、やはり肩でしゃくり上げていた。

「さあ、線香と花をね。」

「ありがとうおます。」と、彼女は袖で顔を拭きながら起き上って、部屋を見廻した。汚い床の間が本箱代りで、書物や筆記帳なぞが乱れている。

「そのお骨を机の上に置いたらいいでしょう。」

とにかく線香の匂いがした。彼女は合掌して頭を下げた。桃割髪の細い肩を後から眺めていると、新八は幼い静かなものを感じた。

「昨夜は汽車で眠れましたか。」

「いいえ。」

「姉さんのところへは手紙が一本も来なかったそうですが、お父さんやお母さんは？」

「はい。わたえ一人だけで——ちょっと遠いところへ、奉公に出てましたよってに。」

そして、彼女は奉公先から暇を取って、東京へ来たのだという。彼女は十八だそうだ。それで分ったのだが、姉のユキ子は彼が思ったより上の二十だったのだ。二親ともなく、彼女等二人きりだったのだ。

「それじゃ、急いで田舎へ帰ることもないから、桜でも見物して行ったらどうです。」

「はい。」

彼は下宿の女中に彼女の昼寝の床を頼んで置いて、

「それも私の虚栄心からね、今度勤め口がきまって家を持つので、田舎から女中を呼んだと、言って見せたのでした。」と、新八は話しながら私に言った。

「ところが、その時出かけて行った、人造絹糸会社の東京支社へ採用されまして、ほんとうに家を持つようなことになったのですがね。」

学校を出ると直ぐに自分で飯が食える。――この驚きで下宿の障子をさっと開くと、娘が驚いて起き上った。彼女は寝床へは入らずに、蒲団の端を枕にして眠っていたのだった。紅らんだ片頬に敷布の織模様の形がついていた。痺れたらしい右手を振りながら、髪を直した。

しかし、夜女中が寝床を二つ取っている間に、彼女はいなくなって、一時間も部屋に戻らなかった。新八は廊下を捜し廻ってから表に出た。娘はぼんやり坂にたたずんでいた。彼が近づくと、彼女は片側の溝沿いにどんどん坂を下りた。追いつくと肱《ひじ》で眼を抑えて泣き出した。

「一体どうしたんです。」と、新八が思わず伸ばした手を、彼女は激しく肩で振り払った。

「こんなところで、だめじゃないか。とにかく帰って寝なくちゃ。――あんたは東京に身寄りもないと言うし、今夜はあの下宿に泊ったらいいじゃないですか。」

彼女は泣きながら、だだっ児をなだめすかすような手つきの彼の腕を、また振り払った。しかし黙って彼について来た。

「部屋に帰ると、けろりと泣き止んでね。」と、新八は話しながら私に言った。

「羽織を脱いで丁寧にたたむんですよ。――部屋に糸屑一つ落しといたことのないユキ子と、妹もおんなじなんです。」

　妹も姉のように――そうだ、羽織を脱ぐと、いかにも一重裸になったと思われる程、野良仕事で膨らんだ手に似合わず、骨組が細く、胴の円さが感じられた。赤い花のめりんすの帯の心が柔かいのか、結び目がぴったり胴を抱きしめて彼女は帯の幅よりも狭かった。彼女はその帯だけを解いて、下宿の貸浴衣には替えずに床へ入った。

「それが一月後には、(うちの呼鈴) と犬を呼ぶようになったのですからね。」と、新八は話しながら私に言った。

「私にしたって、新しい――全く新しい生活の形は嬉しかったです。誤解なすっちゃいけません。新婚とはこれに似た気持だろうと空想しながら、私はこの娘と結婚することなぞ思いもしなかったのです。その頃の私の先輩にね、頻々と女中を取り替える人がありましたよ。奥さんがよく病気するのですが、大抵奥さんの入院中に女中を替えて――いや、どうしようと言うのじゃないのです。新しい女房を貰ったような――はかない幻を描くだけのことなんです。」

十二

娘は千代子といった。彼女はよく歌を歌った。その歌が大阪訛りであった。台所の買物に近所へ出るだけの千代子が、どこで新しい歌を覚えるかは、娘らしい不思議さであった。田舎《ひな》びた桃割をやめると髪を上げるのが面倒臭いらしく、お下げにし、それさえ結んでいないこともあったが、いつの間にか女学生風に髪の尖《さき》を揃えて切っていた。彼のお古の黒い三尺帯を結んで、公設市場へ走って行った。

土曜日の夜であった。新八は兵隊のように畳へ「伏せ」をして、空気銃の銃床を肩にあてていた。千代子の言った通りに、瓦斯計量器の裏から鼠が頭を出して、お勝手の様子をうかがった。

「私の家にも、犬ばかりじゃない、鼠までが住むようになったのだから、大したものですよ。」と、新八は話しながら私に言った。

「しかし、ふとした偶然から飯を焚くようになった家に、さも一生いそうな顔——直ぐそんな顔になれる女というものが、鼠を呼ぶんですかね。」

「そう一々あなたのようにおっしゃっちゃ。」

「そりゃね、私だって生れつきの人造絹糸会社員のような顔をしていたにちがいありませんさ。」

「家を持つことがお厭だったわけじゃないでしょう。」

「そう。――日本の戸籍によると、私生児だって、棄子だって、ちゃんと家を持っていますからね。千代子は一家の戸主だったはずですよ。」

ところで、お勝手の板の間に出て来た鼠が、ふと首を縮めて立ち止まったところへ覘いを定めて、新八は空気銃を撃った。鼠は一尺程前の壁に飛び当って、ぱたりと腹を返した。

「当った、畜生。」と、新八は起き上ったが、気がついてみると、千代子は脣《くちびる》の色を失って蒼ざめていた。彼は黙って鼠の死骸を棄て、僅かな血を自分で拭き清めた。彼が二階へ上ると、千代子もついて来て、門口の戸の明く音がするまで下りて行かなかった。

「伏見さん言う女の人でっせ。火葬場で会うた言うたら分りますと。」

まだ白褪めている千代子の顔をじろりと見て、新八は彼女より先きに駈け下りた。

「失礼じゃございませんでして？　下宿へ伺いましたら……。」

「お上んなさい。」

「あれ、お役に立ちまして？」

「ああ。」

「姉の骨……。」

「ああ、ありがとう。」と、新八はさっさと二階へ上って坐るなり、

「いかがです。どうかなさいましたか。」

「どうかって。」

「姉さんに死なれて――お一人でいるんですか。」

「あら、あれ？　よく憶えて居りますわ。姉のように身売日記をつけなければならなくなったら、その前に下宿へ電話をかけろって、火葬場でおっしゃって下さいましたの。きっとおかけしようと思ってますのよ。だけど、その時はもう引越しなすった後ですってね。」

「そりゃあ、あなたの方が居どころを教えなかったんだ。」

「あら、そうだったの？」と、娘が袂《たもと》を振って笑っている時に、千代子が下から彼を呼んだ。鼠の殺されたお勝手がこわいから、瓦斯の上の湯沸しを取ってくれと言うのだ。彼の後から二階へ上って、彼の横に隠れながらお茶を入れた。彼は伏見たか子の肌の色を見ていた。

「人生の別の色でしたよ。」と、新八は話しながら私に言った。

「上等の色街で磨き上げたわけではないのですが、早く売りたいために早熟した、冴えていながら粘りっこい白さ――いや、なんとはなく私を、これではいかんと、立ち

直らせるような美しい明るさでしたよ。」

　千代子がいなくなると、たか子はまた、

「もう、あの骨はお渡しになりましたの。」

「渡しました。」

「今の方なの？　死んだ方のお妹さんて。」

「あれは女中です。」

「あれが、女中さん？」

「どうして。」

「ここは市外でもお屋敷町ね。私達の町とは町がちがいますわね。」

「馬鹿な。」

「今の方のお姉さんのお骨の代理を、私の姉の骨がつとめたのなら、どんなにいいだろうと思って、私あの方を見ていましたのよ。」

「へえ。」と、新八はそっぽを向いた。

「だけど、そのなくなった方のお写真はございません？」

「ありますよ。真裸のでもよければ……。」と、新八は押入れの行李に隠している、男女のけしからん写真三枚の間からユキ子の写真を抜き取って、立ったままたか子の前へ突き出した。

「解剖台の上に置いたところです。」

「そう。」とだけで、彼女は長い間生真面目な顔をして一ことも言わなかったが、

「私失礼しますわ。」

新八はたか子を送って出た。省線電車の駅を遥かに行き過ぎ、またその駅に戻って彼女に別れて帰ると、階下は真暗だった。二階の押入れの襖のしまる音がして、千代子は迎えに出て来なかった。新八は胸を突かれて二階へ駈け上った。やっぱり千代子は泣いている。彼の寝床の傍に寝間着姿で、ぼんやり坐っていた。瞼のむくんだ、涙だらけの顔だった。

「僕の寝間着が出てないね。」と、口実を見つけて、新八は押入れの襖を明けた。果して行李の蓋が――千代子はけしからん写真と一緒に、姉の真裸な死体の写真を見たのだ。

突然立ち上った千代子の頭が、彼の胸へ倒れかかって来た。彼は思いがけない重みでよろよろしながら、彼女の肩を抱いていた。彼が坐ると、その膝へ彼女は胸を落した。膝の温かさは、涙が沁み込むのかと思った。彼は彼女の背を撫でながら、調子の高まった声で、

「どうしたんだ。――ね、今晩は千代子も二階でお休みよ。さあ、立って。」

立ちながらも千代子は、彼の体で顔を隠して、

「鼠がこわい。」

「鼠がこわい――と千代子は言いましたよ。」と、新八は話しながら私に言った。

「うん、鼠がこわいから二階でお休みよ。」と、新八はきょうだいのように千代子の首を抱きながら、寝床の中で急に幼子じみた娘の顔を眺めていた。

十三

それから彼等はいつも、幼いきょうだいのように眠った。

「いつもと言っては、少し嘘ですが……。」と、新八は話しながら私に言った。

「とにかく、不思議なことだらけでしたよ。」

第一に、余りに無造作に男と寝る娘が彼を驚かせた。男女のことを知らないのだろうか。少くとも、あのけしからん写真を三枚も見ている。しかしそれにしては、直ぐにすやすやと寝入ってしまう。眠れないのは新八であった。

また、千代子は姉の裸の写真を見て、なんと思っているのだろう。ユキ子が下宿していた、帽子修繕屋の爺さんは、

「それがな、立派な葬いをしてやったと言うた。」と、新八に電話をかけて来た以上、

千代子はそう騙されているのにちがいない。これもまた、たか子の姉の骨でごまかされているのだが、とにかく葬式をした証拠に、ユキ子のお骨まで見た。その立派なお葬いをした死体が、なんのために裸の写真を取られているのか。いや、果して千代子には、これが死体だと分ったであろうか。解剖台だと分ったであろうか。姉のユキ子が――、

「生きながらですよ。」と、新八は話しながら私に言った。

　明るい洋室の真中で、真白いペンキ塗りの金属の板のような奇怪な寝台の上に、真裸で寝ながら写真を取らせるとは――しかも、その写真をけしからん写真と一緒に、どうして新八が隠し持っているのだろう。

　幸いなことに、それらの写真の女共は恥しげもなく、顔をさらしていた。ユキ子が彼女等でないことは、一目で分る。だが、裸の女の写真がその中に混っていたからには、ユキ子も彼女等とかかり合いがあると、千代子は思ったかもしれぬ。遠く離れていた姉の生活を――この写真を手がかりとして、千代子はどんな風に想像しただろうか。

　その姉の恥しさのために、彼女は彼の体であんなに顔を隠したのだろうか。

「いや、とにかく千代子は私に激しい憤りを感じたにちがいありません。その怒りが余りに強かったので……。」と、新八は話しながら私に言った。

「家の中に一人いる娘の神経では長続きがせず、ぽきりと折れて――急に悲しみに変り、言いようのない寂しさに落ち込んだのかもしれませんね。それで自分を失って、私に縋《すが》りついたのだとしたら、私はまあたか子と遠くまで歩いたお蔭で、千代子にも許されたことになりますかね。」

私が頬だけで笑うのを見ると、新八はそれが彼の癖らしく、厳しい調子でおっかぶせて来た。

「いや、心理の研究は――大抵の場合下らんです。この場合の事実は、私が新しく感じた千代子の体温でしたよ。」

千代子は久しく野の秋風に吹かれた、白い蠟のような肌でありながら、新八より体温が高かった。

「恐ろしいものです。ユキ子の死体を抱いて、帽子修繕屋の二階から下りて以来ね……。」と、新八は話しながら私に言った。

「私には、女の体とは冷たいもののような気がしていたんですね。」

だから千代子の体温は彼に新しかった。この温かさと彼女の深い眠りとが、だんだん彼を大胆にした。そして五六日後、彼女を後から抱いていた新八は、それをそっと放して、ぐっすり深い眠りに落ち込んだ。

深い眠りであったから、空っぽのような軽さで彼は目を覚ました。二人はなにげなく朝の食卓に向い合った。その軽い頭のまま、彼は会社へ出かけて行った。

ところが夕方帰ってみると、バスケットと風呂敷包とが出してある部屋で、千代子は立ったまま柱に頭を押しつけて泣いていた。それでも彼女は、

「お帰りやす。」と、洋服を畳みながら、

「黙って出て行こう思って、置き手紙を書きましたけれど……。」

「うん。」

「それはあんまり悪いような気がして……。」

「その手紙は？」

「今朝起きてみたら――昨夜知らんうちに……。」

「千代子がそう言ったのです。」と、新八は話しながら私に言った。

「その手紙を見せてごらん。」

「もうお目にかからない方がいいと思いましたけれど、旦那さんの留守にいなくなってはすみませんので、待ってました。」

「そりゃあ、僕が悪いのだから。」と、口に出すと新八はむかむかと腹が立って来た。

「その手紙は？」

「二階の机の上にあります。」

手紙には簡単にこんな意味のことが書いてあった。――私がいけなかったのですか

ら、何ごとも言わずに、お別れいたしましょう。田舎へ帰ったものと思って、私のことは御心配下さいますな。先日買っていただいたセルの代金は、今月分の給料と差引きにして下さいませ。お預りした金はこの封に入れて置きました。買物の控えは鼠入らずの上にございます。お洗濯物は洗濯屋に出し、残りは裏に干してございます。今日の夕飯は支度して置きます。姉の写真だけはお破り下さいませ。おたっしゃにお暮らしなさいませ。

「別れるという言葉を見て、実は私びっくりしました。」と、新八は話しながら私に言った。

「二人は、別れたりしなければならん間柄になったのかとね。」

別れる――その言葉を千代子は、威厳のある重々しさで使っている。たったあれだけのことで――そうだ、新八はそれをわけなく通り抜けて、電車の中ではもう殆ど忘れていたから、軽々と美しかった、あれだけのことが、千代子に女の一生の大事件として取り扱われてみると――その「あれだけのこと」が、新八には急に言いようなく味気ないことに思われ出した。彼はがっかり疲れた。彼は変な寂しさから、言葉をつくして千代子を引き止めていた。彼女は彼よりも鋭く疲れていたにちがいない。

「どこか別の奉公口がきまるか、自分で食べて行ける職が手につくまで、使って下さいます？　――私もうどこへも行けませんもの。」

お嫁に行けなくなった——これもまた新八の良心を打つ前に、彼を驚かせた。

夜更け千代子は彼に腕を持たれて二階へ上りながら、細々と言った。

「置いて下さっても、もうあんなことは止めてね。」

十四

ユキ子の遺骨は、千代子が家を出ようとした時バスケットに入れた——そのままになってしまっていた。千代子に見られた時から、けしからん写真は封をしたままになっていた。新八が初めて青バスの中でユキ子を見た時のように、千代子もまた、「野の娘が町へ出て色白になる——その途中」の健かな肌の色になり、うぶ毛がぼうぼうと目立って来て、もう冬だった。

「奥さんをお貰いなさっても、使っといて下さいます？」と、いつも彼を軽く拒みながら千代子はもう姉よりずっと女づいて見えた。

死かばねの花嫁に過ぎなかったユキ子を、彼は千代子の体からよく思い出した。

そして、とうとう彼女も乗合自動車の車掌になった。

「姉がそうだったというだけの理由で——運命のような理由ですがね、その職業を選んだのですよ。」と、新八は話しながら私に言った。

「私は人生の別の色ばかり求めていたのです。――もし千代子を愛していたとすれば、彼女とは結婚しなくともいいという気持からだったらしいですよ。」

その気持が千代子にも映って、彼女を家にじっとさせて置かなかったのであろう。そればかりでなく、家の暮しが次第に苦しくなって来ていた。新八の千代子に対する気持はいつの間にか、「雇っている」から「養っている」に変っている。養っている気持になって以来、暮らし向きに目に見えた変化が何一つあったわけではないが、千代子の給料も渡せなくなり、月々の諸払いが滞って来た。千代子が外に出て働かなければ、家を支えて行けなくなったのだった。

一方、新八の人生の別の色――たか子はだんだん足しげく訪ねて来るようになった。千代子は乗車勤務で夜も留守勝ちだった。そんな時度々たか子は、摑みどころのない身の上相談を持ちかけた。いつ聞いても、彼女の身辺に危険が迫っていた。魔の手から彼の懐へ身をもって逃れて来たような話であった。そして大輪の花のように笑っていた。

「私には堅気な仕事はだめ。」

彼が職業を見つけてやろうと言うと、これが彼女のきまり文句だった。

「そんな馬鹿な、姉さんの真似をしなければならんかのような風に考えるなんて……。」

「でも、千代子さんだって、お姉さんの真似をして車掌になったじゃないの？」

「姉のやったことしか、妹に出来ないというわけはない。」

「私、野たれ死にした姉の真似なんかするもんですか。」

「かのような風に――と言ってるんです。」

「私は姉より勝気よ。」

「姉さんだって、あなたの年頃には勝気だったでしょうがな。」

「ほんとうね。」


しかし、彼女の「危険」を魅力として、一層彼を引き寄せながら明るいたか子と同じように、職業を持ってからの千代子は新八の人生の別の色となった。彼は彼女の紺の乗務服の、大黒帽に粗末なピンを挿してやりながら、その細い肩にやはり「危険」を感じた。

この二つの「危険」は、同時に新八の上へ崩れ落ちて来た。

千代子は姉と同じ急性肺炎となり、助手の入江の紹介で大学病院の施療室へ送られた。


たか子は傘もなく霙《みぞれ》に濡れて、彼の家へ駈けこむなり、

「私もうあの家へは帰れないわよ。」と、泣き出した。

「しかし私はその（あの家）なるものを、何が何だかさっぱり知らなかったんですか

らね。」と、新八は話しながら私に言った。

彼は千代子の着物を、自分の手でたか子に着せてやるようにしながら、

「ちょうど千代子も入院してるし、家にいてくれるといいな。」

彼女は濡れた桃割を解くと、激しく頭を振って、ばらばら乱して髪を梳《す》きながら、また泣き出した。帯をしめていなかった。彼はその胸をうしろからそっと抱いて、結婚してくれと言った。

「厭よ。くすぐったいわ。」と、さっと立ち上って、

「私もう帰るわ。」

彼は夢中になって口説き出した。

「どうして夢中になったのか分らないのですが、千代子が別れると言った時に引き止めたと同じなんでしょうか。」と、新八は話しながら私に言った。

「死んだものとあきらめて、目をつぶって、僕と一緒になってくれ。」

「厭だわ。私堅気な結婚なんか出来やしないわ。」

「百人の男に身を売るよりも、一人の男に殺されたと思って。」

「厭だわ。――千代子さんが病院で死にかかってらしてよ。」

「死にかかってる？」

「私はもうだめなの。」

「君は一体いくつだ。」

「十四五の子供だとでも思ってらっしゃるの。――もうだめなの。もっともっと早くだったら。」

「君は僕を――今だって現に誘い込んでいる？」

「誘い込んでなんかいないわ。あなたにまでそんな風に思われるのは、悲しいわ。やっぱり私はしかたがないのね。――私帰ります。」

十五

新八と千代子との結婚届は、千代子の死亡届よりも、僅かに二日早かった。

「そうです。前にはユキ子が死体となってから、戯れに彼女が内縁の妻であったかのような顔をして見せ、今度は戯れでなかったにしろ、千代子が明かに死ぬと診断されてから、私は結婚届を書いたのです。」と、新八は話しながら私に言った。

「しかし、私はなぜたか子に結婚したいと言い、千代子には言わなかったのです？この怪物――結婚という制度は一たい何ものなんです。」

新八は驚いたのだった。施療室のほかの患者の手前も恥しく、またそれを千代子が死の宣告と感じはしないかと恐れたので、新八が懐から結婚届をそっと出して見せると、千代子は病床から手を差し伸べると同時に、はらはらと泣いた。彼女の人生の苦しみと、心の濁りとが、清らかに流れ落ちるかのような涙だった。彼女は柔らいだ瞼で瞬きつづけながら、生き返ったような眼で彼を見つめていた。涙だらけの——こんな美しい頬を彼は見たことがなかった。感謝されては困る——と思うと、新八も涙ぐんで来た。その場から役所へ届書を出しに行って、彼が引き返した時には、もう彼女の頭は高い熱で乱れていた。

「死体だがね。」と、彼女が息を引き取ると間もなく、入江が新八に言った。

「どうする。」

「どうするって。」

「病室には置けないし、解剖するにしても、二十四時間経過しないと、まさか材料室へは移せないしね——一度家へ持って帰るかね。」

「さあ、しかたがなければね。だけど借金してまで葬式はしないつもりなんだから。」

「新聞に出てたじゃないか、素晴しく立派な葬式が通るので、警察が驚くと、乞食のお頭が死んだんだってね。」

「僕は一昨日結婚したばかりなんだよ。」

「それじゃ、今夜はまあ病院の死亡室にでも置いて、明日教室へ廻して貰うことにしようか。」

「死亡室って、死体がタンクにうぼうぼ浮いた、あの部屋のことか。」

「解剖の教室の？――あれは死体室さ。死亡室は病院の附属さ。死を装飾するための立派な祭壇だよ。」

「そんなものがある？」

「病院としては残念ながらね。――だけど、お通夜しなけりゃならんよ。君一人じゃこわいかもしれんが。誰か死人の傍にいないと病院でやかましいんでね。」

十六

病室の廊下が突きあたって、重い扉を開くと、それは死の廊下であった。

「薬の匂いは明るい――なんてなつかしい生の匂いだろうって、私は重い扉がうしろでしまると同時に驚いたんでしたよ。」と、新八は話しながら私に言った。

「その廊下はどの病室からも見えないのです。薬も匂って来ないのです。死体を運ぶ廊下なんですからね。」

両側の壁にはずらりと担架が掛け並べてあった。その一つ一つが死体を運ぶ幻を浮べて――実際また、死人しか通さない裏廊下であった。窓が一つもない。長い白壁であった。それだのに、木々の枝が氷雨にざわざわ鳴るのが聞えて来る。

「一日に何人くらい通ります。」と、新八は何かしら声をかけてみたかった。

二人の看護婦が担架の前とうしろとから振り返った。うしろの看護婦は化粧をしていた。前の看護婦は化粧をしていなかった。新八は突然、化粧した女が恐しく、化粧していない女に抱きつきたくなった。

「女の化粧ってものは凄いですね、或る場合には。」と、新八は話しながら私に言った。

「そうそう、廊下を出はずれると、死体の上へざあっと雨でしょう。顔に載せた白い布がべったり濡れて鼻の形が飛び出しましたよ。」

私はそれを追い払うように頭を振った。

「なあに、そんなものよりも、看護婦の化粧の方がね。」

「しかし、雨に濡らして運ぶんですか。」

「いや、裏口から死亡室まで五六間しかないんですが。」

その死亡室は――助手の入江が言った通りに、いかにも「死を装飾するための立派な」コンクリイトの建物であった。

看護婦達は死体を小高い祭壇に納めると、ハンカチを出して、濡れた布の代りに千代子の顔へ置いた。そして二人並んで、うやうやしく跪《ひざまず》きながら合掌した。白いスカアトがコンクリイトの床に拡がっていた。白衣の尼のように静かな物腰であった。

「これでも飾って上げましょう。」と、部屋の片隅から造花の花環を祭壇の脇へ運んで来た。一人がハンカチでばさばさと白い造花をはたきながら、

「ひどいほこりですわ。」

「前の死人がそこへ棄てて行った花環なのです。」と、新八は話しながら私に言った。

「しかしこの看護婦達は、明日になればこの千代子の血を金盥《かなだらい》に入れて、解剖学教室の裏口へ棄てに行くかもしれないのです。宗教の天使が翌る朝はもう科学の天使――皮肉じゃありませんよ。眼を赤くしながら死人を礼拝していてくれたんですからね。ところでこれを、死人の側から言えばどうなりますか。」

新八は冷たく笑いながら、私の答えを待っていた。私は黙っていた。

「なぜ死の瞬間から、生きてる人間は死人を礼拝しなければならんのか。その死体は次の日にはもう、科学の材料として沢山の医学生に切り刻まれるのにです。死体は生きてる人間共がするそういうことを一切知らない。」

通夜をする人達のために、祭壇と向い合って、畳敷きの部屋があった。その端に腰をかけて、新八は看護婦達の礼拝をじっと眺めていたが、彼女等が振り返った時に、彼はあわてて立ち上ると頭を下げた。

「お花やお線香なんか買って参りましょうか。」と、化粧していない看護婦が言った。

「ええ。」

「それからお飾り――おまんじゅうやなんかのお供えでございますわ。」と、もう一人の看護婦が口を添えた。

「それは僕が行きます。」

「あら、お傘。――ちょいとお待ちあそばして。」

十七

その日のうちに届けをすまさなければならないので、新八は病院の玄関から自動車に乗った。

「警察と区役所へ大急ぎで廻って。――それから、この近所に線香や花を売ってる店はないかね。」

「は。葬儀社でございますか。どの店へ参りますか。」

「葬式というようなものはしない。」

「は。葬儀は私の店でも取り扱っておりますが。」

それは病院の正門前の大きい自動車屋の運転手だった。電車道を一つ渡ればいいのだ。ガレエヂへ入って行くと、

「葬儀の御用は裏口へお廻り下さい。」

汚い裏口で人目を忍ぶように葬儀屋をやっているのだった。

「葬儀屋が代理になって、届けをしてくれるというんでしたが、さすがの私も味気なくなるほど便利なものが、もう一つありましたよ。」と、新八は話しながら私に言った。

葬儀屋の主人はしきびの枝と、線香二三把と、細い蠟燭と、半紙につつんだ貧しい干菓子と――たったそれだけを破れた番傘で持って来たが、乞食坊主のようにもっともらしく飾りつけた。

「お供え物はこれでよろしゅうございますか。」

「せめて君、饅頭を盛り上げて持って来てくれ給え。菓子がどこにあるか、それじゃ見えないからね。」

「とんでもない、旦那。――このあと、お饅頭でございますね。それからお通夜の召上りものも、御都合でお取次ぎいたします。御人数を伺っとけば……。」

「僕一人だよ。」

「さようですか。そりゃお寂しゅうございますね。」と、別段驚いた風もなかった。

「それじゃ少しの間でも、私がお相手に参りましょう。なんでしたら人足もございますけれども……。」

「人足って？」

「つまり、お通夜のお相手もいたします。」

「へえ、そんな商売があるのかね。」

「はあ、一人三円で参ります。少しお高うございますが、翌る日寝てしまいますから。女だと二円五十銭でございます。それに弁当代を五十銭もおやり下されば。」

「直ぐ来てくれるのか。」

「はあ、そうしましたら、旦那はお宅へお帰りになってもよろしゅうございます。必ず夜通し起きてお守りいたしておりますから。」

「それじゃ、若い美しい女をよこしてくれ給え――と、僕が頼んだにしてもです。」

と、新八は話しながら私に言った。

「かしこまりました――と、葬儀屋は引き受けてくれたかもしれません。しかし、さすがに私も驚きましたよ。お通夜人足まである便利な世の中です。」

　冷たい風にまたしてもぞっと吹かれて、新八は産婦人科の医局へ行った。助手の入江は冷酒をあおりながら、染色した内膜をパラピンでガラス板にはりつけていた。

「ちょっと待ってくれ。明日の授業の教材をこさえてるところだ。」と、テエブルの下から一升壜を出して、コップに冷酒をついでくれた。

「この顕微鏡を覗いてみないか。これがほんとうの娘さんさ……。それから、これはもう更年期を過ぎた婆さんのさ。よく較べてみ給え。」

「どっちも美しい模様のようじゃないか。」

「色がつけてあるからさ。組織がはっきり分るように、みんな染めるんだよ。」

「娘ってのは、ユキ子のじゃあるまいね。」

「ああ、あの、いつかお骨を贋造した、君の花嫁か？」

「千代子もこんな風に、紙より薄く刻まれて、ガラスにはられて、色をつけられて？」

「飲み給え。顕微鏡の種板に個有名詞なんぞありはしないよ。」

たけだけしい赤ん坊の泣き声が夜を突き破った。新八は腹の中に湯が湧いたような温かさで、思わず顔を上げた。

「安産だ。あの産婦は八時間も苦しんでいたんだ。僕もちょっと見て来てやろう。失敬。」と、入江が扉を開くと、産湯の音が聞えて来た。

新八はまたじいっと顕微鏡を覗いていた。強い燭光で明るい染色体が広い歓楽場の色ガラスの天井のように思えて来た。

「あのう……。」と、さっきの化粧しない看護婦が扉から顔を出した。

「旦那さまには休んでいただいて、私がお通夜するつもりでおりましたんですけれど。」

「とんでもない。それに一人じゃこわいでしょう。」

「私がお附きしていたんですもの。お墓まで見送るのがほんとうですわ。でも私にはほかの患者さんもございますので、お友だちにお守りしてくれるように頼んで参りました。」

千代子は施療病室で死んだのであった。

「いや、僕が起きてますし、それに人を頼んでありますから。」と、新八は立ち上って行かずにはいられなかった。

長い廊下が寝静まっていた。光がとぼしく、冬の夜気だ。産婦と赤子とが小さい寝台車に乗って分娩室を出て来た。産婦は安らかな疲れた眼を閉じていた。新八はさっさと追い越した。

「死亡室へ急いでいたのです。」と、新八は話しながら私に言った。

「死人もこの産婦のように満ち足りた清らかさで眠っているか、もう一度千代子の顔が見たいと思いましてね。」

十八

新八が死亡室の扉を開くと、二人の通夜人足は弾かれたように起き直った。女はひっつめ髪をつくろってから、汚れた紺の前垂れを膝に伸した。そして、泥水に濡れた古足袋を隠そうとした。勿論男も女も垢だらけの木綿のふだん着であった。男は羽織も着ていなかった。彼は畳の部屋の端に腰をかけて、火鉢に足をあぶりながら膝を抱いた。

「二人もおりゃ大丈夫でがんすから、旦那はお休みなせい。」

「ほんとうですわ。お疲れですもの。」と、女は摑みどころのない顔を赤らめてにたりにたり笑った。

新八は黙って畳の上にあがると、ガラス窓を細目に開けた。

「小さい部屋をしめ切ってるんですからね。壁や床一ぱいにしみこんでる屍の匂いが、炭火で温まって漂って来そうに思えるんですよ。」と、新八は話しながら私に言った。

「お通夜人足と言えば、せめて折り目のある着物くらいは着て来るのだろうと考えてたんですが、まるで乞食か立ん坊なんですよ。」

彼等は新八のいることが、ちがった人種の前へ出たように窮屈であるらしかった。余分な夜食代まで渡してあるのに、塩せんべい一袋しかなかった。新八のような立派な人間に話しかける言葉に困っているようだった。彼がいなければ二人でごろりと横になるのだ。新八は坐るところがない気持だった。

「乞食小屋へさらわれたお姫さまのように――お蔭で千代子の死体が美しく見えましたけれども。」と、新八は話しながら私に言った。

コンクリイトの台の上に薄い蒲団を一枚敷いて、彼女はその上に寝かされているのだった。死体を病院へ寄附するから棺桶はいらない。祭壇の天井の明り窓には藍色のガラスが張ってあった。その上から流れ込む電燈の光は、湖水の水の中のように蒼ざめていた。祭壇の三方は擦《すり》ガラスであった。雨に揺れる木の枝が写ったり消えたりした。

新八が細目に開いておいた窓に、突然真白い女の顔が浮び出して、彼はふと一足退いたが、

「とうとう来たのよ、私。」

そして、高々と響いた笑い声は——余りに花々しい木魂で身がすくむようであった。前に火葬場で聞いた、あの笑い声だ。

「私ずぶ濡れよ。」

しかしたか子は窓から首を突っ込むと、真赤な手を温めるように咽へ持って行ったが、顎の蔭で小さく手招きした。

「あの人たちなんなの。御親戚？」

「お通夜人足ですよ。」

「人足？」

そこでまた花束を振り廻すように笑いころげた。そして入口へ廻って来ると、人足の前に突っ立っていきなり、

「あんた達もう帰っていいわよ。」

「はあ。」

「お金がまだなら貰ってくといいわ。」

「それは葬儀屋さんの方からいただきやすんで。」

「いただかせるわよ。」

「今から帰りやしてもどうも……。」

「お通夜って賑かなほどよいんですわ。」と、女もひどく真顔でさからって来た。

「そいじゃ向うの部屋で休んでて頂戴。私が疲れたら代って貰うわ。それまで寝ていていいわよ。」

「それじゃそういうことにさして貰おうか。」と、たか子のきっぱりした調子に押された男は、おどおどと女を誘って出て行った。

「向うの部屋で休めと言ったのには、私もあっけに取られましたよ。」と、新八は話しながら私に言った。

「コンクリイトの廊下をへだてて、もう一つ死亡室があるのです。真っ暗なんですよ。がらんと冷たい――僕はその部屋が宵の口から恐ろしかったのです。死亡室は死人のいる方が、どんなに気安いかしれないのです。」

通夜人足はその部屋へ寝に行ったのであった。

たか子は塩せんべいの紙袋をつまみあげると、畳の上へ上って来て、

「畜生。」と、窓の外へ棄ててしまった。

「まあ、私の足こんなに泥々だわ。」

そしてあたりを見廻すと、つかつか下へ下りて行って、祭壇の隅に棄てた白い布で足を拭いた。

「だめですよ、それは、死人の顔にかぶせてあった布だ。」

「そう。結構よ。」

それから祭壇の前に膝を折って合掌すると、

「私これでやっと気が静まったわ。」と、畳の上へ上って来た。

「あいつら、さっきここで抱き合っていたわよ。私さっきここへ来たの。それであんたの家へ飛んで行ったのよ。あんなやつら、仏さまの蒲団を剥がして寝ちゃうわよ。男のやつばかりなら、もっとひどいことだってしかねないわ。」

「しかし、今日死んだってよく分りましたね。」

「とうとう来たのよって、私言ったでしょう。」と、たか子は濡れた羽織を脱いで、水しずくの桃割髪を解くと、激しく頭を振って、ばらばらに乱した髪を両手でしごいた。

「傘をどこへ棄てたか分らないわ。今日は綺麗にお化粧してから逃げ出したんだけれ

ど。——ねえ、私千代子さんの死顔を一度よく見せていただいていい。」

「いいとも。」

色褪せたメリンスの掛蒲団も一枚であった。その死人の胸にたか子は右手を突いて、左手で顔のハンカチを取りのけながら、

「死人って冷たいものねえ。」

「私はふとユキ子のことを思い出しましたよ。私が初めて死人の額の冷たさを知った時のことです。死体ではあったが、初めて女を抱いた時のことです。」と、新八は話しながら私に言った。

「たか子は死骸にかぶさったまま、なかなか離れないのです。乱れ髪に水の中のような青い光がさして吸血鬼のような姿なのですが、それを見ていると不思議にも、私の感情は盛んな焔になって来たのでしたよ。」

思いがけない朗らかなたか子の声だった。

「ほんとうに美しい顔をしていらっしゃるわ。私は一生千代子さんのことを思い出して上げてよ。——千代子さんが病院で死にかけてらっしゃる時に、あんたは私を口説いたわね。」

たか子はふいと立ち上ると真白い顔で歩いて来た。

「寒いわ。泣けちゃうわ。顫えてるわ。抱っこしてよ。」

新八は女の髪の冷たさに驚いた。

「あら、あら、私、顔の上の布を持って来ちゃったわ。」と、たか子に言われてみると、彼の頬のあたりに安香水が匂っていた。看護婦のハンカチなのである。

「死人が私達を祝ってくれた匂いでしょうか。」と、新八は話しながら私に言った。

たか子はハンカチを白い旗のように振った。

「あんたは女をずいぶん残酷にあつかって来たのね。」

「初めて抱いた女が屍だったからかね。」

「でも大丈夫よ。私は小さい時からずいぶん残酷にあつかわれて来た。――あすこに死人が神さまのように美しい顔で、私達を祝っていてくれるわ。――千代子さん堪忍してよ。」

新八はたか子からハンカチを奪い取ると、千代子の顔を隠しに立って行った。

通夜人足のいびき声がすさまじい氷雨の間から聞えていた。その声も、また死体も、二人を燃やす炎の役をつとめるのだった。

十九

死体の媒酌の婚礼――その夜の情熱を思い出したものか、朝木新八の額には初めて生き生きしい色がのぼって来た。——彼の話が終ったのである。

新八と私とはもう一年も近くに住みながら、立話一つしたこともない。しかし、彼の妻と私の妻とは親しく行きかいしている間柄である。この話の中のたか子が、今も新八の妻である。

さて、なぜ私が奇怪な用事で新八の家を訪ねるようになったかは、以上の話で分るかと思う。ある新設の医学校の教授になった鹿山という友人から、私はこんな風に頼まれたのだ。

「君の近所に、朝木新八という不思議な貧民救済家がいるそうだね。なんでも、葬式の費用に困っている死体を、どしどし医科大学へ寄附するように勧めるのだそうだ。僕等の学校は新しくて解剖死体に困るんだから、僕の方へも死体を少し紹介してくれるように、君からその人に頼んでみてほしいんだよ。」

蛇

四十四歳の稲子が見た夢である。

自分の家ではなく、よその家へ行っていたのにはちがいないのだが、目がさめてから考えると、誰の家だか分らない。夢のなかでは、その座敷に神田社長夫人が主人顔をしていて、稲子も神田社長の家へ来ていると思っていた。しかし、座敷の様子も家の間取りも実際の神田の家とはちがう。

はじめ小鳥を見ていた時は、夫もその座敷にいたようである。稲子と夫と二人だけだったようである。

その鳥についても、夢の話を聞き終った夫から、

「小鳥は籠にはいっていたのか、庭から飛んで来たのか。」と聞かれて、稲子はしばらく答えに迷ったが、

「お座敷にいたのよ。お座敷を歩いていたのよ。」

小鳥は二羽、蜂鳥のように小さく、柄長《えなが》のように尾が長かった。体は柄長より小さいが、尾は柄長よりよほど大きく、またしっかりしていた。その尾は宝石のようにきらきら光った。

稲子は小鳥の尾がいろんな宝石で出来ているものと感じていた。尾が動くにつれて、美しい色や光が微妙に変化するのも、多くの宝石が角度のちがうにつれて輝くからだった。

小鳥が稲子の手にとまって羽ばたくと、そのつばさも玉虫色に光った。玉虫色のなかに、鮮かな色が五色も七色もあった。

「ああ、きれいだ。」と思うほかに、稲子は一切の感情がなかった。宝石の尾の小鳥がいることも、その鳥が手にとまったことも、不審と思わなかった。

いつとはなく夫が座敷にいなくなって、神田社長夫人が坐っていた。

座敷は床《とこ》が西で、南から東は庭で、廊下が廻っていて、その廊下は東北《ひがしきた》の端から居間の廊下に折れ続いていた。稲子と神田夫人とは居間に近い、東北の隅に坐っていた。

座敷に蛇が五匹這《は》っていた。それを見て稲子は声は立てなかったけれども、逃げ腰になった。

「大丈夫よ、なんでもない。」と神田夫人が言った。

五匹の蛇はそれぞれ色がちがっていた。稲子は目がさめてからも、それぞれの色をよく覚えている。その一は黒い蛇だった。その二は縞の蛇だった。その三は山かがしのように赤い蛇だった。その四はまむしのような模様があるが、まむしよりも鮮かな色だった。その五はメキシコ・オパアルが光って焰の見えるような色で、凄くきれいな蛇だった。

「ああ、きれいだ。」と稲子は思った。

どこからともなく篠田の前の細君が現われて、座敷に坐っていた。若くて愛らしく、舞子のような姿をしていた。

神田夫人は現在の年齢、稲子自身も現在の年齢のようだが、篠田の前の細君は、稲子が彼女を知っていた二十五年前よりも若かった。ふっくらと匂うようだった。

篠田の前の細君は水色の無地の着物を着ていた。姿は古風なのに、髪は今はやりの結い方で、毛を前の方に集めてややこしく細工したものだが、その前髪にきらきら光る飾りがついていた。いろんな宝石で出来た大きい輪櫛か小さい宝冠のような飾りである。宝石は赤や青の色のもあるが、ダイヤモンドが最も多かった。

「ああ、きれいだ。」と思って、稲子が見ていると、篠田の前の細君は頭に手をやって飾りをはずしながら、

「これを買って頂戴よ。」

そして顔の前にかざしている、その櫛のような飾りが、端から少しずつ動いて来た。やはり蛇なのであった。小さい蛇であった。

居間から水の音と女中の声が聞えた。居間の向うの隅に、水屋《みずや》がついていて、二人の女中が山芋を洗っているのだった。

「しっかり見て買ってらっしゃいよ。太過ぎるのばかりじゃないの。」と一人が言うと、もう一人が、

「まあ、いやだわ。太いのがいいと思って撰《よ》って来たのに、叱られて。」

そこで稲子は目がさめた。

夢のなかで、あまり気にかけなかったが、庭にも蛇がいっぱいいた。

「うじゃうじゃいたのか。」と夫がたずねると、

「二十四くらい。」と稲子は数をはっきり答えた。

また、座敷の奥の別室には、神田社長や社長の弟や、それに稲子の夫も加わって、男たちがいたようで、稲子は夢のあいだ、男たちの話声が聞えるような気持でいた。

稲子が夢の話を終えてから、稲子も夫もしばらく黙っていた。

「篠田の前の奥さんはどうしているんだろう。」と夫が言った。

「さあ、どうしていらっしゃるんでしょう。」と稲子も言って、

「どこにいらっしゃるんでしょうね。」

もう二十五年も会っていない。篠田が死んでからもかれこれ二十年になる。

稲子の夫と篠田とは大学で同級だった。稲子は篠田の前の細君と同じ女学校の下級

生で可愛がられ、細君の話で結婚した。しかし、篠田は前の細君と間もなく離婚し、やがて再婚した。後の細君とも稲子夫婦はつきあっていたので、前の細君というわけだ。

前の細君は離婚と同時に、稲子たちの前からも姿を没した。篠田は再婚後三四年で死んだ。

稲子の夫も篠田と同じ会社につとめた。二人の就職を、篠田の前の細君が先輩の神田に頼んでくれたのだった。

篠田の前の細君は篠田と結婚する前に神田が好きだった。しかし、神田は結婚してくれないので、篠田と結婚した。

神田の細君はそんなことを知らないで結婚したので、篠田さんの奥さんにはお気の毒なことをしたと、昔稲子にも言ったことがあった。

今では神田が社長になり、稲子の夫も同じ会社にいる。

稲子は夢を強いて判じようとはしなかったが、心に残った。

犬

一

その町では昔から犬を不吉な動物として忌み嫌った。犬は「死神の御使」だという伝説があった。一匹の犬が或る家に飼われていて、その家から死人が出た場合必ず飼犬を殉死させるのが町の習慣になっていた。だが犬はあの通り可愛い性質の動物である。犬を愛撫するのは人間の更に古い習慣である。この町でも唯飼主の家の死が犬に余儀ない運命をもたらすのであった。この町の情深い人々はこの動物を飼うのを憚って、猫とか白兎とかで我慢をした。自分の盛運に自信のある人々は、却って二三匹も飼って、死神の窺い寄る隙のない家庭の幸福のしるしのように誇り、あんなに沢山犬が居ても、と、町の人達に嘆賞されるのを得意としていた。

犬を「死の使」と信ずるに到った理由は単純である。犬は嗅覚に感じた不安を、気味悪い吠声で表現する。死を約束された病人は、死が近づけば尚、一種異様の臭を発散するに違いない。特に熱病であったりすると一層甚しいだろう。屍臭は尚更である。死の前後に犬の鳴くのに無理はない。そして一人の死目に遭って、この臭が一度鼻に沁むと二度目からは、一段と臭の弱い前から感得するのは道理である。町の人々は、此を知ってか知らでか一度死人の家に居合した犬は、悪魔のように恐れて殺すことにしていた。昔、誰が「死神の御使」だと云い出したのかは分らないが、はげしい熱病が流行し、町の犬群が一斉に吠えて、町の恐怖に、いやが上の暗さを加えた折があったのかもしれない。

村端れに犬塚がある。村社の駒犬を臨時拝借してきたような犬の石像が塚の上に置かれている。犠牲にされた犬は皆此処に葬られた。そして可笑《おか》しい事には、町の人々は塚の前に病気平癒を祈願し、合掌して、香花を捧げるのであった。

ところが、大都会から二里以上も二三十年前まで離れていたこの町が、それの膨脹で、みるみる接続してしまった工場地になって、沢山の他所《よそ》者が流れ込んできた。犬の増加したのも勿論である。犬を死の神だという信仰も権威を失ったが、死人の出た家の犬を殉死させる旧習だけは墨守されていた。時には此事で旧住者と新来者との間に衝突があったりした。呪われた犬を生かせて置くのは、兎《と》に角《かく》恐ろしいことだと昔からの町の人々には思われていたのだった。「犬塚」への参詣者も絶えなかった。

二

「暗くなってからにすればいいに。家族が見たらたまらないだろう。」橋の上の夕涼み客の一人が、火葬場の煙を眺めて云った。

「だけど、×××（大都会の火葬場）でも電燈が点いたら、火をつけるぜ。」

「気のせいか臭いな。」

この会話の聞えた範囲の夕涼み客は一時に煙を見遣った。

「誰が死んだろう。」

「知らないな。」

「犬が居たんなら殺してくれたろうな。」

「当節は人間も馬鹿になった御蔭で犬も気楽になったんですね。一人や二人死んでもワンとも云わない犬がいますよ。そういう奴は殺す必要がないと思いますがね。」

暫時して、剃りたての頭の大きい五つ六つの男の児が母に手を引かれて橋を通りかかった。――母の帰りが常より遅いので工場まで迎いに行ってきたのである。

橋の中途で、

「母ちゃん、なんだかいい臭するよ。」小鼻を縮めてその児は屍を焼く臭を、胸一杯に吸い込んだ。そして一寸立ち止った。

　疲れた母は気にも留めずに、子供の手をぐいぐい、せき立てて行った。

三

「今日××に御葬いがあってね、家の人が可哀想だというので、近所の人に頼んでそっと、犬を親戚にあずけに行って貰おうとしたんですって。」

「まあ。」

「ところが、見つかっちまったの。そしてね。犬を渡せ渡さないって云っているうちに肝腎の犬が逃げちまったんだって。馬鹿馬鹿しいわね。」

　先刻の母は聞いて幽《かす》かに顔を曇らせた。――あれから夕飯をすませて湯に入り、清々として家の門口で涼んでいるのだった。通っている会社の長屋に夫と頭の大きい児と三人暮しである。話し相手は隣の娘だった。

　立ち並んだ数軒の長屋の前を端から端までのきの下に敷き延べられた赤煉瓦がもう少し黝《くろず》んで見えた。蝙蝠《こうもり》が飛び乱れていた。

　男の児は母の両手を取って、自分の足を母の脚の間に入れて、反身になり、体の重味を母の手指に托して、ぶらぶら左右に身を揺《ゆす》っていた。軈《やが》て、揺るのも止め、大きい頭を体と直角になる位後に反って茜《あか》い夕空を眺め出した。先刻渡った橋の上流になっている河の蘆《あし》を眺めた。小橋と、橋袂の微風に戦《そよ》ぐ枝垂柳《しだれやなぎ》と、夕空にくっきり高い鐘楼とを眺めていた。――余り首を屈《ま》げていたために、血が通わなくなって、じいんと視野がぼやけるようだった。母の二本の指尖《ゆびさき》に重みを委ねて、ぼんやり自分を失っていた。

「ほんとに馬鹿馬鹿しいわね。此の間なんか女工さんが河へ飛び込んだでしょう。そんな時工場の犬はどうするかと思ったら、誰も何とも云わないのね。云わないのが道理だけれど。」

「だって……。」

母が抗弁しようとした瞬間、

「太い畜生だ！」と夫が叫ぶ声と同時に、門口から白いものが弾丸のように飛び出して、母に衝《つ》き当った。

「あっ！」と思わず腕を縮めた拍子に、指尖につかまっていた子供は倒れざま鈍い音で頭を煉瓦に打ちつけて泣声も立てなかった。

橋を渡って白い街道を魔のように犬が逃げて行く。今問題になったばかりのあの犬だった。

赤い喪服

芳子は女学校の入学試験時分に病気したので、とりあえず高等小学校に通っている。入学してからまだ二十日とは経たない。

「おっかさん。今日伝染病が出たのよ。学校に伝染病が出たのよ。」

学校から帰ると、彼女はいきなり母に飛《とび》附《つ》くようにして云った。

「道子さんと薫さんが赤痢《せきり》になったのよ。」

「赤痢ですって？」

「ええ、お二人とも赤い血を出したのよ。みんな赤痢だって云ってね、こわがって誰も傍へ寄りつかないのよ。うつるでしょう。道子さんと薫さん可哀想だったけれど——。」

「みんな寄りつかないの？」

「ええ、そう。遠くから見てんのよ。」

「まあ、お前は——。」

何て可愛い人でしょう、と云わぬばかりに、母は娘の肩を揺すぶって笑いころげた。

「それで先生は何ておっしゃったの。」

「心配することはないんですって。道子さんも薫さんも、泣いてお家へお帰りになったわ。」

芳子の不安げな眼が笑う母を叱った。

「加代子さんは教場で薫さんと並んでるのよ。明日薫さんがいらしたらどうしましょうって云ってらしたわ。でも薫さん死なないわね。」

それから二三日して、午過ぎに芳子が泣きながら学校から帰って来た。彼女に伝染病がうつったのだった。母は娘の体を清めて寝かせてやった。温室のような春の日だった。彼女は少し熱があった。眼の縁の線が微かにみだれていた。腕がほんのり白くなっていた。

「お母さん、私死ぬのね。薫さんはもう直って学校に来ているけれど――。」

その伝染病を幾ら説明しても、芳子は母の言葉を信じなかった。

「お医者さんを呼んで来て聞いてみましょうか。」

「本を買って来て見せてあげましょうか。」

本を見ると芳子は、

「そう。」と軽くうなずいたが、やっぱり陰のある眼は動かなかった。

「そんならお母さんも伝染病になってみせてあげましょうか。」

「いやよ。お母さんうつっちゃいやよ。あっちへ行って。うつるからあっちへ行って。」

「まあ、お母さんにうつるんですって。私にうつるんですって。」

母は清らかな遠い昔の夢を見て、ふと涙をこぼした。その涙を芳子はじっと見ていた。そして四日目に死んでしまった。

芳子の亡骸を乗せた霊柩車が、高等小学校の門へさしかかると、少女の群がどっと流れ出して来た。自動車は走れなかった。母の真白な喪服に少女達の影が写った。見ると、その喪服が真赤に染まっている。母はけたたましく叫んだ。

「あっ、赤い伝染病だ。赤い伝染病の洪水だ。世界が真赤だ。」

毛眼鏡の歌

浅黄色の幌馬車が一匹の鹿のような姿で遠ざかって行った。もう小さい。葉鶏頭《はげいとう》の花のように幌のゆらゆらするのが感じ取れなくなった。幌の動きが見えなくなると、その中で揺れているきみ子の幻が却って彼に、はっきり浮んで来た。

その彼の眼の前へ落葉のにわか雨が降った。一時に谷を秋で埋めてしまいそうな落葉だった。桜の落葉だった。

「秋ではないか。」

彼は驚いて窓を離れた。鏡台の横の屑籠を手早く膝へ抱き上げた。指を白い触角のように働かせて、紙屑の中から若々しい黒髪の束を幾つも捜し集めた。左の掌が髪の冷い匂いでふくらんで来た。

彼はその匂いを鼻へ持って行った。また、その冷たさを頬へあててみた。頬に黒い水鳥のようなきみ子の頭の肌触りが甦った。

昨夜も彼はその頭を自分の頬に抱いていたのであった。そして、その厚ぼったい黒髪へ指を突込んでくしゃくしゃに掻き廻したのであった。

「堪忍して下さいね。あなたのお友だちを恋しているんですもの。」

きみ子は寝床の上に静かに起上って乱れた髪を梳くのであった。

きみ子は朝起きた時と夜寝る時とに髪を梳く。朝髪を上げて、夜お下げにする。

「洋服を着る時に毛が多すぎて帽子を冠《かぶ》れないから——。」と、或る朝彼女は頬や耳に垂れ下った短い髪を指に巻いてみせながら云った。

「ここんところを切りましたのよ。」

夜は解いた髪を両頬へ黒天鵞絨《くろびろうど》の幕のようにゆるやかに流して、その尖を少女のようにうつむいて編む。その時寝間着の袖が腕を辷《すべ》って、蛋白質の卵のような肱頭が幼い表情を見せる。それから彼女は枕の上へ黒髪を愛情のように拡げて眠る。黒髪の船に乗ると、彼女の顔は果物めいた新鮮さでくっきり浮び上って来る。

彼女が髪をゆらゆらと下げて三つ幼く見え出すと同時に、その髪が感情の波でゆらゆらと彼を染めて来るのだった。静かな波に染まりながら彼はじっと坐って、彼女の寝姿が泣出すのを待つのだった。それから彼女の頭を抱きに行くのだった。彼女は寝床の中で毎晩泣いた。

「山の色を見ないでいると分らないくらいですのに、やっぱり秋なのか、ほら、こんなに髪の毛が、ちょうど私の今の感情のように抜け落ちますわ。」

山へ来た次の朝、きみ子は卵色の櫛を日射しに透かしてみながら云った。そして、もつれ髪を左手の人差指にきりきりと巻きつけて、黒い指環を屑籠に棄てた。それが毎朝毎晩だった。彼は何度もそれを見ていた。

かの黒髪の美はしけれど
あはれただもつれ髪
屑籠にわれと残りぬ
われいとどなれに似たるよ

そんなことを呟きながら、彼は屑籠の底の見えるまで抜毛の束を捜しもとめた。そしても一度窓の上に伸び上った。

白い道が遠い。南国めいた半島だからであろうか。風景は秋の色の上に紫を煙らせている。遠くの雑木林が淡紫色の薄ケ原のように見える。その下に造花のように小さい幌馬車がある。見晴しで動いているのは馬車だけである。模型地図の上へおもちゃの馬車を走らせて眺めているようだ。白い道よりも馬車が先きに見えなくなりそうな感じがする。だから、彼は窓の障子をぴたりと閉めた。

そして、左の掌から長い黒髪を一筋抜き出した。それを鏡台の抽出《ひきだ》しの環へしっかり結びつけた。次の一筋をみだれ籠の中の朱塗の女枕に結びつけた。彼の手は喜びでいそいそとした。三本目を衣桁《いこう》のきみ子の紫紺のセルが掛っていた跡へ結びつけた。

彼はきみ子の思い出の城を築きはじめたのである。

　その黒髪は大理石の円柱のように彼の幻の高殿を支えるだろう。雛芥子《ひなげし》の花茎のように彼の愁えを支えるだろう。

　彼は宿の裏庭へ出た。谷川の音が彼の裾へ秋を拡げた。木の橋を川中島へ渡った。

　ぶらんこの古びた麻縄に四筋目の黒髪を結びつけた。

「ぶらんこのきゅうっきゅうっと鳴る音をこちらから聞いていると、何とも云えず悲しそうですよ。どうしてぶらんこに乗ってばかりいるんです。」

「そう。——つうっと上ったり、つうっと下ったりする度に、自分がどこかへ行ってしまえそうな気がするからでしょうか。」

　彼はそこで黙らねばならなかったのだった。

「どうしてそんなに悲しいんです。」

「遠くをごらんになれば御自分のステッキがお見えになりませんわ。」

　彼はそこでまた黙らねばならなかったのだった。ステッキとは何か。

　全くきみ子はここにいる間、このぶらんこにばかり乗っていたのだった。それを彼は窓に突いた肱の上に頤《あご》を載せて、いつも見ていたのだった。

　彼女は時計の振子のように休まなかった。きゅうっきゅうっとその時計は悲しみの音を刻んだ。上から見ていると、ゆらゆらと散り落ちる白木蓮の花弁のように、ああやって揺れながら川瀬の底へ沈んで行くのではないかと思われた。

疲れると彼女は、ぶらんこの板に腰を下して一方の麻縄を片腕に抱き、傾げた首の頰をその縄に擦り寄せて、じっと流れを見つめていた。

その頰のあった跡へ彼は黒髪を結びつけたのだ。

五筋目の黒髪をあずまやの丸木柱へ結びつけた。やっぱりきみ子の頰の跡だ。

「夕飯が出ましたよ。御飯をお上んなさい。」

そう云いながら、彼はこの丸木柱と一緒に彼女の肩をやさしく抱いたのだった。

「手がこんなに冷くなってるじゃありませんか。」

彼女は頰がこわばってしまっていて、ものが云えないらしかった。従順に、影のように従順に彼の後を部屋へついて来るのだった。粟粒を吹いて蒼ざめた顔の瞼だけが仄《ほの》かに紅らんでいた。彼が呼びに来なければ、夕闇の来るのも知らずにあずまやに坐っているのだった。

あずまやの柱に凭れているきみ子の幻に連れて、彼は石段をとんとんと川原へ下りた。

そこの大きい岩に、六本目の黒髪を結びつけなければならないのだ。

あずまやにいる時より一層心が暗くなると、いつも彼女はこの岩の上にうずくまるらしかった。ここではもう肩に手をかけたくらいでは動かないのだった。真夜中にも彼女はこの岩に来たのだった。

岩は岸につないだ小舟のように流れに浮んでいる。そして、黒鉄の船底よりも滑らかな岩に、どうして黒髪が結びつけられよう。ここまで喜びでいそいそとしていた彼の手は、一筋の黒髪を岩の上に置いたままとどまった。

ステッキとは、彼の親しい友であることが、今は彼に分り過ぎている。

彼はふと左の掌を開いてもつれ髪の束を眺めてみた。これはきみ子が彼の友に結びつけるすべなく、彼女の感情のように抜け落ちたものではなかろうか。

秋風である。岩の上の一筋の髪が蟆子《ぶよ》の飛ぶ影のように川瀬へ吹き落された。

大いなる石よなれに
黒髪を結ぶすべなし
あはれ秋風の来て
瀬に落ちて流れるばかり
なれいとど彼に似たるよ

彼は野に出た。曼珠沙華《まんじゅしゃげ》の花咲くところへ行った。

「曼珠沙華が綺麗だったわ。――汽車で山を越す時、谷の向うに咲いていましたのよ。

この花を見るのは何年振りかしらと思いましたわ。私もう永いこと故郷に帰りませんのね。」

きみ子は山の湯の宿に着くと直ぐ白い手袋を喜ばしそうに投げて帯を解きながら、曼珠沙華の話をしたのだった。帯の落ちたのを寒がって温く匂う腰の窪みを、彼は花弁をむしり取った花の蘂《しべ》のように眺めたのだった。その時彼女は旅から帰った小さい妹のように微笑んでいた。荒い海路でよごれた帆のように傷ついた彼女の心を洗ってくれる港であると彼は信じていた。

その次の日、野に出て彼女は云った。

「これが曼珠沙華よ。」

「ああこの花が？」

彼は身のまわりに撒き散らしたような幽麗の真赤な造花を見た。点々と地に落ちた血汐が青白い月光に伸び上った花だ。

「この花は自分の葉が枯れてしまってから、花茎を伸して咲きますのよ。」

「そうでしょうとも。」

この赤い彼岸花の名を彼に教えた時、彼女の顔はまだ明るかったのだった。――彼が彼女を恋するとまだ云わなかったからだ。

彼は七筋目の黒髪をこの曼珠沙華の花茎に結びつけなければならない。

しかし今、花はもう古血によごれた糸屑のように凋《しぼ》み、水々しかった花茎さえ首が古紐のようにやつれているではないか。彼は手を触れるのを恐れながら一筋の黒髪を巻きつけた。

そして彼は白い道を山へ行った。

あの時も彼女と二人野から山深く分け入ったのだった。

「これが卯の花よ。」

「ああこの花が？」

「六月の花ですのに。」

「今は十月です。」

彼女はこの山へ来て、曼珠沙華と卯の花と、二つの花の名を彼に教えて行ったのであった。

彼は八本目の黒髪をこの卯の花の枝に結びつけなければならない。

しかしあの時でさえ、狂い咲きか秋に遭った初夏の花は花弁を落して薄《うす》羽《ば》蜉蝣《かげろう》の骸のように寂しかったのだから、今はもうその花の枝さえしかとは思い出せない。

　　卯の花は散りてあとなし
　　曼珠沙華すでに萎《しお》れぬ

白き道遥かなれども
かの馬車の轍《わだち》もあらず
ただ幻の城築けとや
よき人の黒髪の匂へば
野行き山行き川瀬へ行くよ

彼は部屋へ帰った。朝まできみ子がいた部屋へ彼女のもつれ髪と一緒に帰った。彼は野にも山にも川瀬にもきみ子の幻の城の円柱を立てて来た。これで、彼女の幻がこの山の秋を埋めたのだ。浅黄色の幌馬車は幻の姿で白い道を引返して来たのだ。見給え、きみ子が昨夜の通りに、窓の下の白い寝床へ黒髪を拡げて泣いているのではないか。

しかし、もう彼はその姿に恋人と呼びかけはしない。妹と呼びかける。恋人と呼びかけることは、彼女の枕に針の林を立てることである。昨夜も彼女は云ったのであった。

「もう今晩はなんにもおっしゃらないで、お願いですから、このまま静かに寝させて下さいまし。」

毎朝四時に鳴く鶏がもう鳴いていた。彼女は眠らない夜が続いていた。彼女が下げ髪にして寝床に入ると、毎晩のように彼は彼女の肩を抱いたり黒髪を撫でたりして掻き口説き出すのだった。それと言うのも、彼女が枕の上へ黒髪を愛情のように拡げるからだった。愛情の船に乗るときまって彼女の顔が泣出すからだった。泣出されると彼はじっと坐っていられなくなるのだった。彼が立上ると彼女は二つの掌でぴったり顔を隠すのだった。すると彼は彼女の顔が見たくなるのだった。そして彼の掌の力が勝ち、彼女の濡れた眼を自分の頤の下に見ると、彼は恋すると云いたくなるのだった。足の傷ついた旅人には宿を貸す外はない。泣いている愛する女には自分の胸へ来いと云う外はない。

　夜はそんな風だったが、昼はお互に云うことがなかった。二人の眼は罪人のように避け合った。それを遁れて、彼女はぶらんこに乗り、あずまやに坐り、岩にうずくまったのだった。

　それが昨夜、彼女はもっと遠くへ逃げようと心をきめたのだった。

「堪忍して下さいね。あなたのお友だちを恋しているんですもの。」

　とうとう打明けて、きみ子は寝床の上に静かに起上り乱れた髪を梳くのであった。

「私生きていいのか死んでいいのかも分りませんでしたの。ただ山の風景とあなたとがじっと疲れた私を見守って静かに眠らせて下さるものと、一途に信じて来ましたのに、世の中の誰一人信じない私があなただけを信じて来ましたのに。やっぱり来ない方がよかったわ。あなたは私の心の中にあるあなたの清らかな姿を御自身で濁しておしまいになりましたわ。遠くから思っているあなたが私は一番好きですわ。あんな風に信じて来る私と信じられているあなたと、これが私の人生だった一つの美しいものだと思って来ましたのに。」

　そして彼女は今朝二重に傷ついて幌馬車に乗ったのだった。

　天にましますわれらが父よ
　いざみ姿に現はし給へ
　このはらからと呼び合ふわれら
　地の上を同じ父を持たぬよ
　いざわが子らと今呼び給へ
　天にましますわれらが父よ

　八本の黒髪は大理石の円柱のように、今きみ子の幻の高殿を支えている。秋風はきみ子の匂いである。秋の水はきみ子の声である。

　明日もあさっても、鏡台の環に結んだ黒髪、女枕に結んだ黒髪、衣桁に結んだ黒髪を眺めよう。ぶらんこの麻縄とあずまやの円木柱と曼珠沙華の花茎と卯の花の枝とに結んだ黒髪を見に行こう。川瀬へ流れた黒髪を追って行こう。あの幌馬車に毎日乗って白い道を一匹の鹿のように走ろう。

そんなことを空想しながら彼は、残った黒髪の束を白紙の上に置いて、一筋一筋そのもつれを丹念に解きほぐしていた。

それらの黒髪をもっともっといろんなものに結びつけよう、黒髪を結びつけに遠くへ旅をしよう。白い順礼の姿が彼に浮んだ。これだけあれば九十九の幻の城が築けるだろう。九十九の城が出来て、黒髪の順礼が終った時に、きみ子は自分のものになるだろうか。

すると、彼の目の前で黒髪を枕の上に拡げているきみ子の幻が、彼を咎めるようにふと眼を閉じた。

そうだ。彼女の幻はこの山の秋を埋めてある。その幻を見る自分の眼を清めねばならぬ。彼女の心の中にあったと云う清らかな彼の姿のようにこの幻を清めねばならぬ。

彼は白紙の上に黒髪で卵形の輪を編みはじめた。そして黒髪は縫針に通して輪を編みはじめた。それは月光で雛芥子の花弁を縫う夢のような手細工だった。手先を見つめ通した彼の眼はものを見る力を失い、ただその中へ針の銀色と髪の黒とがくっきり光りを投げ込んでいた。いつの間にか夜になり、その夜が更けた。ほうっと顔を上げると、川瀬の音が彼の耳を叩いた。首が痛くて廻らなかった。

黒髪の輪が二つ編めた。彼はその二つの輪を、きみ子が置き忘れて行った一本の毛《ヘヤ》ピンの針金で結びつけた。黒髪の眼鏡。きみ子の黒髪で眼鏡が出来たのだ。その毛眼鏡できみ子の幻を見よう。彼女の黒髪を彼女の幻を見る自分の眼としよう。彼は毛眼鏡を眼にあててみた。静かな喜びで頬が温まった。幻の城へ姫君が魔法の眼鏡を持って花嫁に来たのだ。ともし火が明るい。

明るいともし火の下で、彼は毛眼鏡の魔力を先ず試めしてみた。窓の下に寝ているきみ子の幻を見た。彼女の姿はすいすい縮まって、青い水の中へ蠟人形になった。それを掌の上に拾い上げた。人形の肌が水晶のように澄み通った。

「おお、これでよし。」

彼は朝が待遠しかった。

朝が来た。彼はぶらんこの麻縄に結んだ黒髪を毛眼鏡で眺めた。麻縄は美しいきみ子だった。あずまやの円木柱に結んだ黒髪を毛眼鏡で眺めた。円木柱は清らかなきみ子だった。

野へ行った。曼珠沙華は朗らかなきみ子だった。

山へ行った。卯の花の枝は高らかに生きるきみ子だった。

そして最後に、彼は大きい岩の上にうずくまって毛眼鏡で谷川を眺めた。きみ子のようにいつまでも水を見つめていようと思った。彼は岩のように動かなかった。彼は岩になった。きみ子の眼になった。川瀬が彼の心の中へ流れはじめた。川瀬がきみ子になった。きみ子の魂は水に溶けてひたひたと彼のからだを流れていた。

そこを、ぱっと西の空から花やかな夕映えが落ちた。流れが金色に輝いた。ああ、その金色の上に、蓮華の花開く西方浄土の幻が広々と見えるではないか。

毛眼鏡よ　毛眼鏡よ
よき人の黒髪にして
わが幻の眼なりせば
かの人は天地《あめつち》にみつるよ
毛眼鏡よ毛眼鏡よ
よき人の黒髪にして
わが幻の眼なりせば
かの人は浄土に住めるよ

弓浦市

九州の弓浦市で三十年ほど前に、お会いしたという婦人が訪ねて来たと、娘の多枝に取次がれて、香住庄介はとにかくその人を座敷へ通すことにした。

小説家の香住には、前触れのない不時の客が毎日のようである。その時も三人の客が座敷にいた。三人は別々に来たのだが共に話していた。十二月初めにしては暖い午後二時ごろである。

四人目の婦人客は廊下に膝を突いて障子をあけたまま、先客に遠慮するらしいので、

「どうぞ。」と、香住は言った。

「ほんとうに、ほんとうに……。」と、婦人は声がふるえそうに、「お久しぶりでございます。ただ今は村野になっておりますが、お目にかかったころの旧姓は田井でございました。お覚えがございませんでしょうか。」

香住は婦人の顔を見た。五十を少し出ていて、年より若く見えると感じられ、色白の頬に薄い赤みがさしていた。目が大きいままこの年まで残ったのは、中年太りをしていないせいかもしれなかった。

「やっぱり、あの香住さんにまちがいございませんわ。」と、婦人が目をよろこびに

光らせて香住を見つめるのは、香住が婦人を思い出そうとしながら見るのとは、気込みがちがっていた。「お変りになっていらっしゃいませんわ。お耳からあごの形、そう、その眉のあたりも、そっくりそのまま……。」などと、人相書きのように一々指摘されるのに、香住は面映《おもはゆ》くもあり、自分の側の記憶がない心おくれもあった。

婦人は縫紋の黒い羽織に、着物も帯も地味で、みな着くたびれしていた。しかし、そう世帯やつれは見えない。小柄で顔も小さい。短い指に指輪はない。

「三十年ほど前に、弓浦の町へおいでになったことがございますでしょう。その時、私の部屋へもお寄りいただきましたの、もうお忘れになりましたでしょうか。港のお祭りの日の夕方……。」

「はあ……？」

美しかったにちがいない、娘の部屋へまで行ったと言われて、香住はなおも思い出そうとつとめた。三十年前とすれば、香住は二十四五歳、結婚前である。

「貴田弘先生や秋山久郎先生とごいっしょでございました。九州旅行で長崎へお越しになっていたのを、ちょうど弓浦に小さい新聞が出来ました祝賀会に、お招きした時でございました。」

貴田弘と秋山久郎はすでに二人とも故人だが、香住より十歳ほど年長の小説家で、香住が二十二三のころから親しく引立ててもらった人たちである。三十年前には二人とも第一線の作家だった。そのころ、二人が長崎に遊んだことは事実で、その旅行記や逸話は香住の記憶にも残っている。また、今日の読者にも知られているだろう。

香住はそのころ世に出かかりの自分が、二人の先輩の長崎旅行に連れて行ってもらったのかと、腑に落ちないながら記憶をさぐっていると、親炙《しんしゃ》した貴田と秋山との面影が強く浮びつづき、恩顧の数々が思い出されて来るにつれて、回想のやわらかい心理に誘いこまれて行った。表情も変ったらしく、

「思い出していただけたのでございますね。」と、婦人の声も変った。

「私、髪を短く切ったばかりの時で、耳からうしろが寒いように恥ずかしいって、申し上げましたでしょう。ちょうど秋の終りでございましたし……。町に新聞が出来て、私も記者になりますのに、思い切って短くいたしましたのですから、首筋に香住さんのお目が来ると、刺されるように避けたのは、よく覚えておりますの。私の部屋へお伴して帰ると、直ぐリボンの箱をあけて御覧いただきましたでしょう。二三日前までは、長い髪にリボンを結んでいた証拠をお見せしたかったのでしょうと思います。沢山あって驚いていらっしゃいましたけれど、私は小さい時からリボンが好きだったものでございますから。」

先客の三人は黙っていた。用の話はすみ、相客がいるので腰を落ちつけて、雑談をつづけていたところだから、後から来た客に主人の話相手を譲るのは順当だが、婦人

客の気配にはあたりの人たちを押し黙らせるものがあった。そして、三人の先客は婦人の顔も香住の顔も見ないで、直接は話を聞かない風にしていたが聞えていた。

「新聞社の祝賀式が終って、町の坂道を真直ぐ海の方へおりて参りましたでしょう。今にも燃え上りそうな夕焼けでございましたわ。屋根の瓦まであかね色のようだ、あなたの首筋まであかね色のようだって、香住さんがおっしゃったの忘れませんわ。弓浦は夕焼けの名所になっておりますって、私、お答えいたしましたけれど、ほんとうに弓浦の夕焼けは今でも忘れられませんわ。その夕焼けの美しい日にお会いしたのでございました。山つづきの海岸線に刻んで作ったような、弓形の小さい港ですから、弓浦という名になったらしいのですけれど、その窪みに夕焼けの色もたまるんでございますね。あの日も、鱗雲《うろこぐも》の夕焼けの空が、よその土地で見るより低くて、水平線が不思議に近くて、黒い渡り鳥の群れが雲の向うへ行けそうになく見えましたでしょう。空の色が海に映っているというよりも、空のあかね色をこの小さい港の海にだけたらしこんだようでございました。旗をかざった祭船が太鼓や笛を鳴らして、お稚児さんも乗っておりましたが、その子の赤い着物のそばでマッチでもすったら、ぼっといちどきに、海も空も炎になりそうだっておっしゃいましたわ。御記憶ございません？」

「はあ……。」

「私も今の主人と結婚いたしましてから、なさけないほどもの覚えが悪くなったようでございます。これは忘れないでおこうというほど、しあわせなことがないのでございますね。香住さんのようにおしあわせの上においそがしくていらしても、昔のつまらないことは思い出すおひまもございませんでしょうし、覚えてらっしゃる必要もございませんでしょうけれど……。私の一生を通して、弓浦はいい町でございましたわ。」

「弓浦に長くいらしたんですか。」と、香住はたずねてみた。

「いいえ、香住さんと弓浦でお会いしてから後、ほんの半年ばかりして、沼津へお嫁に参りました。子供も、上は大学を出てお勤めに出ておりますし、下の娘は結婚の相手がほしい年ごろでございます。私の生まれは静岡でございますが、継母と合わないものですから、弓浦の縁者にあずけられまして間もなく、反抗心から新聞につとめてみたのでございました。親に知れますと呼びもどされて、お嫁にやられてしまいましたから、弓浦におりましたのはわずか七ヶ月ぐらいでございましたけれど。」

「御主人は……？」

「沼津の神官でございます。」

香住には意外な職業と聞えて、婦人客の顔を見た。今ではもうそういう言葉もすたれ、かえって髪形をそこなうものかもしれないが、婦人客はきれいな富士額だった。

それが香住の目をとらえた。

「前は神官としてかなりに暮らせたのでございます。戦争からこのかた、それが日に日につまって参りまして、息子も娘も私には身方してくれるのでございますけれど、父親にはなにかにつけて反抗いたしますんです。」

　香住は婦人客の家庭の不和を感じた。

「沼津の神社は弓浦のあのお祭りの神社とはくらべものにならないほど大きくて、大きいのが始末の悪いようなものでございますね。裏の杉の木を十本ほど、主人が勝手に売ったことで、ただ今、問題を起しております。私は東京へ逃げて参りましたの。」

「…………。」

「思い出というのはありがたいものでございますね。人間はどんな境遇になりましても、昔のことを覚えていられるなんて、きっと神さまのお恵みでございますわ。弓浦の町の坂をおりる道に、お祭りのあの社、子供が多いので、香住さんは寄らないで行こうとおっしゃいましたけれど、御手洗のそばの小さい椿に、花びらの薄い八重の花が二つ三つついていたのが見えましたでしょう。私、今でも、あの椿はどんなに心のやさしい人が植えてくれたのかと、思い出すことがございます。」

　婦人客の弓浦の追憶の一場面には、香住も登場人物なのが明らかである。香住もその椿や弓形の港の夕焼けは、婦人客の話に誘われて頭に浮んで来るようではある。しかし、回想という世界で、香住は婦人客と同じ国にはいってゆけぬもどかしさがあった。その国の生者と死者とのような隔絶である。香住はその年齢にしては人並はずれて記憶力が衰耄《すいもう》している。顔なじみの人と長いこと話していながら、その人の姓名を思い出せぬことは始終である。そういう時の不安には恐怖が加わって来る。今も婦人客にたいして、自分の記憶を呼び起そうとするのに、空をつかむ頭が痛み出しそうだった。

「あの椿を植えた人を思い出しますにつけても、私は弓浦の部屋をもっとよくしておけばよかったと考えますの。香住さんはあの時一度お越し下さったきりでございますし、それから三十年もお会いしないで過ぎるようなことになるのでございますもの。あの時も少しは娘らしく部屋を飾っていたのではございますけれど……。」

香住はその部屋がまったく思い浮んで来ないので、額に立皺でも出て、表情がやや険しくなったのか、

「ぶしつけに突然うかがいまして……。」と、婦人客は帰りのあいさつをした。「長いあいだ、お目にかかりたいと思って、おりましたので、こんなうれしいことはございませんの。あのう、また、いろいろお話しに、またうかがわせていただいてよろしゅうございましょうか。」

「はあ。」

先客をいくらかはばかって、婦人客はなにか言いそびれたような口調だった。そして、香住が見送りに廊下へ出て、うしろの障子をしめると、婦人客が急に体つきをゆるめるのに、香住は自分の目を疑った。いつか抱かれたことのある男に見せる体つきなのだ。

「さきほどのはお嬢さまですか。」

「そうです。」

「奥さまにはお目にかかれませんでしたわ。」

香住は答えないで、玄関へ先きに立って行った。玄関で婦人客が草履をはく後姿に、

「弓浦という町で、僕はあなたのお部屋まで行ったんでしょうか。」

「はい。」と、婦人客は肩から先きに振り向いて、「結婚しないかとおっしゃって下さいましたわ。私の部屋で。」

「ええっ？」

「その時はもう私、今の主人と婚約しておりましたから、そう申し上げて、おことわりいたしましたけれど……。」

香住は胸を突かれた。いかにもの覚えが悪くても、結婚の申しこみをしたことをまるで忘れ、その相手の娘をよく思い出せない自分に、おどろきよりも不気味だったのだ。香住は若い時からむやみに結婚を申しこむような男ではなかった。

「おことわりした事情を、香住さんはおわかり下さいました。」と、婦人客は言いながら、大きい目に涙ぐんだ。そして、短い指をふるわせて、手提げから写真を出した。
「これが、息子と娘でございます。今の娘のことで、私よりもずっと背は高いんでございますけれど、若い時の私によく似ております。」

写真で小さいが、娘は目が生き生きと、顔形も美しかった。香住は三十年ほど前にこのような娘と旅先きで会って、結婚したいと言ったことがあるのだろうかと、その写真の娘に見入った。
「いつか娘をつれて参りますから、あの時分の私を見ていただけますでしょうか。」と、婦人客は声にも涙がまじるようで、「息子にも娘にも、香住さんのことは始終話してございますから、よく存じ上げてなつかしいお方のように言っております。私、二度ともつわりがひどくて、少し頭がおかしくなったりいたしましたけれど、その時よりも、つわりがおさまって、おなかの子が動きはじめのころに、この子は香住さんの子じゃないかしらと、ふしぎに思うのでございますよ。台所で刃物を研いでおりましたりして……。そのことも二人の子供に話してございます。」
「そんな……、それはいけない。」

香住は後の言葉が出なかった。

とにかく、この婦人客は香住のせいで、異常な不幸に落ちているらしかった。その家族までもが……。あるいは、異常な不幸の生涯を、香住の追憶によって慰めているのかもしれなかった。家族までもいくらか道づれにしながら……。

しかし、弓浦という町で香住に邂逅した過去は、婦人客に強く生きているらしいが、罪を犯したような香住には、その過去が消え失せてなくなっていた。

「写真をおいて参りましょうか。」と、言うのに、香住は首を振って、「いや。」

小柄な婦人の後姿は小股に門の外へ消えた。

香住は日本の詳しい地図と全国市町村名を本棚から抱えて、座敷へもどった。三人の客にもさがしてもらったが、弓浦という地名の市は、九州のどこにも見あたらなかった。

「おかしいですよ。」と香住は顔を上げると、目をつぶって考えた。

「僕は戦争前には、九州へ行ったおぼえがないようですがね。確かにないな。そうだ、沖縄戦の最中に、海軍の報道班員として、鹿屋の特攻隊の基地へ飛行機で送られたのが、初めての九州ですよ。その次ぎは、長崎へ原子爆弾のあとを見に行った。その時に長崎の人たちから、三十年前に貴田さんや秋山さんが来た話も聞いたんです。」

三人の客たちは今の婦人客の幻想か妄想かについて、こもごも意見を言っては笑った。勿論、頭がおかしいという結論である。しかし、香住は婦人客の話を半信半疑で聞きながら、記憶をさがしていた、自分の頭もおかしいと思わないではいられなかった。この場合、弓浦市という町さえなかったものの、香住自身には忘却して存在しないが、他人に記憶されている香住の過去はどれほどあるか知れない。香住が死んだ後にも、今日の婦人客は、香住が弓浦市で結婚を申しこんだと思いこんでいるにちがいないのと、同じようなものだ。

めずらしい人

「今日はまためずらしい人に会ったよ。」

近ごろ、父は学校から帰ると、娘にそう言って、その日会った「めずらしい人」の話をすることが度び重なった。三日目おきか、五日おきである。

父は私立学校の国語教師で、その学校を定年になってからも、講師としてつとめている。二月前に息子が結婚して別に家を持ったあとは、娘と二人暮しである。息子はおそい結婚で、三十三であったが、娘も二十六である。父ははじめの妻には四年で別れて子供がなく、二度目の妻には二人の子供がありながら、娘が六つの時に別れた。その後はひとり身を通した。長くいてくれた家政婦があって、その人をいっそ主婦に直してはという話も親戚から出たが、息子と娘が受けつけなかった。そんなことが起きたので、家政婦はいづらくて出て行った。

父は子供が小さい時から、娘よりも息子を可愛がって来た。息子は女性的だった。父の身のまわりには娘よりもよく気をくばるようだった。学生時分からおしゃれで、自分の靴といっしょに父の靴をみがき、自分の洋服といっしょに父の洋服にアイロンをかけた。ネクタイから下着まで、父の身につけるものは息子が見立てて買って来た。

息子は料理もした。台所で息子が夕飯の支度をしているのを、父が娘に、お前も手つだったらどうだと言うことがあると、

「好きでしているんですから、じゃますると、ごきげんを損じるのよ。」と娘は落ちついたもので、「兄さんを女のようにしてしまったのは、お父さんのせいじゃないの。」

「あれは小さい時から、母親の真似ばかりするんだ。」

「兄さんはお母さんのいなくなったことがこたえて、お父さんにたいしてお母さんのようにしようと、心にしみたのかもしれないわ。わたしにはそれがいやらしいわ。」

そして、息子が結婚して別居してからの老父のさびしがりようは、娘には同情よりも嫌悪の強い時があった。父がその日のネクタイにも迷って、三本も四本も結び変えたりしても、娘はだまってながめていることがあった。学校から帰る父の姿には、前よりもめっきり疲れが見えた。急にふけた。

「今日はめずらしい人に会ったよ。」

父のそれがはじまったのは、それからであった。

「田舎の小学校で同級だった女の子なんだ。女の子と言ったって、今はえらい婆さんだが、年の割に、僕なんかよりは、ずっと若く見えた。気の強い子だったからね。その子で、印象に残っていることが二度ある。むかしの田舎の小学生の僕らは乱暴で、

学校の帰り道に、女の子の髪の毛をひっぱりっこしたことがあった。男の子が一人ずつ女の子を倒して、お下げの髪をつかんで引きずるんだが、女の子の早く泣きだした組が敗け、長くこらえた組が勝ちで、その子はしまいまで泣かなくて、五六人の男の子の中で、僕が一等になった。女の子が泣きはしないかと、顔を見ながら引きずっていたから、その子がつりあがった目で、目ばたきもできないでこらえていた、きつい顔は、今でもおぼえているんだ。」

　何十年後に、父はその子に東京の町角で会ったのだという。その子は保険会社の重役の妻で、もちろん孫もあるそうだ。父は向うから声をかけられたのだそうだ。

　そのつぎに父が出会った「めずらしい人」は、父の高等学校時分の質屋の小僧であった。父は学校の寮に入っていたが、そのころの寮は自由なもので、父は休暇で帰省する時に、寝るふとんを質入れして、広島県に帰る道、京都かどこかに途中下車して一日見物するのだった。寮にもどる時は学資をもらって来るから、質受けすることができた。

「寮にそのふとんを、かつぎに来てくれたり、またかついで来てくれたりした、小僧なんだよ。今は芝で、やはり質屋の店を持っているそうだ。なつかしがってね。」

　また、父ははじめの結婚の仲人夫妻に道で出会ったと、学校から帰って娘に話した。その妻は再婚したが、苦労ばかりして、十年も前に死んだそうである。

「短いあいだでも、夫婦として暮した女が死んだのに、こっちはなんにも知らないんだからね。」と父は言った。

それからも父は、むかし縁があって、今は遠ざかっている人に、次ぎ次ぎと町で偶然に出会うらしい。そのたびに娘は聞かせられた。大学の友だちだとか、教師になってはじめて教えた学生だとか、むかしの家主の娘だとか、娘の母の親友だとか、むかしの尺八の相弟子だとか、むかしの山登り仲間の姉だとか、田舎の村の人だとか……。しかしその人たちに会ったという父の話は、だんだん簡単になった。娘は疑わしいと思うようになった。

「今日はまためずらしい人に会ったよ。」

例によって父がそう言って、洋服を脱ぐ前に、ポケットからたばこやハンカチを出した。ただ、むかしの友だちに会ったとだけで、その友だちの説明はなかった。娘がハンカチを拾いあげると、そのなかから大きく赤いもみじの葉が一枚こぼれ落ちた。

「まあ、きれい。料理のお皿にそえてあったんですか。そのお友だちと夕飯にいらしたの。」と娘は言った。

「いや。風でね、学校のもみじの葉が散っていてね。この葉が僕の頭に散って来たんだ。一枚だけね、僕の頭に落ちた葉なんだ。」

父がほんとうにこう度々「めずらしい人」に出会うのか、娘はたしかめてみたくなった。父の退け時はわかっているので、娘は学校の近くの駅の物蔭にかくれて待った。父は急ぎ足で駅へ来た。右手で軽く合図した。父が会った女を見て、娘は胸を突かれた。それは娘の母であった。娘は立ちすくんだ。

これまで、父が会ったと話した「めずらしい人」は、みんな父の嘘で、じつは母であったのかと娘は思った。父はなぜ娘にかくすのか。再婚して、今の夫も子どももある母のためか。いつから、どうして、父は母に会うことになったのか。

この次ぎは、自分も母に会うつもりで、娘は三日駅へ通った。母は来なかった。四日目、父は駅へはいって来る中年のきれいな婦人を見て、立ちどまると首をかしげていたが、近づいて話しかけた。婦人はけげんな顔をした。思い出せぬという風である。父は何か人ちがいをしているらしい。娘は父に走り寄りたくなった。父が会った「めずらしい人」も、みな人ちがいでなかったのかとおそろしくなると、娘の母のあの女も人ちがいかという疑いがわいた。

無言

大宮明房はもう一語も言わないそうである。六十六歳の小説家だが、もはや一字も書かないそうである。小説のたぐいを書かないという以上に、字というものをまったく書かないのである。

舌がきかないように、右手もしびれているが、左手は少しは動くらしいから、書けば書けないことはないと思われる。文章などはとても書けないにしても、身のまわりの用を頼むとき、単語を大きい片仮名で書くくらいのことは出来そうである。ものが言えなくなり、身ぶり手真似も不自由なら、釘折れの片仮名でも書くのが、心を伝えるみちだろう。第一、まちがいが少い。

言葉はいくらあいまいなものにしても、鈍い身ぶり手真似よりは確かにわかりやすいだろう。たとえば明房老人が、ものを吸う形に口をすぼめるか、コップを口に持ってゆく手真似かで、なにか飲みたいというしぐさを見せたにしろ、水か茶か牛乳か薬か、そのたった四つのどれか一つを現わすことさえむずかしい。茶と水との区別もどうであろうか。「ミズ」とか「チャ」とか書けば明らかである。「ミ」か「チ」と一字でも通じる。

四十年間も言葉を文字に書くことで暮して来た人が、ほとんどそれらのすべてを失って今、かえってそれらの偉力を、もっとも単純に確実に知って使えるのに、それらを封じているのは、ふしぎなことではないか。一生におびただしく、まことにおびただしく書きつづけた言葉や文字よりも、「ミ」とか「チ」とかの一字の方が、明房の名言であり名文である。力を持つかもしれない。

明房老人を見舞ったら、私はそう言ってみようと考えていた。

鎌倉から逗子へ車でゆくのには、トンネルを抜けるが、あまり気持のいい道ではない。トンネルの手前に火葬場があって、近ごろは幽霊が出るという噂もある。夜なかに火葬場の下を通る車に、若い女の幽霊が乗って来るというのだ。

昼間通るのだからなんでもないけれども、私はなじみの運転手に聞いてみた。

「私はまだ出あいませんがね、うちにも乗られたのが一人います。うちばかりじゃなく、ほかの会社の車にも乗られたのがあって、夜ここを通るのには、助手をつけることにしています。」と運転手は言った。もういやになるほどくりかえした話とみえる。

「どのへん？」

「このへんでしょう。逗子からの帰りで、空車ですね。」

「人が乗ってると、出ないの？」

「さあ、私の聞いたのは、帰りの空車ですね。焼き場の下あたりから、ふうっと乗るんですか。車をとめて乗せるわけじゃないんだそうです。いつ乗るのかわからない。そのくせ、バック・ミラアにはうつってないんですよ。」

運転手がなんだか妙な気がして振りかえると、若い女が一人乗ってるんです。

「そりゃ気味が悪い。幽霊は鏡にうつらないのかね。」

「どうですか。バック・ミラアにはうつらないって言ってます。人間の目には見えてもね……。」

「人間の目が見るんだろう。鏡の方が冷静じゃないの？」と私は言ってみたが、鏡を見るのはやはり人間の目ではないか。

「しかし、見たのは一人二人じゃないんですから。」と運転手は言った。

「どこまで乗って来るの。」

「こわいですから、夢中でスピイドをかけて飛ばせて、鎌倉の町へはいって、ほっとすると、いなくなっちゃってるんです。」

「鎌倉の女なんだね。鎌倉のうちへ帰りたいんだな。誰だかわからないの。」

「そこまでは……。」

わかっていても、あるいは運転手仲間でどこの誰と取沙汰していても、客にはうっかり言わないだろう。

「きものを着ていて、幽霊は、まあたいてい美人ということになりますさね。うしろを振り向いて、幽霊の顔をまじまじと見られやしませんが。」

「なにか言わないの。」

「ものは言わないそうです。ありがとうぐらい言ってもよさそうですがね。しかし、幽霊の言うことは、うらめしやにきまってますから。」

トンネルへはいる前に、私は焼き場の山の方を振り仰いでみた。鎌倉市の火葬場だから、ここで焼かれた死人たちは、たいてい鎌倉の家へ帰りたいわけだろう。そういうものが一人の女に象徴されて、夜なかの空車に乗ってもいいかもしれない。しかし、私は信じなかった。

「幽霊なら、車に乗らなくったって、自由自在にどこへでも行けて、どこにでも出られるんじゃないのか。」

トンネルを出ると、大宮明房の家はすぐだった。

春の来るけはいで、午後四時ころの曇り空に薄桃色があったけれども、私は大宮家の門の前で少しためらった。

明房老人が生きたままの幽霊のようになってから八ケ月のあいだに、私は二度しか見舞いに来ていない。その一度は老人が倒れた時であった。私とは二十歳あまりも上の先輩として、尊敬もし、恩顧も受けて来た作家が、みにくいみじめな姿になっているのを、私は見るのがつらい気持もあった。

しかし、明房に二度目の早い軽い発作が来たら、多分今度は終りだろう。逗子と鎌倉と、言わば目と鼻の隣町にいて、おこたりがちなのは心にかかった。私が見舞いに行こうと思って果さないうちに、世を去ってしまった人も少くない。人生はそういうものだというあきらめにならされたほどだ。明房にも半切《はんせつ》を一枚は書いてもらおうと思いながら、むなしくなってしまった。そういう例はほかにも多い。ひとごとではない。私自身が夜半に嵐かという覚悟で、自分をだいじにはしていない。

　作家にも脳出血や心臓麻痺あるいは狭窄《きょうさく》で頓死した人は、私も知っている。しかし、明房老人のように一命をとりとめて、中風になっている人は知らない。死をこの上ない不幸とすると、回復のみこみのない病人というより癈人としてでも、明房が生きのびたのは大きい幸福だろうが、はた目にはその幸福を感じにくかった。明房自身がその幸福を感じているかどうかも、はた目にはわかりにくかった。

　明房が倒れてからわずか八ヶ月だが、見舞いの人ももう少いようである。つんぼの老人とも応対しにくいけれども、耳は聞えて口のきけない人とも応対しにくい。こちらの言うことが向うにわかって、向うはなにを言いたいのかこちらにわからない方が、つんぼよりも気味が悪いようだ。

　明房は早く妻に別れて、娘の富子がついている。子供は娘二人だったが、下の娘は嫁に行って、姉の富子が父親のお守役をつとめて来た。富子が家事をやってくれるので、明房は再婚しなくても不自由はなく、むしろ独身の自由を楽しみ通したのだから、富子は父親の犠牲になったとも考えられる。しかし、明房も幾度か恋愛はありながら独身を押し通したのは、よほど意志が強くて感情に負けないのか、あるいはなにか仔細があったのだろうか。

下の娘の方が父親似で背も高く派手な顔立ちだったが、富子も売れ残りそうな娘というのではなかった。無論今では娘を通り越して四十近いから、化粧もほとんどしないが、清潔な感じが出て来ていた。もとからおとなしい性質らしいが、老嬢の陰気さやとげとげしさは見えなかった。父親につくすことで心なぐさまるものもあったのだろう。

見舞いの客は明房の代りにこの富子と話をするわけだった。富子は父親の枕もとに坐っている。

私はこの富子のめっきりやつれたのにおどろいた。おどろくのがおかしいので、やつれるのは当然だが、急に老けてしなびた富子を見ると、私は暗い気持になって、この家の世帯も苦しいのだろうかと思った。

言ってもかいのないような病気見舞いを言ってしまうと、私は話しがなくて、

「トンネルの向うに幽霊が出るという噂、御存じですか。今も運転手に聞いて来ましたが……。」と、よけいなことを言ってしまった。

「まあ？　うちにばかりひっこんでいて、聞きませんわ。」と富子が知りたがるので、私は話さぬ方がよいと思いながら、かいつまんで話した。

「まあ信じられない話ですが……。自分がほんとに見るまではね。見たって、幻影というものもあるから、信じないかもしれませんね。」

「ほんとうに出るのか出ないのか、三田さん、今晩お帰りに、ためしてごらんになるとよろしいわ。」と富子は妙なことを言った。

「いや、明るいうちは出ませんよ。」

「御飯を召し上っていらっしゃれば、ちょうど夜になりますでしょう。」

「いや、もうおいとまします。それに空車でないと、その女の幽霊は乗って来ないようです。」

「それなら、御安心ですわ。父はいらしていただいたのを、たいへん喜んで、ごゆっくりしていただきたいと言っていますわ。お父さん、三田さんに御飯をさしあげるんでしょう。」

私は明房老人の方を見た。老人は枕の上でうなずいたようだった。私が来たのを喜んでいてくれるのか。明房の白目はどろんとよごれ、瞳にも薄黄色い濁りがかかっているが、その濁りの底から瞳はかがやいているようだった。もしそのかがやきが燃え上ると、二度目の発作が来るのではないか、そして今にも来そうな不安も私は感じた。

「あまり長居をして、先生がおつかれになりますと……。」

「いいえ。父はつかれはいたしません。」と富子ははっきり言って、

「こういう病人のそばにお引き止めするのは、おいやでしょうけれど、作家の方にいていただくと、父も自分が作家だという思いをいたしますから……。」

「はあ？」

私は富子のものいいまで変ったようなのに少しおどろいたが、腰を落ちつける覚悟をした。

「作家だという思いは、無論先生はいつもなさってるでしょう。」

「父がこうなりましてから、私のよく思い出す、父の小説がありますの。父のところへ毎日のように変な手紙をよこしていた、作家志望の青年のことを書いたものですが、その人はほんとうの気ちがいになって、脳病院へやられました。ペンやインキ壺は危いし、鉛筆も危いというので、持たせられませんでしたが、原稿紙だけは病室へ入れてもらいました。その人は始終原稿紙に向って書いていたんですって……。書いたつもりなんですの。紙は白いままです。そこまでは実話で、その後が父の小説なんです。青年の母親が見舞いに来るたびに、お母さん、書けたよ、お母さん、読んでみて下さい。お母さん、読んで聞かせて下さい。母親は一字も書いてない原稿を渡されて泣きたいんですけれど、よく書いてあるね、おもしろいよと言って、笑顔を見せるんです。

あまりたびたび、読んで聞かせろとせがまれますから、母親は白紙を読んでやるんです。原稿を読むような風に、母親自身の話を聞かせることを思いつきましたの。そこが父の小説の思いつきですわ。母親はその子の生い立ちを話しますの。気ちがいは自分が書いた思い出の記を、母親に読ませて聞いているつもりなんでしょう。得意そうに目をかがやかせています。母親の話すことがわかるのかわからないのか、母親にもわかりません。けれども、母親は見舞いに来るたびに、それをくりかえしていると、だんだん上手になりますし、ほんとうに息子の作品を読んでいるような気がして来ます。忘れていたことまで思い出して来ます。また、息子の思い出が美しくなって来ます。息子が母親の話を誘って助けて、また作り変えているわけで、母親の小説か息子の小説かわかりませんでしょう。母親も話しているあいだは、われを忘れるようになりました。息子が気ちがいなのも忘れられます。一心に聞いている息子もそのあいだは、気ちがいであって、気ちがいでないのかもしれません。そのあいだは、母と子の魂が一つにとけ合って、天上に生きているようで、母も子も幸福です。これを度重ねているうちに、息子の気ちがいが治りそうにも思えて、母親は白紙を読みつづけてゆきます。」

「母の読める、というのでしょう。大宮先生の名作の一つじゃありませんか。忘れられない作品です。」

「息子が私という一人称で書いた形ですけれど、その男の子の小さい時分のいろんな思い出には、妹や私の小さい時のこともまざってるんですよ、男の子にして……。」

「そうですか。」

私には初耳だった。

「なぜ父はあんな小説を書いたのかしらと思いますわ。父がこうなってみると、私にはあの小説がこわいんですの。父は気がちがったわけじゃありませんし、私はその母親のように、父の一字も書かない小説を読んで聞かせることも出来ませんけれど、父は今でも、頭のなかで小説を書いているんでしょうか。」

おそらく明房老人は聞えるのに、こんなことの言える富子が、私には奇怪だった。返答に迷った。

「先生はもう立派な作品が沢山おありで、そんな文学青年とはわけがちがうでしょう。」

「そうでしょうか。私はまだ父が書きたがっているように思えますけれど……。」

「それは、お考えはいろいろあるでしょうね。」

私ならもう御免だが、しかし自分が明房老人の状態になればどうか、それはわからない。

「私は父の代りには書けませんわ。娘の読める、が書けるといいのでしょうけれど……。」

地獄の娘の声のように聞えた。富子がこんなことを言う女になったのは、生きたままの幽霊のような父につき添っていて、明房のなにか、乗り移ったのだろうか。明房が死んだら、おそろしい思い出の記を書くかもしれない。私はいくらか憎悪を感じそうで、

「お書きになってみたらどうです、先生のことを……。」

先生が生きているうちに、と言い足すのは略した。ふとマルセル・プルウストの言葉を思い出した。なにがしという貴族が回想録に、多くの人の悪口を書き、それがやがて出版されるというので、「僕は死のうとしている。僕の名が現われなきゃいいのだが。僕はもう答えられないだろうから。」しかし、明房と富子の場合はまるでちがうだろう。二人は他人ではないし、父と娘という以上に心の神秘な、あるいは病的な交流があるかもしれない。

富子が父になったつもりで父のことを書いてみればどうだろうと、私も妙な考えにとらえられた。

それが空虚な遊戯になるか、哀切な作品になるか、とにかく二人を慰めるかもしれなかった。明房がまったくの無言でいる、言葉の飢餓から救われそうだ。言葉の飢餓は堪えられまい。

「先生は富子さんの書かれたものを、理解もされるし、批判もお出来になるんですから、白紙を読むのでなく、ほんとうに先生のことを書いて、読んで聞いてもらわれたら……。」

「それが父の作品になりますでしょうか、少しでも……。」

「少しでもは、確かでしょうね。それ以上は、神さまか、お二人の心の動きによらないとわかりません。」

　しかし、明房の死後に書く思い出の記よりは生きていそうだ。もしうまくゆくとすれば、今のような明房の一日一日も、尊い文学的生命であろう。

「先生は無言でいらしても、あなたを助けることも、お直しになることも出来ますでしょう。」

「私のものになっては、なにも意味がありませんわ。父によく相談してみますわ。」

と富子の声は生き生きした。

　私はまたよけいなことを言ったらしい。深手の負傷兵を戦いに駆り立てるようなものではないか。無言の聖域を乱すようなものではないか。明房は字を書けば書けないでもないのを、なにか深いなげきと悔いとで、無言でいるのかもしれない。無言ほど多くを語る言葉はないことを、私だって経験しないことはないではないか。

　しかし、明房が無言でいて、富子から明房の言葉が出て来れば、それも無言の力だろうか。自分が無言でいれば、他人が自分の代りに語る。万物が語る。

「そう？　三田さんに、お酒だけでも早くさしあげなさいと、父が言ってますわ。」

と富子は立ち上った。

私は思わず明房を見たが、老人はなにも言ったけはいはない。

富子がいなくなって、二人で残されたので、明房は私の方に顔を向けている。なにか言いたげなのか、なにか言わなければと思わせられるのもいやなのか、明房はどんよりしている。私の方から話すよりしかたがない。

「先生は今の富子さんの話を、どうお考えになりますか。」

「…………。」

無言が相手である。

「先生の、母の読める、とはまたちがって、不思議な作品が出来る。富子さんとお話しているうちに、そういう気持もして来ました。」

「…………。」

「先生は私小説や自伝をお書きになりませんでしたが、先生が御自分でお書きになれなくなってから、そういう作品が人の手で出来るのも、芸術の一つの運命を新しく示して見せることになるかもしれませんね。私なんかも自分のことは書きませんし、書こうと思っても書けないものと考えていますが、私が無言でいながら、自分が書けていったら、これは自分なのかと、目がさめるようによろこぶか、なさけないようにあきらめるか、どっちにしても、おもしろいかもしれませんね。」

「………。」

富子が酒とつまみものを持って出て来た。

「どうぞおひとつ。」

「ありがとう。先生の前で失礼ですが、いただきます。」

「こんな病人はおさかなになりませんわね。」

「いや。さっきの話の続きを先生にしていたんです。」

「そうですか。お酒を温めながら考えたのですけれど、母がなくなってからの父の恋愛なども、私が父の代りに書いてみたら、おもしろいかもしれませんわ。父は私にいちいち詳しく話してくれましたし、今では、父の忘れていることで、私がおぼえていることだってありますから……。父が倒れたときに、女の人が二人かけつけて来たの、三田さんも御存じでしょう。」

「はあ。」

「父がこんな風にぐずついているせいか、私がいるせいか、もう現われなくなりましたけれど、あの人たちのことも、よく聞かされて知っていますわ。」

「しかし、先生が御存じのようには御存じありませんよ。」と私があたりまえのこと

を言うと、富子は気に食わないらしく、

「父は私に嘘を話したとは思えませんし、父の気持もだんだんわかって来るようですから……。」と立ち上った。

「父にお聞きになってみて下さい。ちょっと支度をしてまいります。」

「どうぞおかまいなく……。」

私は富子について行って、コップを借りた。無言の人を相手に話すのには、酒を早く入れた方がいい。

「先生の恋愛も、今では富子さんの所有になってしまったんですかね。私たちの過去というものは、そういうものなんでしょうか。」

「…………。」

私は死という言葉をはばかって、過去という言葉を使ったようでもあった。

しかし、明房老人が生きているあいだは、明房の所有であろう。あるいは富子と共有にでもなっていると見るべきだろうか。

「過去は人にくれられれば、くれてしまいたいものかもしれませんね。」

「………。」

「過去というものは誰の所有でもないんで、強いて言えば、過去を語る現在の言葉が所有しているだけかもしれませんね。自分の言葉ばかりじゃなく、誰の言葉だっていいわけだ。いや、しかし、現在の瞬間というものは、常に無言ですかな。こうして私のようにしゃべっていても、現在の瞬間は、ワとか、タとか、シとかの発音で、無意味な無言ですかな。」

「…………。」

「いや、無言は無意味どころじゃない、先生のように……。私も一生のうちには、せめてしばしの無言にはいりたいと思います。」

「…………。」

「うかがう前に考えたことですが、先生は片仮名ぐらいはお書けになりそうなのに、一字もお書きにならないのは、御不便じゃありませんか。用をお頼みになるのに、たとえば、水のミとか、茶のチとか……。」

「…………。」

「なにか深い仔細があって、一字もお書きにならないんでしょうか。」

「…………。」

「そうだ。ミとかチとかの一字で用が足りるとすると、ワとかタとかシとかの発音も、無意味でないわけかな。赤んぼの片言がそうですね。母親の愛情が理解する。先生の、母の読める、もそうでしょうか。赤んぼの片言が言葉の出発でしょうから、愛情が言葉の出発でしょう。たとえば、先生がありがとうとおっしゃりたいときは、アの一字ときめておいて、ときどき富子さんにアと書いておあげになったら、富子さんはどんなに喜ばれるでしょう。」

「…………。」

「そのアの一字の方が、先生の四十年間の小説よりも愛情にあふれて、力強いかもしれませんよ。」

「…………。」

「先生、なぜだまってるんです。アアアとよだれを流すように、声くらいは出るでしょう。アと書くお稽古をなさい。」

「…………。」

鉛筆と紙を持って来るように、私は台所の富子を呼ぼうとして、はっと気がついた。

「これはいけない。少々まわって来て、失礼しました。」

「…………。」

「せっかく無言にはいっていられる先生を、お騒がせしました。」

「…………。」

富子が座にもどってからも、私はなにか管を巻いていたようである。明房老人の無言のまわりを廻っていたに過ぎない。

富子が近所の魚屋の電話を借りて、さっきの運転手を呼んでくれた。

「また、ときどきお話にいらして下さいと、父が言っております。」

「はあ。」

私は富子に間の抜けた答えをして、車に乗った。

「二人で来たね。」

「まだ宵の口ですし、お客を乗せてますから、まず出ないと思いますが……。」

トンネルを鎌倉がわへ抜けて、火葬場の下にさしかかると、車ががあっと飛び走った。

「おい出たか。」

「出ました。旦那の横に坐ってますよ。」

「えっ。」

私は酔いがいちどきにさめて、ふと横を見た。

「おどかすなよ。じょうだんじゃない。」

「いますよ。そこに。」

「嘘つけ。危いじゃないか。ゆっくりやってくれ。」

「坐ってますよ。旦那には見えないんですか。」

「見えないね。僕には見えない。」と言いながら、私も寒けがして来て、強がるように、

「もしいるんなら、その人になにか話してみようか。」

「じょ、じょうだんじゃない。幽霊としゃべるのは、たたりますよ。とりつかれますよ。おそろしい、やめて下さい。だまって、鎌倉まで送ってやりゃいいんですよ。」

たまゆら

治子はこときれる時にも、「たまゆら」を聞いたという。

曲玉《まがたま》の二つ三つ糸に通して、静かにゆると、玉が触れ合って、かすかな音がする。その音を治子は「たまゆら」と言っていた。

治子は曲玉を三つ持っていたから、二つで鳴らせるか、三つで鳴らせるかだが、たくさんの玉を鳴らすよりも、三つくらいの方が音はいいそうである。

私は治子の形見に、曲玉の一つをもらった。

「懐中時計の鎖にでも、おつけになりましたら……。」と言われた。「少し大き過ぎますけれど……。」

時計の鎖の飾りには、いかにも大きい。しかし私の時計も古物の大型ので、言われた通りに、治子の曲玉を鎖につけた。

懐中時計は古いと言っても知れたもの、たかだか五十年くらいのものであろうが、曲玉はほんとうに古い。古代日本のものである。神代の玉かもしれない。三種の神器の八尺瓊《やさかにの》曲玉と近いころの玉であろうか。

八尺瓊曲玉はもしその字の通りに、多くの玉を八尺の緒に貫いたものとすると、その玉の数はいくつあるのか。またその数多くの玉はどれほどの美玉揃いなのだろうか。三種の神器の一つとなるほどにしても、いずれ劣らぬ美玉を揃えるのは、古代日本ではよほどむずかしいだろう。私がもらった治子の曲玉も、それらの曲玉のなかに入れて見劣りしないのかもしれない。すぐれた古玉だそうである。

　残念ながら、私は古玉についてなにも知らない。治子の曲玉が翡翠《ひすい》であるか、琅玕《ろうかん》であるかさえ分らない。琅玕は翡翠の一種であるのか。治子の父母もあいまいである。

「翡翠ですか。」と私がたずねると、

「はあ。」

「琅玕ですか。」と、もしたずねても、「琅玕というのは翡翠の一種ですか。」とたずねても、やはり同じように、「はあ。」と答えそうである。

　曲玉は治子の祖父が遺したものである。

　また私は「たまゆら」という古語についても、それが「かすか」とか、「しばし」とか、あるいは「あるかなきか」とかを意味するとしか知らなかった。玉と玉がゆれて触れ合う音が「たまゆら」の語源なのか、玉がゆれるまたたく間が「たまゆら」の語源なのか、私には分らない。しかし、治子が玉の音を語源と思っていたように、私もそう思っていていい。

　考古学者や国語学者などにたずねて、もしそうでないと教えられたら、幻滅するからつまらない。

それからまた古語と言っても、「たまゆら」は曲玉の時代からある言葉なのか、もっと後の時代に生れた言葉なのか。万葉集にも見える言葉なのか、新古今集のころまではなかった言葉なのか。それもせんさくが過ぎると、幻滅に終るかもしれない。私は治子の「たまゆら」を「たまゆら」としておこう。治子のいう「たまゆら」を、私はただ一度だけ聞いた。形見として曲玉をわけてもらう時であった。三つの曲玉を、私と瀬田とそして治子の妹の礼子とがもらったのだから、玉は一つずつにわかれてしまって、その時かぎり「たまゆら」は聞けなくなったわけである。

その時、治子の母は三つの曲玉を糸紐に通して、自分の耳のそばにかざすと、かすかにゆすった。

「小鳥のさえずるような音がいたしますでしょう。」

私は耳を澄ませた。

「瀬田さんには、治子がお聞かせしましたの？」

「はあ、いいえ……。」と口ごもりながら瀬田はぽっと赤くなった。

「たまゆら」はほんとうに小鳥のさえずりに似ていた。「たまゆら」が「かすか」を意味するように、高音《たかね》のさえずりではなかった。静かに夢見るようなさえずりであった。なんの小鳥か私は思い出せないが、小鳥のこういうさえずりをいつか聞いたことがある。小鳥が最も平和で幸福な時に、こういうさえずりをするように思える。明らかに日本の小鳥のさえずりである。一種類の小鳥、一羽の小鳥のさえずりでないように聞えるのは、微妙なさえずりだからだ。

私はうっとりとしていた。

治子の母は「たまゆら」をとめて、白絹の上に青い曲玉をおいた。

桐の小箱の底に敷いてあった白絹である。羽二重であろう。縫い合わせて綿が入れてある。曲玉は紫の縮緬につつんで、白絹の上にのせてあったのだ。

今その白絹の敷物まで取り出した小箱の底に、折りたたんだ紙があって、墨の字が見えたので、

「それは、曲玉のいわれが書いてあるのですか。」と私は言った。

「いいえ。」

そして母が取り出した紙をひろげてみると、歌が二首書いてあった。

たまゆらに昨日の夕《ゆうべ》見しものを今日の朝《あした》は恋ふべきものか

たまゆらの露も涙もとどまらず亡き人恋ふる宿の秋風

「はあ。」と身にしみてしばらくながめていたが、無学の私にはだれの歌だかわからない。

「治子さんがお書きになったのでしょうか。」

「はい。」

「お悪くなってから……？」

「はい。もう助からないと知ってからじゃないかと思いますの。前にはなかったようですわ。」

床の間にかざってある治子の写真を私は見た。大きい写真に黒いリボンがかけてある。写真の前に、横へよけて、李朝白磁の大きい壺に、薄紅の薔薇がいっぱい入れてある。花はそれだけである。

写真でも治子の二重瞼はきれいであった。面痩せして、下あごの形がなおよく見える。つまり、脣の下のふくらみが円く細まって、少し前へ出ている。この瞼やあごの尖のように、線の明らかな顔であった。そして目の光なども思いつめる人のそれだ。もう死んだ人の写真だとなると、思いつめる人らしい顔つきのせいで、生き生きと私に迫って来る。

私は妹の礼子に目を移した。

礼子は十七で、まだ女学生である。姉に似ているけれども、愛の経験もないだろうし、感情の磨きや実りが顔に現われていない。姉のようになるには、ずいぶん洗い清めなければならないだろう。また顔形が似ていても、心だましいまで姉に似ているかどうかはわからない。礼子はふっくりとして、鋭くは見えない。

私はまた治子の写真に目を移した。黒いリボンがなければ、生きている人の写真である。生きている時に写したのだから、あたりまえである。しかし、死んだ人の生き生きとした写真の前に、似た妹が坐っているのは、なにか霊妙なことのように、私には感じられた。

「息をひきとるまぎわで、もう目は見えないのかもしれませんでしたが、耳は聞えるかもしれないと思って、耳のそばへ持っていって、曲玉を鳴らせましたんですよ。」

と治子の母は話しながら、また曲玉をゆすった。

「音がわかりましたのか、治子は眉根をかすかに動かせましてね。」

聞いている妹の礼子が、この時、眉根を少し寄せた。

「御自分でお聞きになりますか。」と母は曲玉を私によこした。

私は糸紐のさきをつまんでゆすってみたが、いいさえずりが聞えない。音が荒かったり、みだれたりする。これにも呼吸があるらしい。

「強過ぎますわ。もっと静かに、こまかく……。」

「こうですか？」

「そう。」と母はうなずいて、「治子はずっと上手でしたけれど……。」

私は曲玉を瀬田に渡した。瀬田も私と同じで、いいさえずりが続かない。

瀬田は曲玉を礼子に渡した。礼子は私や瀬田よりもましだった。

「お姉さまは、首につけて振ってらしたことがあるわ。」と母に言って、曲玉の糸紐を首に廻して、うしろで結んだ。

そして首を振ってみた。

「鳴らないわ。」

しかし鳴るのが私には聞えた。

礼子は肩からゆすってみた。やはり「たまゆら」は聞えた。

礼子は学校から帰ったばかりとみえ、セエラア服を着ていた。首に曲玉の似合うわけはない。こんなごろんと大きい首飾りは、現代のだれにもおそらく似合わないだろう。礼子は糸紐を短く結んだらしく、曲玉の頭はのどに触れ、その尖はセエラア服の前襟にかかっていた。似合いはしないけれども、礼子のうぶ毛のあるような首は、曲玉のために艶めいて見えた。

私は曲玉の古代の人を思ってみた。古代の人がなにかと身を動かすにつれて、曲玉の「たまゆら」が聞えたのだろうか。しかし、私は曲玉時代の風俗にも暗い。学校の歴史の参考図をおぼろげに思い出すくらいで、あやしいものだが、いくつもの曲玉を緒につらぬいた飾りにしても、曲玉と曲玉とがじかにつらねてはなかったようだ。曲玉と曲玉とのあいだに、なにかはさんであったようだ。してみると、人の動きにつれて曲玉が触れ合って鳴ることはなさそうである。けれども、どうかして「たまゆら」は聞えなかったであろうか。

殊に愛の時に「たまゆら」は聞えなかったであろうか。私は古代の人の愛の時の「たまゆら」を思ってみたのであった。

礼子がのどに三つの曲玉をつけて、やさしく首を振ったり、小きざみに肩をゆすったりしたからであろう。それにつれて「たまゆら」が聞えたからであろう。

そうして私は曲玉の古代の人を思ってみるとともに、曲玉の治子を思ってみたのであったろう。今礼子がしているように、明らかに治子は三つの曲玉を首につけて、「たまゆら」の音をさせたことがある。礼子はその姉の真似をしているのだ。

そこで私が思ってみることは、治子は愛の時に、曲玉を首につけていたことがなかっただろうかということだった。そして治子は「たまゆら」を恋人に聞かせたことがなかっただろうか。治子が「たまゆら」を好きだったとすると、女の愛の智慧はおのずからそこに働きそうである。

今私が聞いたような「たまゆら」が、抱擁した女の首から聞えて来たならば、これほど美しい愛のささやきはないだろう。

はじめ治子の母が「たまゆら」を聞かせてくれた時、これを愛の時に聞いたらなどとは思いおよばなかったが、礼子が首で鳴らせた時に思いついて、私はわれながらおどろいた。

さっき治子の母が、瀬田には治子が前にも「たまゆら」を聞かせたかとたずね、瀬田が口ごもって赤くなったことにも、私は思いあたった。聞かせたとすれば、愛の時であったろうか。私は瀬田に嫉妬を感じた。

しかもその嫉妬はやるせない悔恨のこもったものであった。治子は死んだから、その人を抱擁しながら「たまゆら」を聞くすべはないのである。

たまゆらに昨日の夕見しものを今日の朝は恋ふべきものか

としたって、もう、

たまゆらの露も涙もとどまらず亡き人恋ふる宿の秋風

である。治子が曲玉の箱の底に入れておいた歌の通りである。

治子の首から「たまゆら」を聞かずにしまったのは、私の一生の幸いを取り逃がしたようにも思えた。これはまるで、治子が死ぬのだったら愛しておきたかったというような、卑陋《ひろう》俗悪な言い草と同じであろうけれども、愛の時に「たまゆら」を聞かせる女が二人とあろうとは思えなかった。

しかし、ほんとうに治子が愛の時に「たまゆら」を聞かせたかどうかは、瀬田にたしかめてみないとわからない。

治子の曲玉を首につけて鳴らす妹の礼子を、瀬田はどんな風にながめているのか、その瀬田の顔を私が見ようとすると、ちょうど礼子は曲玉を首からはずして、白絹の上においた。

治子の母がその曲玉の糸紐を抜いた。そして一つずつ三人に渡した。曲玉を治子の形見にわけてもらうことは、私と瀬田とが今日治子の家へ来る前から話があった。

瀬田は受け取った曲玉を掌にのせて、ちょっとながめていたが、「なにか包むものを……。」

「はい。」

母は紫の小ぎれを瀬田に渡して、「新村さんにも、なにか包むものをさしあげましょうか。硬い玉ですから、そのままポケットにでもお入れになってよろしいんですけれど……。」

瀬田は玉を小ぎれにくるんで、ポケットに入れた。若い瀬田は私よりも曲玉に興味がないらしく、「たまゆら」にも感動しないようである。してみると、瀬田は治子の愛の「たまゆら」は聞いていないのかもしれない。

礼子は曲玉を白絹にのせて、桐の小箱に入れた。

「お年の順におわけしたんですよ。新村さんの玉が一番よろしいんですの。次ぎが瀬田さん、それから礼子……。」

治子との縁の深い浅いの逆なわけだ。

「曲玉のことは私に一向わかりませんけれど、新村さんにさしあげた玉だけは、いいものだそうです。昔の曲玉も、今の翡翠と見方は同じなんでしょうね。」と治子の母はつけ加えた。

「こうして一つずついただいてしまうと、『たまゆら』はもう聞けなくなりますね。」と私は言った。

「治子がいなくなって、うちでは聞く者もおりませんから……。治子の命日にでも、もしお越しいただけるなら、曲玉をお持ち下さると、その時はまた『たまゆら』が聞けますでしょう。」

それはいいと私は思った。

「来月の命日には、曲玉を持って来ることにしましょう。」と瀬田に言った。

別れた三つの曲玉が命日に集まれば、治子の霊も「たまゆら」を聞きに家へ帰るであろう。

私は糸紐を短く切ってもらって、曲玉を時計の銀鎖に結びつけた。

赤坂見附を私は車で通った。そこから清水谷公園へ渡る橋向うの若葉のなかに、八重桜が咲いていた。橋の中ほど、欄干に鯉のぼりが立ててあった。四月の末だが、五月の節句も近い。晩春と初夏との境で、みずみずしい季節であった。やわらかい緑のなかの八重桜の色がまたやわらかいので、私は曲玉をかざして、片目にあてると、片目をつぶった。曲玉を通して濠向うの木々を見るつもりだったらしい。ああ、きれいだと、私は吐息した。手の指ほど厚みのある、古代の翡翠を通して、向うの見えるわけはないのだが、曲玉そのものがすきとおって見えたのだ。

青碧色というのか、翠緑色というのか、思ったよりも緑の勝った青で、この世の色でないように美しい。玉そのものの色が外に逃げないで内にこもるという透明度で、曲玉のなかに深い色の世界があるようだ。夢の空であるか、夢の海であるか、しかし、あざやかな五月である。

私の家にはないのでよく知らないが、今でも最高の翡翠はこのような色をしているのだろうか。古代日本にもおそらく翡翠は産しなかったとして、曲玉時代の人がこれらの翡翠をどれほど尊んで玉に磨いたか、察するにあまりがある。

私の車は赤坂見附から四谷見附に向っていた。曲玉のなかの色におどろいた後で、木々の緑はひとしおさわやかに見えた。右手は濠の向うに木立、左手がもとの赤坂離宮の方へのぼって行って、水にうつる木立は幾いろもの若葉をふきあげ、道の並木は銀杏《いちょう》か篠懸《すずかけ》か、幼い葉を出したばかりで、その生れたての葉を車のなかから見ると、まだ銀杏と篠懸との見わけがつかない。葉が小さいので、そして葉が新しい緑なので、並木の幹は真黒に見えた。また真黒な幹は若葉を愛らしく見せた。私の目は明るくなった。

ところが、黒い幹がふと私の心をかげらせた。治子が竹の黒い幹の夢を見て、自分の死を知ったという話を、治子の母に聞いたのを思い出したからである。夢の話はしにくいし、そのしにくい話のまた聞きだが、黒い幹の幻という眼目はまちがいないのだろう。

風が吹き、靄が流れていた。竹林の梢は風にゆらぎ、靄につつまれていた。靄は紫色を帯びていた。この靄の色も世の常ではないが、その竹林の幹はみな真黒であった。かなり太い真黒な竹が重なり立っていた。葉は現実の竹と同じに青いのに、幹は幻怪に黒かった。治子は夢がさめてからも、黒い竹の幹が心に残っていた。

竹の一種に黒竹もある。墨絵の竹もある。しかし、夢の黒い竹の幹は、そういうものからは連想されない。不気味であった。治子は凶兆と感じた。

「夢を見て、二三日は、私にもかくしていたんですね。その話をして、私は死ぬのよと、治子が言うんですの。」と母は言った。

母の話では、黒い竹の幹が見えたとだけで、そのあとさきはわからない。治子は夢でなにをしたのか。一人であったか。

しかし、私は五月近い真昼の町を走りながらでも、風と靄とのなかの竹の真黒な幹を思い描いてみると、不気味であった。並木の銀杏か篠懸かの黒い幹は健康だが、見ようによっては、黒い幹というものは暗鬱である。並木の幹は乾いたように黒ずんでいるのだが、夢の竹の幹は濡れたように真黒だったのだろう。

私はまた曲玉を出してみた。赤坂見附でのように目にくっつけないで、今度は少し目から離して日光を玉に通した。この曲玉のこの世ならぬ深い翠緑のなかにも、この世ならぬ深い憂愁がこもっているように思える。曲玉は古代から現代まで貴人の墓に埋もれていたものだ。共に埋められた人体はほろび、骨も残っているかどうか。しかし曲玉はもとの形のままに美しく、長い年月の後に墓を出されて、治子の手に三つ集まって、小鳥のかすかなさえずりに似た音をさせることになった。さきほど治子の写真の前で聞いた「たまゆら」を私は思い出した。

四五日後に瀬田が私の家へたずねて来た。

「あれから悪夢を見つづけるんで、もしかすると、曲玉のせいじゃないかと思って、僕はこわくなりました。新村さんはなんともありませんか。」と瀬田は言った。

「さあ？」と私は考えたが、「なんともないようですね。」

「そうですか。僕の気のせいでしょうか。」

「悪夢って、どんな夢……？」

「なかでも一番いやな夢は、頭の血管の夢ですね。目がさめてからは、相手がだれだったかおぼえてませんが、五六人の男が乱闘していて、僕もまじっているんです。ひどくやられたのか、ひどくつかれたのか、ふうっと僕は気が遠くなると、頭の皮がゆるんで、ぶよぶよ皺だらけになって、皺が大きくつかめるんです。手で皺をつかむと、太い静脈がその皺のなかにあるんですが、だれかがその静脈を両手の指でつまんで、くちゃくちゃ揉むんですよ。ほかの男が、血管だけはよせ、血管だけはよせと、わめいてるのが、僕に聞えるんです。ははあ、命にかかわるんだなと、僕は自分で思ってるんです。皮のたるんだ頭の静脈をもまれて、僕は痛くも苦しくもないようですが、なんとも言えずに気持が悪いんです。」

「いやな夢だな。」と私は眉をひそめた。

「曲玉が見させる夢じゃないな。」

治子の黒い幹の竹の夢よりも瀬田のこの夢の方が、生理的な憔悴《しょうすい》を感じさせる。

瀬田はポケットから曲玉を出して、私の机の上においた。曲玉はやはりあの紫の縮緬につつんであった。

私は瀬田の曲玉を拾い上げ、私の曲玉を時計の鎖からはずして、二つを糸紐に通した。

「治子さんの命日に、三つ持ち寄って、『たまゆら』を聞く約束でしたが……。」と私は言って、つりさげてゆすってみた。

　二つでも曲玉は小鳥のようにさえずった。

「三つの『たまゆら』とちがいますか。」

　私はそうたずねて瀬田の顔を見たが、瀬田は「たまゆら」に耳を澄ましている風はなかった。「たまゆら」にはほとんど無関心のようであった。「たまゆら」を子供じみた遊びと思って、私をひそかに侮蔑しているのかもしれない。

　前に治子の家で聞いた三つの曲玉の「たまゆら」と今の二つの曲玉との「たまゆら」とはちがうように、私には思えるのだけれども、そんなことには無関心なのが当然だとすると、かすかな「たまゆら」も実は世にも孤独の音であるのかもしれない。

　私は曲玉を糸から抜いて、一つを瀬田に返そうとした。瀬田が手を出さないので、私は二つ並べておいてみた。治子の母が年の順にわけたと言ったように、私の玉と瀬田の玉とは一目で甲乙が明らかである。瀬田のは全体に色が薄い。数ヶ所まだらに白くなっている。初めからそうであったのか、土中で色あせたのかわからないが、二つの玉の質にはよほど差があるらしい。私は瀬田の曲玉を持って、日光をすき通らせてみた。私の曲玉ほど深い光はうちにこもらない。

「新村さんが『たまゆら』をお好きなら、僕の玉はお預けしておいてもいいのです。」と瀬田は曲玉を横目で見た。「玉がなければ、夢も見ないですむかどうか、ためしてみたいのです。」

「僕は瀬田君ほど治子さんとは縁が深くないから、玉を二つ枕もとにおいて寝ても、夢はみないでしょうけれど……。」と私は言った。「しかし、瀬田君は治子さんを裏切ったんだろう？」

瀬田は眉を曇らせた。太い眉である。あごひげがもみあげに続いて、剃ったあとが青い。指にも黒い毛がある。毛深いように目の色も濃い。細面だが、浅黒くて、野性の都会人とでもいう風だ。病的な夢などに悩まされそうでない。若々しい歯を見せて笑うと、聡明の魅力がありながら、不意にその笑いを消したりする。自我は強いが自信は弱いのかもしれない。

「治子さんが死んだから、僕が裏切ったと言われるんでしょうね。治子さんが生きていたら、僕の方が裏切られたと言えることになったかもしれませんね。」

瀬田は私を突き放すように、こんな言い方をした。私もそれに似た言い方を返した。

「君が治子さんを裏切ったというのは、しかし、うわべだけのことで、死んだ人を裏切るわけにはいかないでしょう。治子さんは君を愛しながら死んでいったんだから、君が裏切りようがない。僕は君たちの愛のいきさつはよく知らないが、治子さんには同情していた。僕は治子さんの愛を通して、瀬田君というものを思い描いていた。君と向い合って坐っている今でも、まだそうでしょうね。」

私は赤坂見附で曲玉を目にあてたことを思い出した。私は曲玉を通して川向うの木々の緑を見ようとしたのであった。しかし、曲玉のなかにこもる深い色を見せられたのであった。

「瀬田君が治子さんをあまり愛していなかったり、治子さんをよく知らなかったりするのだと、治子さんの愛はその愛のなかにこもって、僕にはなお深いものに思われるということもありますね。」

瀬田は私にそう親しい男ではないし、治子は死んでしまっているのだから、最早私は二人の愛の成就をのぞむこともないわけで、治子の愛を、あるいは愛している治子を、曲玉のように瀬田から独立したものとながめてもいいわけだった。死ぬから愛した、愛したから死んだと、今になっては言えるような治子だったにしても、治子の愛したのは現実の瀬田ではなくて、架空の人であったかもしれない。そう思うのも私がやはり瀬田を嫉妬しているからだろうか。

瀬田は曲玉を治子の母に返したいのだがと私に言った。悪夢にさいなまれるからというだけではなく、瀬田が私のところへ来たのには、やはり心の苦しみや悩みがあってのことかもしれない。しかし、会っているうちに、私は瀬田の告白を聞く興味を失った。また瀬田は曲玉があまりに高価らしいので返したいとも言った。瀬田がだれかに聞いたところでは、最高の曲玉は三十万円も五十万円もするのだそうである。これには私もおどろいた。治子の母も曲玉の時価を知らないでくれたのかもしれない。新しい翡翠の相場から考えてみても、なるほど曲玉は高価であろう。古代の日本で曲玉の翡翠の貴さは、今日の私たちの思い及ぶところではないだろう。

「しかし、返すにしても、治子さんの命日にどうですか。」と私は言った。

治子の五月の命日は、私たちが曲玉をわけてもらってから、半月ばかり後であった。

その日は小雨が降った。

治子の写真が同じところに飾ってあった。李朝白磁の壺も同じで、やはり薄紅の薔薇がたっぷり入れてあった。四人が坐った席まで前と同じであった。ただ治子の妹の礼子はセエラア服ではなく、今日は小ざっぱりした服を着ていた。

庭の梅の木の裾に熊笹の葉が濡れていた。やわらかい若葉を出したばかりで、熊笹とは見えない。梅の葉にもまだ幼いところがあって、ふと私に少女の髪を連想させた。礼子は垂れた髪をうしろに開いていた。古い梅の幹は雨にしめって、庭木のうちで一番黒いようだった。

私は曲玉を時計の鎖からはずしながら、瀬田に小声でたずねた。

「あれから夢を見ませんか。」

瀬田は聞えぬのか答えないで、ポケットから曲玉を出した。

「治子に『たまゆら』を聞かせて下さるお約束でしたわね。」と治子の母は三つの曲玉を糸紐に通した。母はあれから私と瀬田とが会って、「たまゆら」を聞いたとは知らない。母は三つの曲玉をかざしてかすかにゆすった。そして治子の写真の方を見た。

私も治子の写真を見た。小鳥のさえずりのような「たまゆら」を治子は聞いているだろうか。私は耳を澄ませた。

「たまゆら」は生と死とのあいだに通うささやきのように聞えた。

「治子は新村さんのお宅へよくおたずねして、どんなお話をいたしておりましたの？」と母は言った。

「はあ……。」

私の娘は礼子の二級下だが親しく、それで礼子の姉の治子も私の家へ遊びに来るようになった。治子は瀬田という恋人のあることを打ち明けた。私はただ恋をしている娘の美しさをながめていたに過ぎないのであった。治子が死んでから、むしろ親しく思うようになったのは、妙なことである。

治子の母は曲玉を礼子に渡した。礼子はやはり曲玉を首につけて、首を振り、肩をゆすって、「たまゆら」を聞かせた。しかし私はこの前の時のように、治子の愛の時に「たまゆら」を瀬田に聞かせただろうかという、官能的な妄想は起きなかった。姉から妹に流れる微妙な女の生命が感じられるようであった。

瀬田が曲玉を返すなら、私も曲玉をこの妹に返そうと思った。

小雨のなかの若葉の色が庭から礼子の顔にうつり、治子の写真にもうつるようであった。

感情

例えば失恋である。失恋は悲しいのがあたりまえである。若し悲しくなければその人間はどうかしている。どうかしているばかりでなく、実に卑しむべき生かして置けない人間かもしれない。

ところが、私は少しも悲しくなかった。あり得そうもないことがあり得た。これは私にとって近頃驚くべき発見であった。恋を得た喜びは人間に必要な感情であるが、恋を失った悲しみの感情は人間に不要な感情である、と云った風の理窟は私の好きな考え方である。けれども事実となって現れると、流石そうも云っていられない。感情の因習から超越した人間を気取って威張り返ってもいられない。

私は非常にあわてた。生きている値打のない恥ずべき人間なのであろうと疑ってみた。自殺しようかとも一寸考えた。失恋の悲しみの為めではない。失恋が悲しくない為めである。私の感情と云っていいか、私の生活と云っていいか、とにかく私の何かが全然破産しているのではないだろうか。生きているのに大切なものを失ってしまっているのなら、生きていても仕方がない。こんな風に私は思った。

その女性に余り本気に惚れていなかったのであろうかと云うと、決してそうではない。また私は恋愛とか女とか云うものに少しも擦れていないのである。遊戯と云う気持もない。日々の生活感情も幼稚な程若いものである。だから尚変である。悲しまなければ悪いと思うのだが、どうしても悲しくならない。まず普通は失恋の場合悲しむまいと努力するのだろうが、私は悲しもうと努力した。その努力も一向甲斐がなかった。主観の悲しみは客観視することで和げられるものらしいが、私は主観的には悲しくない自分を客観視して、これは悲しまなければならないのだと思ったのである。悲しみの代りに怒りとか憎しみとかがあれば、まだしも云訳《いいわけ》が立つが、そんな感情は尚更微塵も湧いて来ないのである。

　しかしよく考えてみると、これは恋愛の時ばかりでなく、常住坐臥この主観と客観との関係は、私に於ては一般と逆であるらしい。何故であろうか。例えば悲しみであるが、私の過去は余りに悲しみに満ちていた故に、悲しみと云う感情を愛していては生きて来られなかった、私の今日までは悲しみと云う感情を自分から脱除させる努力であった。なぞと云っては、つまらないセンチメンタリズムに落ちてしまう。でなくて、実にお人良しなのであろうか。極端に云えば首切人とでも私の首が切られる一分前まで虚心で談笑して仲良く飯が食えると云う自信は持っている。他人の好意は感じるが、私に対する悪意を受取る能力は私に欠けている。これは決して今日では意識的な気取りではないのだ。また、失恋なんて云う言葉を私は全然認めていない。

私にはそんなものがあると思えない。今日恋を受入れられないなら、それを悲しむ前に直ぐ明日の奇蹟の空想に移る男なのである。愚かな恥曝しだが、あの大地震である。あの時、さては奇蹟が起るのだなと思って、ビスケット水筒持参で、あの騒ぎの中を毎日てくてく、三年も行衛《ゆくえ》の知れない女を捜したものであった。今は駄目でも、まあ人生は長いのだぐらいに考える。この世でいよいよ駄目と分れば、来世のめぐりあわせと云う奴を信じるようになるだろう。とにかく、明日死ななければならないと云うことになれば、私は今日中に霊魂不滅説か細胞不滅説を信じるにちがいない。私にはそう云うところがある。

　と云うと非常に楽天家のようだ。しかし私自身は、こんなことを云っている私が何だか非常に寂しい者であるような気がしている。恥ずべき人間であるような気がしている。

　——以上は私が今書きかかっている小説の広告でもある。だから少しは誇張があるかもしれない。

二《じ》黒《こく》

私は後悔ということをしない。

あの時ああしないでこうすればよかったのにとの思いで、過ぎしを振りかえることはしない。そういう思いは成り立たないと信じている。なぜなら、ああしたのであって、こうはしなかったのである。

もしこうしたらどうなったか、こうはしなかったのだから、それは誰にも分らないのである。こうなったろうとは、ただ夢である。このような夢があり得るために、人間は生きていられる。また、これが夢でなく現《うつつ》ならとうてい生きてはいられまい。

そんな風にいえば、私は運命に対して大変従順であるように見える。また大変傲慢であるように見える。

しかし、人間の心に宿るあらゆる運命観は、結局はただ甘さである。いかなる運命観も運命そのものを裸にしようとする眼ではなく、運命のまわりをやさしい霧でつつもうとする眼である。運命ということを云い出せば、それがあると思うも運命、ないと思うも運命、人力で動かせると思うも運命、動かせぬと思うも運命、これらが運命と思うも運命、運命と思うも運命と思うがまた運命、かくして果しがないが、運命というものが絶対にないとすれば、この世は生きるに余りに恐ろしいであろう。

　天地万物の運行も厳然たる法則に支配されているゆえ、人間にも運命のないわけはなく、それを知るもろもろの智慧の生れるも自らである。運命とは根本法則それぞれを多少離れるところ、個の条件がつくる例外のところにあるようだけれども、原則に根をおろしているがゆえに、運命を愛しまた憎みながら、それに安んじていられるのである。

　未来を知るということが、運命観の魅力であるけれども、過去もまたまことに知る者はない。さりながら、未来の予知や吉凶判断、またその方法も悉く過去という土から芽生えている。人間の記憶がすなわち運命であるとも考えられる。過ぎしを悔み嘆かなければ、運命の思いのありがたさを知らぬかと云うと、必ずしもそうではなく、運命の明るい顔を見ていることになるのであるまいか。

　私自身の星の二黒について、また十二支の亥については、別に考えたことはなく、何も知らない。ただ新年に際し、自分と同じ星の人々の幸運を祈るは人情である。

眠り薬

昨日、横須賀線に小島政二郎氏と乗り合わせて、この話をすると、小島さんがしきりに笑うので、いくらかおもしろいところがあるのかと、書いてみることにした。自戒のためもある。当人の私にとっては、薄気味が悪く、かなりこわいことなのである。

眠り薬をのんで寝て、小用に起きると正気がなく、いろんなしくじりをした話なのだ。鎌倉の家でのことだが、湯殿の前に倒れて寝こんでいたこともあった。寒けがしてきて目がさめた。帰りをまちがえて、玄関の沓脱ぎ石に落ち、すねに怪我をしたこともあった。寝床にもどって寝ていたが、落ちたのも怪我したのもおぼえていなくて、朝になって、敷布の血を見て、どうしたのだろうかと思った。頭を石の角にぶっつけたらあぶなかった。夜なかに起きて、方角にとまどって、寝部屋を迷い歩くこともときどきあるらしい。厠《かわや》へ行く廊下でよろめいて、方々にぶっつかるらしい。酔っぱらいと同じである。眠り薬をのんでしばらくすると、しゃべり出して、管を巻く。むやみに食いたくなる。ふらふらなので、体を支えて寝床へ運んでもらったりする。薬がきいて来ると、目つきや人相が悪くなるから、東京の泊りつけの宿の女中さんなども直ぐにわかって、もうおのみになりましたねと言う。

　自分の家だと、小用の帰りに部屋をまちがえても気がねはないが、これが宿屋だとたいへんである。しかも、私はその失礼を三度おかした。東京の宿で、夜の一時か二時ごろであろう、廊下から次の間にはいる襖を半ばあけかけると、奥の間から「どなたですか。」と、きびしい婦人の声で、私ははっと正気にもどった。あくる朝、婦人の方から先きに、昨夜はつい大きい声を出しましてと、宿の女中さんを通じてあいさつがあって、私はいっそう恐縮した。この中年の婦人は一人で泊っていたのだが、神経質で非常に目ざとい人だったのは幸いで、私は次の間にもはいらないですんだのである。国際ペン東京大会の際、野村証券副社長の平山亮太郎氏にもずいぶん援けてもらった、その京都の平山邸へ、朝茶に招かれて行くと、ただ一人の相客がこの婦人だった。やはり東京の宿で、二間ある離れの隣りへまちがえて行ったことがあった。隣りと言っても、間にそれぞれの手洗いや湯殿、また次の間があって、五つの襖と扉にへだてられている。私はそれらを五度もあけて、ほかの客の寝部屋に行ったわけだ。「お部屋をまちがえていらっしゃるんじゃありませんか。」という男の声で、私はわれにかえって、自分の部屋にもどった。次の朝、女中さんに聞くと、私は眠っているその人の手を踏みつけたそうだ。宿屋で寝入りばなに、なにものかがはいって来て、手を踏まれて目がさめたのに、暗がりで、「お部屋をまちがえていらっしゃるんじゃありませんか。」と、静かに言えたのはずいぶん落ちついた人だと、私は実に感心した。

大阪朝日新聞の重役である。「一時間ほど後に、またはいって来たよ。」と、その人は女中さんに話したそうだが、この二度目を私は知らないのだからひどい。

もっともひどいのは、伊東の暖香園でのまちがいで、もう二十年余りも前のことだが、忘れられるものではない。深夜、私が二階で書いていると、真下の部屋に逗留の老人が危篤におちいった気配、やがて絶命して、念仏が聞え、焼香の匂いも二階にのぼって来た。私は眠り薬をいつもより多く用いて、いやな気持で寝た。それでも小用に起きたあと、寝床に足を入れて横たわりかけると、「どうしたんだい。」と、やさしい声で、男の腕が私の首を抱いた。私はぎょっと正気にもどった。二つ敷きならべた床に女の寝ているのもわかった。眠っていた男は自分の寝床へ細君がはいって来たものとまちがえたのである。私は振りかえりも出来ないで、長い廊下を私の部屋にもどった。私をとがめる言葉もなく、私の後姿を追って廊下に出ることもなく、明くる日に苦情も聞かなかったところをみると、あるいはその男にも夢うつつのことだったのかもしれない。それにしても、私が細君の方の寝床にはいらないで、主人の寝床にすべりこんだのは、せめてもの幸いだった。次の間の襖よりに細君の寝床があり、その奥に主人の寝床があった。私がどうして細君の枕もとを通り越して、奥の方の寝床にはいったのか、自分でもまったくわからない。部屋をまちがえたのには理由があった。その夫婦の部屋に私は幾日か泊っていた後、旧館の二階に移ったばかりだったから、無意識でもとの部屋へもどったらしいのである。

宿屋でのしくじりはこの三度しかないが、私にはいつも不安がともない、宿の手洗いのあり場と行くみちとを、眠る前によく頭に入れておくように心がける。人の家には絶対に泊らない。夜汽車には乗らない。宮城道雄氏のように線路へ落ちそうである。ことに西洋で夜なかに婦人の部屋へまぎれこんだり、扉をあけようとしては、えらい騒ぎだから、必ずバスつきの部屋を取り、鍵をかけて、その鍵はわかりにくいところにかくした。私はまちがいなかったが、パリの宿で、どこかの国の三十歳くらいの婦人が私の部屋へまちがえてはいって来たことがあった。自分の部屋だとばかり思っているから、その婦人ははいってからもしばらく気がつかないでいて、私をみとめると、飛び上がるようにおどろいた。

以前の私は旅行中と執筆中だけしか、眠り薬をつかわなかったのに、昭和二十九年に、「東京の人」という新聞小説を五百日以上も書いてから、連用の悪習にそまった。今はバラミンを主にアダリンなど、ドイツ製薬で、ミュンヘンの薬屋でバラミンを買った時、日本人は体が小さいから、日本のバラミンの一錠はドイツの一錠の半量だと注意された。この夏、西ドイツでのペン大会に私が出席していれば、ここ五六年、ドイツの薬のおかげで夜毎の眠りを与えられていると話したかもしれない。しかし、眠り薬から一日も早くのがれたい望みは強い。「芸術新潮」八月号に、パリ帰りの青年画家金山康喜氏が、眠り薬をのみ過ぎて、アパアトで誰にも知られずに死んでいたのを、人々が追悼している。バラミンによる自殺か過失死かの幾つかを、週刊誌も取り上げていた。芥川龍之介を死にみちびいた、「歯車」のような神経症、心身の衰亡は眠り薬の中毒で、それを抜くために入院していれば、死ななくてすんだろうと、その当時、西川義方博士に聞いたのを思い出して、昨日も小島政二郎氏と話したことであった。

編者解説

高原英理

川端康成の小説作品には多かれ少なかれ、現世界への平均的な認識に従わない、通常と異なる相を感知していると読めるところがある。しかもその只ならなさがあってこそ作品の主題が生かされている場合がしばしばである。こうした特徴が特によく発揮された作品を集め、一冊とした。これらを異相の短篇と呼んでみたい。

よく知られているためここには入れなかったが、たとえば『みづうみ』『眠れる美女』『片腕』などはそれぞれ別様に「只ならぬ」世界が展開していると言っても否定する人はいまい。こうした作品に結実する特異性は川端の文壇登場の頃から全生涯にわたって具わっていたように私には思われる。彼がその初期、モダニズムという人為的・反自然主義的手法によって書こうとしたのは、「常の認識」として「世」が決めてくる因果や関係性の上での軽重と序列、その当たり前らしさを否定したためではないだろうか。また一時期（それは当時の流行によったものでもあるが）「心霊」という、この世の外にある法則を認める語り方を採用したのも「常の認識」の浅薄さに強い反発を感じていたからではないだろうか。

すると近年、特にそうした系列の作品を川端の巧みな「不思議の表現」として捉え、それがよく発揮されたと編者が認める作品を選んで「幻想小説」と呼び（橋本治編『日本幻想文学集成　川端康成　白い満月』国書刊行会刊、等）、またあるいはそのいささか「怖い感じ」に注目して「怪談」としての作品集を編む（東雅夫編『文豪怪談傑作選　川端康成集　片腕』筑摩書房刊）という試みもなされた。これらはいずれも川端康成の作品の読みの可能性を広げた行いとして高く評価されるべきものだが、今回はそうした外的なジャンルもしくは効果を先に立てた「判別」によるのではなく、飽くまでも川端康成という作家にうかがわれる内的な必然性、その独特な認識の帰結としての、常ならない相＝「異相」への凝視の度に添って作品を選択した。

　収録作には広い意味での「幻想小説」と見受けられる作品も多いが、右の理由から幻想的であるか否かを基準とはしていない。同様に「怪談」的か否かという視点とも区別される。飽くまでも小説内の磁力とでもいうべきものに注目した。そこには認知の歪みのようなものがあり、有体《ありてい》に言えば過ちでもあるような論理が、むしろ語られることの痛切さを際立てている。

　三島由紀夫による評論『川端康成論の一方法――「作品」について』に、川端の作品について「完璧な誤謬を通ることなしには真理と対峙しえぬという芸術の秘義」とあった。この言葉が当作品集の指針である。なお、川端自身が随筆に語った「末期の眼」と、ここで言う異相の視界とが遠いか近いかは軽々に語ることができないと今はしておく。川端晩年のテーマともされる「魔界」等についても同様である。

　かつて私は、川端の『伊豆の踊子』を知ったさい、自身の未熟さもあって、それほどの感銘を持たなかったのだが、あるとき、『掌の小説』中でもとりわけ短い『心中』を読み、そこで説明の難しい恐るべき異変を目の当たりにしたように感じた。

　そしてこの『**心中**』こそ川端の異相の感受、認識を最もよく示す掌篇であると今思う。発表は一九二六年、『伊豆の踊子』とほぼ同時期で、初期作品に属する。後々、伊藤整から、また星新一から絶賛され、今では川端の掌篇小説としては代表的な作品の一つともされている。確かに驚くほどの名作だが、この作品の構造がどうしてどうなっているのか「ひらたく」因果論的に、言わば自然主義的に説明することが難しい。我々の住まう時空間では成り立たない距離、構造があり、視覚聴覚の特異な歪みがあり、特に聴覚の超越の有様が叙述される。ただしそこに読み取られるのは別世界や幻想の出来事ではなく、確かに現世界での（決して稀な事とは言えない）ある悲劇であり、その現世界を常とは異なる相から、あるいは別次元から眺め語ったものであるかのように私には思われた。

　この作品にはその気で読めばいくらでも解釈の仕方があって、特にその非現実的な距離・時間の経過についてたとえば心霊学的な超自然の法則を認めて語り直せばなんとか説明できはする。夫が離れた場所から超感覚的に母娘の立てる音を聴きとっていたのだ、また霊体として戻って来たのだ、など。そして作者自身、心霊学の理論や超感覚的事例に強い興味をいだいていた時期の作品でもあるから、その読みは無効ではない。とはいえ私としては、そういう読み方をしても、当初に感じた驚異と同時に湧き起こる痛ましさの根拠が説明できるとは思えない。むしろ、心霊や超能力といった現実以上の事象を説明の条件として認めることによる世界の再合理化によって、この作品本来の不条理と不可解の重みは無視されてしまうように思う。ここで何より強く受け取られるのは生自体の不条理ゆえにある切実さ悲痛さであって、その切実さ悲痛さが現実的な因果の枠組みや順序立てを放棄した語りによって究極の境地に達しているということである。それは語ろうとしてもなかなか難しい生の不可解さの手触りであり、『心中』は語られる時間空間の著しい歪みによってその手触りを描き得た作品と言える。抜き差しならない「真」を伝えるための歪み、別の相によって達成されるリアリティの根拠をここで異相と呼ぶのである。

　こういう作品の危うい構造はときに詩人の言葉に見出されるものだが、ぎりぎりのところで『心中』は「小説」として成立している。その短さはこのように無理な構造がこれ以上の時間の長さには耐えられないことの結果でもありそうだ。後の川端の優れた「不可解への感受性」をうかがわせる諸作は『心中』的時空間の把握から始まっているのではないだろうか。これが当作を本書の最初に置いた理由である。

次の**『白い満月』**となると、これは明らかに超感覚、心霊的事象を前提として書かれており、その筋道を呑み込んで読めば不可解とまでは言えなさそうなものだが、しかし、霊的能力を持つ女性は身内の死を霊視するが死というメカニズムの一部を察知できるだけで、その圧倒的不条理を押し留めることはできない。しかもその霊視はさらに別の死をも示唆しており、そして語りは新たな死の冷然たる気配をもって終わる。どれだけ心霊的な説明が入っても不可知不可解が消え去ることはなく、むしろそれゆえの、暗闇の中での手探りの不安さ心許なさを伝える作品としてこの『白い満月』はある。

異相をとらえる川端の言葉は否応なく死にかかわるものが多いようだ。それは死の世界から現世界をうかがうような視線によるのかとも思え、あるいは死に接近する暗く不明な何かを探るとき得られる感触の表現と言えるかも知れない。

『白い満月』と同種の作として、川端の代表作とされることも多い『抒情歌』、それと対をなすような『慰霊歌』があり、いずれも心霊現象が既存の事実として語られるのだが、これらはそれぞれに巧みであるものの、私の見るところでは『白い満月』ほどの「顫《ふる》える視線」が感じられない。その点で『白い満月』は「心霊学・宗教学という知識によって」ではなく「心霊という現象を動機として」書かれた作品であると思うものである。

『地獄』も冒頭からこれは死者による語りであると明言され、我々の日常のそれとはいくらか異質な対話が始まる。そうしたところを幻想的ととらえるのは間違っていないが、当作品では幻想性自体がテーマというわけではなく、重点は語り手の友人西寺が一夜を共にした直後自殺した、語り手の妹辻子の死の不可解、不可知、というところにある。その謎は死の世界にいるはずの語り手にもわからない。それらを敢えて「幽明境《ゆうめいさかい》を異《こと》にしない」で語り合うところに、この霊なのか執念の名残なのかの意識と生きる人の意識とが、闇の中で探し得ぬものを探す、奇妙な芝居を見るような感銘がある。

『故郷』にあるのは夢の話法である。時間も空間も現《うつつ》・覚醒時の法則を無視して展開し、人の過去と現在も容易く交代してしまう。これは、現世の関係性や順序の叙述に著しい不自由を感じ、それでは「真理」を語るに足りない、とする姿勢の成した世界ではないだろうか。またこれはフィクションではあるが、シュルレアリストたちが自らの夢の記述を「幻想ではなく、より強度の高い超現実の記録である」と主張したのと同様に、川端が、語りの強度を増そうとするとき用いる手法の、成功したひとつと思う。他作品でも「夢」の名のもとに非現実的な構造、それゆえの切実さを描くことに川端は長けていた。その言葉は合理的に認識される日常的現実の様相とは異なりながらもある必然性を持つと感じさせるのである。

『**離合**』もまた読み進むと到底現実とは異なる展開が始まる。しかし私にはそれが大きなどんでん返しというより、異と常の並存した、あるいはシームレスな感じに読めるのだがいかがだろう。この作品世界では死と生が等価なのである。ただ、そうした在り方が安泰というわけでもなく、明子の髪の乱れがとれないというところの描写にはその暗い内心の凄味が感じられる。

『**冬の曲**』はここまでのような「異」らしい異を見せる作ではないのだが、沈む心が世界を色づけて行く様相がきめ細やかで、しかも合理に帰着しない運命律のようなものが末尾で語られ、それが私には深く遠い。ある男性との縁談を勧められたが断り、彼がその後、ほどなく亡くなったと聞くと「縁談を断ったから殺してしまった」と確信を持ち、「男性のかなしさ」を思う、という女性の発想は心霊的な「この世ならない法則」を当然とするそれとほぼ変わらない。また、この作品冒頭では音曲、歌声が讃えられ、優れた音の伝える趣は異相と現相をつなぐ尊い鍵のように語られている。『心中』がそうであるとおり、川端にとって、ある特定の音声は超越性を帯びていたのだろう。その関連は『たまゆら』で一層あきらかになる。

『**朝雲**』、これについては「異相」であるかどうかにこだわらず、ただ可憐な名作として読んでいただければよいのだが、ひとまずは収録の根拠を記しておく。ここには何の異変もないが、代わりに、ある徹底した情緒の前景化があり、それが極めて先鋭的に世界を歪ませることによって稀な境地を成立させている。歪みをもたらす情緒とは「憧れ」である。そして本来「憧れ」とは成り替わることの出来ない他者に向けられる絶望的な情動のはずだが、当作品では憧れる者自体が憧れられる相手の理想性を想像的に分け与えられるかのように語られる。それは事実としては欺瞞なのだが、しかし、女子生徒に向けられる読み手の視線は美しい女性教師と混同されるよう巧妙に導かれ、「憧れる者の一途さもまた美しい」という誤った帰結を歓ぶことになるのである。この小説は認知の歪みによって美を語ったものと言える。それを読み手は甘んじて可憐と受け取り、名作と呼ぶ。私もまたそのように読んだ。なお、『川端康成全作品研究事典』（羽鳥徹哉・原善編）の『朝雲』の項（馬場重行執筆）には「初出では〈（或る少女の手記より）〉と文末に記されていた。即ち、投稿作品を下敷きとして成立したことが、一応推定される」とあった。この作品が太宰治の『女生徒』に似た制作の経緯を持っていたかどうかわからないが、もしそうであったとしたら川端は、下敷きとなる作品から一つの「憧憬《しょうけい》の視線」を拾い上げたのだろう。そこには川端の異相に向かう視線に通じる何かがあったのではないか。むろん現在のところ、その虚実は確定できないのだが、どちらにしてもここには視線の奇蹟というべきものが達成されていると言おう。

『**死体紹介人**』は初期の代表作の一つともされる作品だが、かつて一読の後、落ち着いて考え直すと「まともとは思えない」というのが私の感想であった。成り行きで知ったが自分とは話したこともないまま死んだ女性を内縁の妻と偽って葬式を出すとか、その妹に姉の骨を求められ、手元にないので別人の骨を渡す、次いでその妹と同居する、その妹は姉と同様の肺炎で死ぬが男は彼女の死の二日前に結婚届を出していた、その遺体の前で、以前、骨を分けてもらった女性と愛し合う、等々、このように書けば異様さ不自然さが際立つ話だが、ただ、読んでいる間はそういうものとしてひたすら先を見守らせられてしまう。そこが川端の異相の語りの強度と言うべきところと思う。「多分恋人もなくつつましく暮していた娘が、死体となって初めて、白い解剖台の上で、若い男達に女としての媚びを現わした」と語られるところなど実に美しく忌まわしい。死、死体と性愛という関連については長谷川泉（『川端文学の機構』）、鶴田欣也（『川端康成論』）らから「ネクロフィリア」の傾向を指摘され、また長谷川は晩年の『眠れる美女』の先蹤《せんしょう》と指摘した。すべての関連の中心に死がある、こうした退廃的と言えるような回路が川端には生のリアリティを見出すに必要だったのだろうと私には思われる。確かにこの退廃の果てに『眠れる美女』はある。

『**蛇**』も夢を語る作品だが、末尾に記された姿勢のとおり、解釈は不要なのである。

その小鳥の尾の色、五色の蛇の印象、次いで見せられるさまざまな宝石、それらも蛇であるとわかるという変容の見事さ、庭にたむろする蛇の群れ、その表象の奥に何かあるのではなくそれ自体が「奥の出来事」であると読んで、ただただ心内で反復することがこの作品の味わい方であると私は考える。

　この後の『犬』『赤い喪服』『毛眼鏡の歌』は作者生前には単行本未収録の作品である（『犬』『毛眼鏡の歌』は作者没後に編集刊行された作品集『婚禮と葬禮』に収録）。

『犬』は、群を抜いて不吉で死の香りに満たされている。ここでは嗅覚が重要な感受の要《かなめ》となっている。犬の鋭い嗅覚は死を嗅ぎ当てる。だから一度死を経た家の犬は処分されるのだろう。だが、死に魅入られた子供もまた逸早く察してか、火葬場の臭いを「いい臭い」と言う。既に子は現相から離れ、異相を見ているのだ。その決定打は例の、死を知って殺されなかった犬であった。この圧倒的な閉塞と不如意を読んでほしい。

『赤い喪服』も死に満たされ、変更不可能な運命のまま死に向かう娘とその母を語る作品だが、娘を亡くした母の言葉が一切の現相を否定してしまう。「世界が真赤だ」と言う。娘の死は赤痢によるといい、それは血を流して死ぬと語られるのだから悲しみに錯乱した母の眼に真赤な死が満ちて見えるのも当然とは言えるが、この赤色の不吉さ無残さは、単に川端一人の掌篇作品にとどまらず、たとえば柳田国男の『山の人生』冒頭に語られるエピソード、あまりに貧しくて生きることを諦め、殺してくれと訴える子供たちの首を斧で打ち落とした父親が行為の直前、「小屋の口一《くちいっ》ぱいに夕日がさして居た」と伝える、その瞬間の世界没落感に通ずるように思える。

『毛眼鏡の歌』では、男性が、別れた女性の残した髪を用いてあちらこちらに「思い出の城」を築き、女性の幻でその山の秋を埋め、自分のものにしようとする、そして毛を輪にして作った眼鏡で清らかな女性の幻を見る、という話が詩の引用とともに語られる。これは確かに幻想的と言ってよい作品で、その言葉の内に読み手はなにがしかの美観をとらえるかもしれない。私もまずはそう感じた。しかし、飽くまでもそれは「彼」の思いに沿った場合のことで、語られる言葉の磁力を離れて「行為」としてそれらを眺め直せば、なにやら執念深いストーカーのようで気持ちが悪いと受け取られてもおかしくない。それでも彼の心の求める先は果てしなく清らかで美しかるべきものなのだ。この構造は『朝雲』とも同じであり、かつまた『みづうみ』の、忌まわしさとともにある美への渇仰にも通ずる。ここに川端の清純と執念の構図がよくうかがわれる。途中に口ずさまれる詩がその執念を美への憧れへ、そして美との同一化の幻へと、魔術的に変換するための呪言となっているところもその方法をよく示している。

続く『弓浦市』と『めずらしい人』はともに記憶の迷宮とでも言うべきところに触

れた作品で、『弓浦市』では、主人公が話を聞かされるうちに世界が揺らぎ始め、さらには人一人一人の記憶する過去の多数性・非所有性に眩暈のような感懐を持たされてゆく。『めずらしい人』では、父の語る、どうも整理できない、嘘らしい言葉の重なりに娘は怖れに近いものをいだく。これらは、過去が確かに現在の自分を支えている根拠でありながらも、遠く透かし見てゆけば曖昧不明で矛盾するところが多いという、誰でもがときに感じる体験をもとに、記憶に重大な齟齬が見出された時、あるいは何気なく語る他者の記憶に明らかな綻びが見えた時の、いたたまれない異物感を極めて効果的に描き出した作品と思う。

『無言』は、『弓浦市』や『めずらしい人』で示唆された「過去の非所有」「他者の心の不可知」をさらに徹底して描いた作品と言える。もはやそれは一切何も伝えてこない。だからこそ、身近な人の、代言する、あるいは「身代わりに小説を書く」という行為が、あってしかるべきだが異様、という両義的なものと映る。とともに「過去というものは誰の所有でもないんで、強いて言えば、過去を語る現在の言葉が所有しているだけかもしれませんね。自分の言葉ばかりじゃなく、誰の言葉だっていいわけだ」という台詞がより核心的となる。そして途中挟まれる無言の幽霊の話の続きとして、末尾、タクシーの運転手が「幽霊としゃべるととりつかれる」（大意）と語るところで、半身不随の上、無言となった小説家もまた、なにやらの怨霊であるかのような位相がうかがわれてくる。もはや人には計り知れぬそのほの暗い向こう側を、しかし我々は、あるとき覗き見ようと思わないではいられない。

『**たまゆら**』は私の見る「異相短篇集」のひとつの帰結のようなものと考えて小説としては最後に置いた。宝玉がゆれて触れ合うときに響く微《かす》かな音を「たまゆら」と呼び、またそれは「微か」「僅かの間」の意ともする。こうした微かで僅かなしかし美しい音こそ、「生と死のあいだに通うささやき」であるとともに現相と異相とをつなぐよすがではないだろうか。

この後の『感情』『二黒《じこく》』『眠り薬』はいずれも随筆で、前二作はこれまで全集以外の単行本には未収録である。『**感情**』は未刊の『駒込雑筆』に、また『**眠り薬**』は『鎌倉の書斎から』に含まれる。『**二黒**』は雑誌「中央公論」昭和十年一月号に『新春運命双六』と題して、他作家らによる『一白』『三碧』『四緑』『五黄』『六白』『七赤』『八白』『九紫』とともに発表された。川端康成というなかなか複雑な作家の、作品解釈には寄与しないかもしれないとしても、何らかの「感じ方」の癖が見えるのではないかと思い、参考として収録した。『感情』『二黒』はいずれも自己紹介的な言葉と言えるが、いくぶん演技的なのでそのまま信じてよいかどうかはわからない。『眠り薬』はまるで怪談のような体験の報告だが、ただしその奇妙な顛末は霊現象によるのでも川端本来の資質によるのでもなく、飽くまで睡眠薬服用の結果である。とはいえ、そのやや滑稽劇的な経験を、このように不明冥暗な書き方で伝ええる書き手というのはなかなかいないのではないかと思う。

いかがだろうか。少しでも川端康成という作家の見た光景に近づくことはできただろうか。とはいえ、そこに解答を見出すことは目的としていない。当短篇集の試みによって川端康成という謎が一層深まることを望みたい。

本書は中公文庫オリジナルです。

底本は『川端康成全集』全三十五巻、補巻二（新潮社刊）によりました。

初出および全集の所収巻数は左記の通りです。

心　中	「文藝春秋」大正十五年（一九二六）四月号	全集①
白い満月	「新小説」大正十四年（一九二五）十二月号	全集②
地　獄	「別冊文藝春秋」昭和二十五年（一九五〇）五月号	全集⑦
故　郷	「新潮」昭和三十年（一九五五）四月号	全集⑧
離　合	「知性」昭和二十九年（一九五四）八月号	全集⑧
冬の曲	「文藝」昭和二十年（一九四五）四月号	全集⑦
朝　雲	「新女苑」昭和十六年（一九四一）二月号	全集⑦
死体紹介人	「文藝春秋」昭和四年（一九二九）四月号ほか	全集③
蛇	「文藝」昭和二十五年（一九五〇）七月号	全集①
犬	「創作時代」昭和二年（一九二七）一月号	全集㉑
赤い喪服	「文藝春秋」昭和二年（一九二七）五月号	全集㉑
毛眼鏡の歌	「若草」昭和二年（一九二七）八月号	全集㉑
弓浦市	「新潮」昭和三十三年（一九五八）一月号	全集⑧
めずらしい人	「朝日新聞・PR版」昭和三十九年（一九六四）十一月十六日	全集①
無　言	「中央公論」昭和二十八年（一九五三）四月号	全集⑧
たまゆら	「別冊文藝春秋」昭和二十六年（一九五一）五月号	全集⑦

＊

感　情（「駒込雑筆」より）「文藝春秋」大正十三年（一九二四）十一月号　全集㉖

二　黒　「中央公論」昭和十年（一九三五）一月号　全集㉗

眠り薬（「鎌倉の書斎から」連載）「週刊朝日・別冊」昭和三十四年（一九五九）九月一日号　全集㉘

底本の正字は新字に、旧かなは新かなに改め、適宜ルビを追加しました。

本文中に、今日の人権意識・医学的知見に照らして、不適切な語句や表現が見られます。歴史的に多くの差別・人権侵害をもたらしてきた事実をふまえたうえで、これらの語句・表現の掲載にあたっては、執筆当時の社会的・時代的背景と作品の文化的価値、著者が故人であることを考慮して、そのままとしました。

中公文庫

川端康成《かわばたやすなり》異《い》相《そう》短篇集《たんぺんしゅう》

2022年6月25日　初版発行
2023年4月30日　3刷発行

著　者　川端《かわばた》　康成《やすなり》

編　者　高原《たかはら》　英理《えいり》

発行者　安部　順一

発行所　中央公論新社
〒100-8152　東京都千代田区大手町1-7-1
電話　販売　03-5299-1730　編集　03-5299-1890
URL https://www.chuko.co.jp/

DTP　ハンズ・ミケ
印　刷　三晃印刷
製　本　小泉製本

Published by CHUOKORON-SHINSHA, INC.
Printed in Japan　ISBN978-4-12-207216-9 C1193

中公文庫既刊より

各書目の下段の数字はISBNコードです。978－4－12が省略してあります。

か-30-1 **美しさと哀しみと** 川端康成
京都を舞台に、日本画家上野音子、その若い弟子けい子、作家大木年雄の綾なす愛の色模様。哀しさの極みに開く官能美の長篇名作。〈解説〉山本健吉
200020-9

か-30-6 **伊豆の旅** 川端康成
著者の第二の故郷であった伊豆を舞台とする小説と随筆から、代表的な短篇「伊豆の踊子」、随筆「伊豆序説」など、全二十五篇を収録。〈解説〉川端香男里
206197-2

あ-84-2 **女心についての十篇 耳《みみ》瓔《よう》珞《らく》** 安野モヨコ選・画 芥川龍之介／有吉佐和子／円地文子他
わからないなら、触れてみる? 女の胸をかき乱す、淋しさ、愛欲、諦め、悦び——。安野モヨコが愛した、女心のひだを味わう短篇集シリーズ第二弾。
206308-2

く-20-2 **犬** クラフト・エヴィング商會 川端康成／幸田文他
ときに人に寄り添い、あるときは深い印象を残して通り過ぎていった名犬、番犬、野良犬たち。彼らと出会い、心動かされた作家たちの幻の随筆集。
205244-4

み-9-9 **作家論 新装版** 三島由紀夫
森鷗外、谷崎潤一郎、川端康成ら作家15人の詩精神と美意識を解明。『太陽と鉄』と共に「批評の仕事の二本の柱」と自認する書。〈解説〉関川夏央
206259-7

み-9-11 **小説読本** 三島由紀夫
作家を志す人々のために「小説とは何か」を解き明かし、自ら実践する小説作法を披瀝する、三島由紀夫による小説指南の書。〈解説〉平野啓一郎
206302-0

み-9-16 **谷崎潤一郎・川端康成** 三島由紀夫
世界的な二大文豪を三島由紀夫はどう読んだのか。両者をめぐる批評・随筆を初集成した谷崎・川端文学への最良の入門書。文庫オリジナル。〈解説〉梶尾文武
206885-8